Lovisa

av

Mia Möller

Omslags: Dennis Klarin Design – dennisklarin.se
Förlag: BoD – Books on Demand, Stockholm, Sverige
Tryck: BoD – Books on Demand, Norderstedt, Tyskland
ISBN: 9789177856535

Mäster Olof stod helt tafatt med sin nyfödda dotter i armarna medan hans fru förblödde.

"Kalla henne Lovisa" var det sista hon sa innan hon dog.

Mästers syster Helga fick ta hand om flickebarnet vare sig hon ville eller kunde.

Helga, som av mången ansågs som tokig. Det var hon nu inte. Dock stum vilket ibland räckte för att bli satt på spinnhuset men Helga hade nu fötts i en ganska human och förmögen familj så hon blev kvar hemma.

Det var Helga som såg till att skänkhuset hade mat att bjuda sina gäster på.

Hon var, som Lovisa nu med skulle bli, uppvuxen mer eller mindre i detta kök.

Först med sin mor tills hon dog och sedan med Katarina. Svägerskan som nu hade dött i barnsäng. Lämnande detta lilla flickebarn efter sig och Helga ensam med allt jobb i köket. Hur nu detta skulle gå.

Mäster hade ärvt skänkstugan och fastigheten efter sin far. Det hade varit tänkt som värdshus med möjlig övernattning men det hade blivit mer lönsamt att husera lättsamma damer i de rummen som var tänkta till gäster. Och i och för sig, det var ingen brist på gäster, om ni förstår vad jag menar.

Faster Helga lämnade inte köket. Hon skötte sina sysslor, brydde sig inte om det där andra.

Ja, man kan tro att hon ingick i arvet med. Hon var storasyster till Mäster och ingick liksom i inventarierna.

Helga var som sagt stum. Vilket gjorde att många inte trodde att hon förstod något över huvud taget. När hon blev upprörd kunde hon få fram ett dovt gutturalt ljud. Det lät som det kom från underjorden och det var då de sa att hon måste vara tokig, ingen annan än en tokig kan få fram ett sådant ljud.

Trots detta ansågs Helga var vacker, hon hade fina drag och var stor som en kvinna ska vara. Breda höfter som hon vilade händerna på när hon funderade, och när hon visade att hon var bestämd eller arg. Ett kroppsspråk som fungerade för det mesta. I alla fall förstår hennes lillebror när hon är arg på honom, då bugar han och backar ut ur köket.

Lovisa ligger i en korg och sover på köksgolvet. Där hon kan titta till henne och se till att amman kommer och gör det hon ska. Mäster hade varit väldigt bestämt att en amma skulle till, barnet skulle överleva till varje pris.

Han hade senaste året både förlorat sin mor och svärmor i slaganfall. Och nu även sin fru, i barnsäng. Hur skulle nu skänkstugan fungera utan Katarina?

Det behövde ju både lagas mat, bryggas öl, serveras och kanske ta en sväng med kvasten.

Det var mycket arbete att driva ett skänkhus.

Och ett horhus! Men där satte inte Helga sin fot. Nej, hon skötte köket, det där, det fick de fagra lättfotade ungflickorna sköta bäst de gitter.

Mäster själv hade fullt upp med sina gäster. De ville ju alla slänga ett och annat ord med skänkstugevärden, det fick man förstå. Svinga en och annan bägare öl med gästerna, det var det som ingick i hans arbete. Det andra, det var kvinnogöra.

Men han tog gärna hand om penningen. De fick så gärna betala för tjänsterna i förskott och gärna direkt till honom så kunde flickorna inrikta sig på det de var tänkta till att göra. Inte skulle de behöva bry sina små fina tankar med sådant som pengar, nä, det var karlgöra det.

Den enda amman som fanns tillgänglig hade redan ett
barn, men om mäster betalade bra skulle hon naturligtvis
hjälpa till. Hon bodde på samma gata så hon kom flera
gånger om dagen.
Men på nätterna fick Helga doppa en trasa i mjölken som
den lilla fick suga på. Nåja, tids nog skulle hon kunna äta
vanlig mat.
Om det inte varit för Cajsa, köksan i huset intill, hade det
aldrig gått. Hon hade kommit med färdiga pastejer och
flera ostar och naturligtvis varit lika ledsen som Helga och
beklagat sorgen. Hon var så ledsen och saknade Katarina
så. Ett par lammfioler hade hon tillrätt till Helga med som
hon nu hade och skar av. Tur att det kallskurna var lika
omtyckt som det varma.
Det var dock mycket jobb nu för Helga. Ensam i köket,
och flickebarnet tog ju sin tid. Gästerna fick nöja sig med
sovel och bröd. I alla fall tills mäster fått tag i mer hjälp, för
det måste han väl ändå ordna...??
Helga hade gärna velat fråga när hjälpen skulle komma.
Men samtidigt var det ju som om man då accepterade att

Katarina inte fanns här mer. Men man var ju tvungen att vara lite klok också. Skänkstugan skulle gå omkull om inte köket fungerade. Utan öl och utan mat fanns där ingen glader gäst.

2

Skänkstugan gick bra. Den låg centralt från både slottet och
sjöfarten. Det låg nära till hands för dem båda. Bara ett
stenkast upp från strömmen vid stortorget. Ett kvarter från
slottet som inte var färdigbyggt än efter branden. Men ändå
var det nu ganska många år sedan den stora branden. Det
var gamle Mäster på den tiden, och han hade hjälpt till med
vattenkedjorna från kajen. Ett hårt arbete som alla till slut
insåg var lönlöst. Branden var spridd och det blåste ganska
friskt från sjön. Efteråt hade alla herrar från hovet samlats
hos "Mäster på Hörnet" och haft rådslag vad som skulle
ske med slottet. Ruin eller återbyggnad. De beslöt att bygga
upp det. Det tog sin tid och kostade mången mer riksdaler
än någon hade vågat tro. Och än var det som sagt inte klart.

Lantmarskalken kom in i stugan, klappade Helga i baken
och ropade, "Ro hit med ett stop min fagra mö". Han
trodde att hon var både stum och döv, men det var hon
inte. Hon hade en väldigt god hörsel. Hade hört både det
ena och det andra från gästerna. Och även från sin bror.
Han som satt och skränade och skröt om hur gott hans

eget bryggda öl var.

Pytt, det var väl allt hon, Helga, som bryggt. Han visste väl knappt hur man gjorde. Men hon blängde på honom och han förstod vad hon menade för han reste sig själv och hämtade ett stop till marskalken.

"Här min vän, ska du få släcka törsten i staden godaste öl", hahaha, skrattade han och klappade marskalken på ryggen så han höll på att slå huvudet i bordet.

Påstruken tidigt idag, tänkte Helga och smög sig ut till sitt eget revir.

Där hade tösabiten just vaknat och gnydde i korgen. Hon var säkert våt och visst var det dags för amman att komma? Helga tog upp flickan och bytte raskt trasor om rumpan på henne. Tog henne i famnen och önskade att hon hade kunnat sjunga för henne. Hon nynnade en liten melodi i sitt huvud. Flickan tittade på henne med stora ögon, försökte greppa henne i ansiktet med sina små händer, och så sprack hennes lilla ansikte upp i ett leende.

Hon log, hon log, det jublade i bröstet på Helga. Hon hade aldrig kommit så nära en människa som med Lovisa och hon visste alltför väl att det hade hon aldrig fått gjort om inte flickans mor hade dött.

Åh, så hon saknade Katarina. Hennes glada skratt, hennes ilska när Mäster behandlade Helga illa. Men kanske framför allt hjälpen i köket.

Katarina hade varit så arg när Mäster började gå de sena kvällsgästerna till mötes med att ordna de små rummen.

Det hade börjat för flera år sedan med en och annan onykter undran vad Mäster hade på det stora loftet.

Ovanför skänkstugan var ett lika stort loft som byggts i flera små rum från en avlång hall.

"Men är det tomt på loftet än, Mäster, de fina små rummen med den fina lilla sängen och en fin litet rar tösa som gör herrar till viljes."

Det var vad som tisslades och tasslades om medan Mäster vred sina händer och räknade stora penningar. Det skulle kunna bli mången skön intjänad riksdaler.

Han var pengakåt, vår Mäster.

Det började när den franska nymfen kom, hon kunde inte ett ord svenska men de skulle väl inte prata med henne.

Hon installerades på loftet och Katarina svor.

Esmeralde, en mörk skönhet med mycket mystik i sig. Hon

11

kunde tas för häxa. Hon läste gärna besvärjelser över alla gubbar som kom till henne.

"Jag sätter svans på dem som är stygga" sa hon på en bruten svenska. Hon lärde sig fort. Men när hon blev upprörd kom hennes dramatiska sida fram, och franskan. Men i ärlighetens namn, efter ett tag, när de andra flickorna kom, blev det riktigt trevligt. Brydde man sig inte om vad som försiggick där uppe så var det inte så farligt. Herregud, lite kärlek kunde de väl få, både fina herrar och arbetarna, alla var under det täcket lika. Så att säga.

Det var i alla fall kvinnornas kök. Katarina hade bakat varje morgon. Nu var det Helga själv som fick gå upp i ottan och sätta degen. Förut hade kaffet och degen varit klart när Helga kommit ner från köksloftet. Där hade hon gjort sitt eget krypin, medan mäster och Katarina bodde i gårdshuset. Där hade gamla Lovisa också bott, Mästers och Helgas mor. Men hon hade hastigt dött förra hösten. Det var egentligen hennes förtjänst att de hade sådant gott öl, det hade hon "exprementerat" sig fram till.

Då, hade Helga plockat in ved och eldat på ordentligt så

de kunde baka ut och grädda dagens första bröd medan de drack kaffet och fick första skalken av dagsfärskt bröd. De kunde bara sitta där och sörpla kaffe i tystnaden. Helga och Katarina hade förstått varandra utan ord. Hon undrade nu om lillflickan och hon också skulle göra det.

Hon hade somnat om i famnen. Men jösse jag har väl inte tid att sitta här, var är den storbystade kvinnan...?

Mäster kommer ut i köket och gormar, "Var är vårt sovel, sitter du bara här och latar dig, packa dig in med lite att äta till våra gäster...".

Helga reste sig upp och gick fram till honom och räckte honom hans dotter som nu hade vaknat igen och gav i för full hals.

Men Mäster bara grymtade och ryggade,

"hmr, jag tar ett par fläskbitar med mig..."

Då kom amman.

"Vad betalar jag dig för, härjade han igen, ska du inte se till att ungen är tyst och mätt."

"Hon gapar väl som far sin, sa amman medan hon tog Lovisa till sin barm.

"Ut härifrån" hojtade hon till Mäster, "ser han inte att det

13

är kvinnogöra på gång, va!"

Han skyndade sig ut i skänkstugan igen, lite kutig för ammans ord haglade på ryggen som sparkar i baken.

3

Skänkstugan bestod av två rum. Ett stort rum där ett stort
bord var det som dominerade. Där var två bänkar på var
sida långsidan av bordet. Där fick 20 personer plats. Och
bordet kallades också "tjugan".
"Fyra öl till tjugan" kunde de gapa ut till köket.
Sen var där nio små bord. På ena siden fick endast plats
fyra bord för den stora kakelugnen skull. De borden var
inåt gården med fyra stolar till varje, där fanns tack och lov
inga fönster. Brännässlor, skulhögen och dassen vart ingen
glad att glo på.
  Men vid de andra borden var det fönster. Fem låga små
fönster som släppte in lite ljus i det stora rummet. Gatan
var utanför och ibland kunde ungarna hänga i fönstren och
glo och gapa, skrattande springa därifrån när Mäster eller
Helga kom och hötte åt dem.
Från tjugans bortre kortsida gick trappan upp till det
njutningsfyllda loftet. Däruppe fortsatte hallen rakt fram till
den tog slut vid ytterväggen. Och det var fyra rum, två åt
vart håll. Utan fönster för det var under nock, men det var
ingen glädje av fönster här heller. Det som utspelades i

dessa rum var inte för dagsljus.

Här möttes besökarna av, förutom Esmeralde, den långa sköna Marie. En flicka från stadens inre kretsar. Visste allt om alla som inte kanske ens var värt att veta.
Och Agnes, som var rund och glad, skrattade jämt. Hon var från landet. Från en mindre gård norr över Stockholm.
 Det var i alla fall inte någonsin tyst vare sig i köket eller på loftet eller i skänkstugan när någon av dessa tre damer fanns i närheten. Är det ett särdrag bland skökor? Att de pratar och skrattar hela tiden.

Innanför det stora rummet mot gården var kammaren. Där fanns ett stort runt bord med plats för tolv personer. Eller herrar, för det var bara herrar som hade tillträde till kammaren. Ett allvarets rum. Inte många glada skratt hade förekommit här men desto fler ränker hade smidets. Desto fler hånfulla smil.
 Det var här, många av stadens beslut diskuterades över ett antal supar innan det kunde tas och beslutas på riktigt. Här hade kungamord planerats, äktenskap likaså.
 Det var här som Paul Andersson hade fått halsen avskuren

när de inte hade kunnat enas en gång för många år sedan.

Om något som var glömt och vem som höll i kniven var förträngt.

Det var här sjöherrarna möttes och drog nya sjöfartslinjer. Stora sjökartor rullades upp på bordet och jämfördes. Vilka vägar som var bäst, var farliga sund och grynnor fanns.

Hit in kom ingen som inte "hörde till". Utom Helga som ingen trodde hörde på.

Hon visste varför Andersson hade blivit mördad, hon visste vem som höll i kniven. Helga visste mycket som ingen annan visste.

4

Ifrån köket gick en trappa upp till Helgas köksloft. Rummet var inte mycket mer än en bred gång vid taknocken. Hon hade sin bädd vid ena sidan väggen med pottan under. Trappan var till höger och till vänster stod en stol. Där hon lade sina kläder, de kvällar hon brydde sig att klä av sig. Och där hon kunde ha ljusstaken stå, det fanns inget fönster på vinden. Men hon behövde inte vara hungrig för här uppe hängde både bröd och korv på tork. Här var det lagom varmt för att få det att torka. Den stora murstocken gick här, den till spisen i köket och kakelugnen i stugan.

Annat var det i källaren under köket. Luckan i köksgolvet var stor och tung men bara för att hålla kylan borta. Och när man öppnade strömmade det dofter upp ur underjorden som fick det att vattnas i munnen. Där nere i kallförrådet förvarades skinkor, både rökta, kokta och saltade. Här stod tunnan med salt sill. Här stod ostar på rad som inte var färdiga men skulle vändas varje dag. Här var pottor med pastejer. Läggar, korvar, rökt fläsk. Och alla grönsaker. Rovor och kålrötter i stora lårar. Potatisen fint uppradad på en hylla. Den var bara till fint. Och ena långväggen var en hylla, där låg vinet i sina mörkbruna flaskor.

På nätterna som var oerhört korta nu för tiden, hade hon Lovisa bredvid sig.

Åtminstone tyckte Helga att de var väldigt korta, som kom i säng sent och måste upp tidigt. Hon var trött, så trött. Hon måste på något vis få Mäster att förstå att hon måste ha hjälp, hon klarade inte allt i köket själv. Visserligen bar Skräcken in ved och vatten varje morgon och mitt på dagen. Skräcken var det fulaste man kunde se. Han hade rött ostyrigt hår, var skelögd och harmynt. När han skrattade glipade läpparna så dreglet rann och barnen sprang illvrålandes därifrån. Skräckslagna.

Men Skräcken var det snällaste man kunde finna. Han suckade när han kom in och släppte ett stort fång ved på köksgolvet. Han tittade i Lovisas korg och killade henne på magen till hon kiknade av skratt.

Hon skulle aldrig bli rädd för Skräcken.

Han satte sig på bänken vid bordet som stod vid fönstret.

Man såg stortorget från köket. Det gjorde man inte från stora salen.

Han satt där, suckade, och tittade ut på livet som var så här på morgonen. Alla hade bråttom att komma igång med sina sysslor. Människor som skyndade, grisar som började böka i gårdagens utslängda skulor. Hönsen som kacklande for upp när det kom en häst och vagn. Det var aldrig tyst i den trots allt ganska lilla staden.

Men Skräcken han hann, han.

Helga slog upp en tår kaffe till honom.

"Du och ja´ du Helga, sa han, vi är allt ett stiligt par."

Helga fnyste åt han, de förstod varandra som två människor gör som är i samma situation. Även utan ord.

Han satt tyst och smuttade på den varma drycken. Han tyckte inte det var gott. Men det hade ju blivit så hiskligt populärt sista tiden. Han tyckte lite varm öl var bättre på morgonen. Och så gröten förstås. Det var grejer det, ordentlig mat för en arbetande karl än detta blasket som man mest blev sur i magen av.

Det andra fönstret i köket vätte åt gården. Där var mest brännässlor. Runt skulhögen stod de manshöga. Men när de blommade tycktes de vackra. Men skulhögarna bredde ut sig, de blev fler och fler. Inte ens gårdens grisar hann äta upp dem. Men de vältrade sig stora och feta i leran som blev av deras bök. Höns fanns där, ingen visste vems som var vems. Man plockade äggen man hittade på sin egen gård helt enkelt.

Det gick stigar genom nässlorna. Ner till dasset och förbi uthuset. Gårdshuset var ihop byggt med skänkstugans hus, men var ändå ett eget hus. Det hade ingång från gatan. Men den användes sällan. Mäster huserade ensam här nu för tiden. Han använde köksdörren. Helga hade flyttat ut när hennes mor dog. Då hade hon gjort i ordning åt sig på köksloftet. Hon hade inget i stora huset att göra ansåg hon. Än mindre nu när inte Katarina fanns där. Hur det skulle gå nu kunde väl vem som räkna ut!

Om Mäster ville leva utan sin skit fick han städa själv eller allt skaffa sig en annan hjälp till det än Helga. Städa och hålla efter skitiga karlar hade hon nog av på skänkstugan. Hon bodde och arbetade i skänkstugan. Det var här hon levde sitt liv.

Ända gången hon var därifrån var om hon gick till marknaden. Eller när hon följde med Skräcken för att tömma slaktavfallet direkt i strömmen. Då hade måsarna fest. Men det hade de nog varje dag så mycket skulor och skräp som slängdes i sjön. Det var ett herrans oväsen alltid nere vid kajen. Alla överröstade varandra. Torggummorna ropade ut sina varor. Skeppsmännen skrek om indragna landgångar, släng tampar hit och dit. Många olika språk fanns här. Det var inte lätt att urskilja något speciellt, om man inte var språkkunnig som varken Skräcken eller Helga nu var.

Men det var inte ofta nu för tiden som de slaktade.
Det var ju så modernt ordnat att de fick leverans varje vecka. Med fläsk, oxkött, ister och andra förnödenheter. Han som kom med det tog också med sig en del av skulorna till sina grisar.

Hon fick säga till i handelsboden när hon behövde annat. Som mjöl, salt och socker. Säga till ja, hon drog in springpojken i köket och visade på den nästan tomma mjöllådan. Han tittade förskräckt på henne första gången hon tog honom i armen och drog med honom in. Katarina hade alltid skött inköpen förut. Hon kunde skriva, hon. Skrev snirkliga bokstäver som Helga bara kände igen några få av.

"Helga", hade hon lärt sig skriva av Katarina. Hon hade den lappen uppsatt på skåpet med tallrikar.

Hon pekade på lappen med sitt namn och sen på sig själv.
Då log springpojken. Han kunde tydligen läsa.
Bra att veta, tänkte Helga, kanske, kanske, jo, Lovisa skulle få lära sig det.
 Lovisa skulle få allt det hon aldrig fått.
 Jo, minsann att hon skulle få.
Lovisa ska både få lära sig skriva och läsa. Och räkna med.
 Det skulle minsann Helga se till, om det så var det sista hon gjorde.
Det var hon skyldig Katarina.

Sådär, då var brödet i ugnen. Amman hade just gått, Skräcken störde ingen där han satt och hade somnat vid köksbordet.
Lovisa sov så sött i sin korg. Flickorna som jobbade mest om nätterna var inte att vänta än på några timmar.
Och Helga hade skärt upp ett stort fat med fläsk, korv och lägg. Det skulle räcka till eftermiddagsgästerna. Med ost, en brödbit, snaps och en öl.

Hon satte sig ute på kökstrappan i solen en stund. Jag borde sopa av lite, men va´ sjuttsingen det kunde gott Mäster göra när han kom. Han sov säkert fortfarande. Hon tog sig en svälj av ölet hon hade med sig och knaprade lite på en brödskakel.

Satt där i solen och lät tankarna flyta iväg.

"Min Lovisa" tänker hon och funderar över hur man ska lära ungen hyfs och fason ihop med allt patrask som rör sig här i huset nu för tiden. Om hennes farfar hade vetat att det skulle bo horor på loftet istället för resande hade han nog tänt eld på huset samtidigt när södermalmen brann. Katarina kyrka och massvis med hus hade gått upp i rök. Ja, hon mindes den dagen så väl som det hade varit igår. Det var en hemsk värme över hela staden, lågorna slog höga, och det vattnet som vattenkedjan hann få upp var till ånga innan det ens nådde elden. De hade fått inrikta sig på att rädda inventarierna istället. Ovärderliga böcker, kyrksilvret och allehanda föremål hade människor försökt rädda hela natten.

Helgas far, gamle Mäster och Ehrensvärd hade kommit tillbaka först helt svarta av sot. Trötta, svettiga, och uppgivna.

"Det går inte, det går inte", var det enda de hade sagt. Sen hade skänkstugan fyllts med folk. Av de fina herrar som skulle besluta vad göra härnäst, av många av dem som hjälpt till och behövde öl efter. Stora salen hade luktat brandrök länge efter.

Ehrensvärd arbetar i Wrangeliska palatset nu. Han ska väl förflyttas tillbaka till slottet när det står klart. Helga vet inte vad för jobb han har men säkert ett fint ett, med massa siffror och läsa måste han säkert kunna. Då tjänar man nog också massa penningar.

Och de har fått ett barn till, en pojke, har Helga hört. Kanske kan hon gifta bort Lovisa fint... hon fnissar för sitt inre.

Tjäna massa penningar är något som Helga aldrig kommer att göra. Hon har ingen lön, bara mat och taknocken över huvudet.

Ja, inte är det så illa. Det finns de som har det än värre, ryser när hon tänker på alla kvinnor som sliter i spinnhuset. Långa dagar har Helga med men hon är ju faktiskt tillåten att sitta på trappan och knapra på en skakel, när hon vill!

Så det så!

Men hade det inte varit för att skänkstugan fanns i familjen kanske Helga också blivit satt på spinnhuset. Som tokig, stum och vissa trodde döv. Man kan ju alltid låtsas vara både tokig och döv när det passar en själv...

Helga har ingen aning om hur mycket hennes lillebror skänkstugumästern tjänar. Tänk om hon det visste...

Då skulle hon nog... sparka han i arslet, som låter henne slita som hon faktiskt gör. Hon är ju även äldre än han, fast det räknas inte riktigt. Han är ju man. Det är han som ärvt skänkstugan.

5

På kvällen blir det möte i kammaren.

De ska ha förtäring. Det kommer att bli rökt fläsk och salt halstrad abborre, från Strömmen. Helga har fått den från en annan granne. En unghöna nackade hon och stekte hon igår, den ska hon skära snyggt och dekorera. Till det blir det supar och flera stop öl kommer att gå åt efter den salta fisken.

Det är åtta herrar som kommer. De ska ha partimöte, säger de högtidligt. Helga tycker att de är fisförnäma och löjliga. Sådant hemlighetsmakeri och så bär de sig åt som småbarn. Kallar sig hattar och det ska hållas tal, inte nog med det, det finns mössor också.

Och det ska tas en "ters", som om det skulle vara bättre än en vanlig enkel sup. Helga blir så irriterad på gubbarna, så hon måste ta sig en sup med. Hon doppar Lovisas snuttetrasa i sitt glas så kanske flickan håller sin lugn ikväll. De kan ju inte störa de fina herrarna med barnskrik mitt i deras nu så viktiga möte. Helga fnyser, höjer glaset åt sig själv och tar hela supen på en gång.

Fy fan, vad den smaka finkel, men gott satt den.

Hon ler för sig själv när hon bär in fatet med salt halstrad abborre. Rensa får faktiskt herrarna göra själva.

Och där i kammaren sitter nu Mäster med en viktig min och peruken pudrad så det nästan ryker om honom.
"Så då kommer kära Helga med vår förtäring", smilar han lismande.
Där sitter herrar Berzelius och von Buddenbrock, de börjar se slitna ut tycker Helga.
Berzelius, har han haft käppen förut? tänker Helga.
Gyllenborg har satt sig i högsätet på kortsidan. Naturligtvis, det är han som är högsta hönset här. Med greve Lewenhaupt intill. Han ser alltid så full i fasen ut.
 Hon ställer ner abborren bredvid honom, och tittar honom rakt i ögonen. Ler och knixar med knäna.
 Han blinkar till henne och klappar henne om höften.
Hon ser inte illa ut, den tokiga systern.
Stor i barmen och tjocka höfter, som ett riktigt fruntimmer.
"Men har lilla fröken varit och fiskat" säger han och ler tillbaka.
Alla herrarna runt det runda bordet tycker att det var ett väldigt roligt skämt och skrattar så de skråknar.

Helga puttar igen dörren med höften när hon lämnar dem, hon tänker inte störa dem något mer nu. Flera bägare med öl har hon ställt dit och vill de ha mer får de hämta själva.

Hon tänker dra sig upp till vinden. Flickorna är inte hemma ikväll, de är och provar sina nya klänningar. Jaja, inte bara det under kjolen som räknas, tänker hon Helga.

Hon tar korgen med Lovisa under armen och går upp för trappan. Lovisa tittar åter storögt på henne. Helga tänker det hon skulle vilja säga i sitt huvud och hon ser, hon vet att den lilla förstår henne. Min älskade lilla tösabit.

6

Nästa morgon när hon kommer ner för trappan är något
fel i köket. Hon har sovit så tungt så trött som hon var.
Herrarna har tydligen flyttat ut mötet från kammaren till
salen och hämtat mer förtäring från köket. Hon har inte
hört något men ser med det samma att någon varit där och
letat i skåpen som står öppna. Där ligger korv framme, och
mjölkkannan står på bordet. Tom. Det är Lovisas mjölk.
Det brinner i Helga, hon är inte ofta arg eller upprörd men
nu, nu när det inte finns någon mjölk kvar till lillungen. Vad
menar han, Mäster, vad tror han...?
Hon tar med kannan ner över gårdsplanen till gårdshuset,
sparkar undan en sugga som ligger i vägen. Sliter upp
dörren och kliver in. Åh, fy fasen vad här ser ut!
  Tar han aldrig av sig stövlarna?
Hon kliver över all skit och rakt in i hans sängkammare.
Där ligger han och snarkar så fönstren skallrar, fy vilken
stank.
Helga slår honom i ansiktet, han bara grymtar. Hon klappar
till honom ordentligt en gång till. Han sätter sig upp direkt
och ser ut som det skulle börja brinna.

Han blinkar och tittar på Helga.

"Men va fan är det om!?" gormar han.

Helga gnyr fram sitt enda ljud hon kan göra, hon spänner blicken i honom med allt hat och ilska hon kan uppbringa och hon hötter med den tomma mjökkannan framför ögonen på honom.

Han ryggar...

När Helga ser ut så och låter så, då är det lille Olofs storasyster som är här. Då är han inte en smilande Mäster, då är han den lille pojken som blev retad för att ha en toka till storasyster. En storasyster som han egentligen, innerst inne är livrädd för.

Han far upp ur sängen, ser på kannan och minns ingenting från kvällen före. Jo, något minns han...

Mötet, köket, ja jävlar, de åt korv och drack mjölk och skrattade åt sig själva som andra våp.

Han fick tag i kannan och for iväg, med byxorna på knäna.

"Såja, såja, lilla vän, jag ska hämta mjölk, jag ska hämta mjölk!"

Han far iväg utåt farstun, snubblar på en råtta som tittar förvånat på honom. Inte ens råttorna har respekt att hålla sig undan för honom när han bara är lille Olof.

Han behöver inte mer mjölk, han behöver få sig en sup.

Men inte förrän Helga har fått hem mjölk till flickan.

När han kommer åter med mjölken håller Helga på att städa undan i köket. Han smyger som en strykrädd hund, in till bordet och sätter ner kannan. Hade han haft mössa hade han tagit av den och bugande backat ut ur köket. Men innan han hinner blinka har Helga gett han kvasten. Hon stirrar stint på honom och han törs inget annat. Gud, måtte ingen komma nu, inte ens Skräcken får se han så här.

Hon pekar på lappen med sitt namn och sen på sig själv.

"Ja, du,"..säger Mäster som faktiskt förstår Helga ganska väl.

Hon pekar runt omkring sig och rycker på axlarna. Lägger huvudet på snedden och tittar aningen mildare på sin bror.

"Du saknar de andra här, du vill ha hjälp och sällskap."

Spelar han dum, eller?

Helga stampar med foten, sätter händerna hårdare i höften, fnyser ihop hela ansiktet och spänner blicken än hårdare i honom.

"Det är hjälp med köket du vill ha."

Mäster förstår precis rätt idag.

Helga ler och tar ifrån honom kvasten och låtsas sopa ut honom. Men hon pekar med kvasten mot kaffepetter och menar att han ska sätta sig och ta sig en tår.

Mäster skrattar förläget han med, vet inte om han förstår om Helga skojar eller är allvarlig. Han tar en kaffetår vid köksbordet där Skräcken brukar sitta.

Hon ger honom en skorpa och fortsätter att se på honom. Väntar på att han ska tala.

"Ja, jag förstår att det är för mycket för dig nu med ungen och allt, klart att du måste få lite hjälp."

"Jag ska höra mig runt om det finns någon ung flicka som kan komma och hjälpa dig lite", säger han.

Men inget utan en baktanke, en ung söt flicka som gästerna kan njuta lite av… vore inte så tokigt, väl?

Som så småningom kanske kan växa till sig... Han tycker själv att han är så klok, så klok.

7

"Här kommer hon, vår nya lillpiga" tjoar Mäster glatt efter
ett par dagar.

"Det är en grann och duktig tös" förklarar han för Helga.

"Lilla Sofia kommer att vara här på förmiddagarna och
hjälpa till med alla förberedelser. "Hon kan både städa och
säkert lär Helga dig allt du behöver kunna", pratar han på.

Flickan som knappt kan vara mer än 12 år tittar
besynnerligt under lugg på Helga. Hon har säkert aldrig
hört något gott om henne. Men hon verkar inte rädd, mest
nyfiken faktiskt. Helga tar henne i hand och niger åt flickan.
Sofia niger tillbaka. Helga pekar på sin lapp och Sofia läser
högt, "Helga".

Helga ler och nickar.

"Jag heter Sofia, säger Sofia, jag bor på gatan borta vid
Gertruds kyrka."

Helga nickar att det vet hon var hon menar.

Kom, vinkar Helga till Sofia och tar med henne fram till
Lovisas korg. Sofia tittar ner i korgen och skrattar.

"Vad söt och rosig hon är, min nya lillebror Carl Mikael,
han är blek och mager. Han har kolik säger mor".

"Han kan skrika en hel natt."

"Han kommer säkert att dö han med, det har flera av mina småsyskon gjort", suckar Sofia uppgivet.

Helga skakar på huvudet och så ser hon så ledsen ut.

Stryker Sofia över håret.

Sofia säger inget men skakar också på huvudet och ser ut som när man grinar.

Och så skrattar hon igen.

"De är små änglar nu, hos Gud, om jag vill prata med dem kan jag gå till kyrkan, de är där."

Helga nickar, ja, jo, det är ju klart att det är så.

"Men jag har ju Carl Albin kvar i livet, han är tre år nu." säger Sofia.

Helga tycker genast om Sofia. Hade väl visst varit trevligt med ett riktigt kvinnfolk men de är oftast så snarstuckna mot Helga.

Och hon vet att det inte är lätt med tjänstefolk idag.

Flickor är lättare att "prata" med.

Hon förundras över att de låtit flickan komma att arbeta på skänkstugan men hon förstår att de bara låter henne komma på förmiddagarna. Och skänkstugan är ju faktiskt en av de mest presentabla i huvudstaden. Det är ju faktiskt mest "fint folk" som kommer hit.

Åtminstone på dagtid.

På eftermiddagarna fylls stugan av de som arbetar med att restaurera slottet. Då kommer alltid herrarna Tessin och Hårleman in och äter lite.

De har sitt bord mot gatan. De äter soppa, bröd och ost och vill gärna ha ett glas vin till. Det är de som bestämmer hur slottet ska dekoreras. Det ska bli fint har Helga förstått av deras diskussioner över maten. Fransk rokoko, mm, ja tackar ja, Helga vet inte ens vad det är. Men det låter så flott och så dyrt. Inredning är på modet, Mäster har pratat om att kanske man skulle ha ett par förgyllda speglar vid dörren så de tjusiga herrarna kan ordna sina anletsdrag innan de ger sig ut i staden igen.

Kanske att de också får se herr Ehrensvärd oftare nu om slottet blir klart och hans arbete blir där.

Inte vet jag, tänker Helga, men hon tycker att han är trevlig. Han behandlar Helga med respekt.

Då vaknar Lovisa.

"Jag kan ta henne" säger Sofia.

"Jag är ju så van vid småbarn."

Helga tittar upp från fiskrensningen när Sofia lyfter upp en nyvaken Lovisa och för första gången ser Helga att oj, vad hon växt. Det är knappt att hon får plats i korgen längre.

Vi får snart ordna med stora klädsängen i stället.

Sofia sätter sig vid bordet och matar i Lovisa lite mjölkvälling. Hon äter och smackar och tittar storögt på Sofia.

Sofia sjunger. Både Helga och Lovisa lyssnar, åh så vackert hon sjunger.

Helga kan se henne framför sig sjunga i kyrkan. Den ljusa lilla flickan med en ljus späd röst sjunger så det hörs i hela storkyrkan. Hon står framme bredvid altarringen och kyrkan är fylld med folk i vackra kläder. Alla är tysta och lyssnar andäktigt på Sofia. Det ser Helga för sitt inre öga. Varför förstår hon inte, Helga är inte speciellt kyrklig. Men det är där denna röst skulle bära sig bäst.

När Lovisa ätit klart är det dags för Sofia att gå hem.

"Tack för idag, säger hon glatt, vi ses i morgon" och hon springer vinkande iväg ner för kökstrappan. Helga längtar redan tills i morgon.

8

En dag när Sofia kommer har hon med sig fler
papperslappar som hon sätter upp på tallriksskåpet.
Bredvid lappen med "Helga" på.
Helga tittar på lapparna och sen på Sofia och rycker på
axlarna, som betyder, "Vad är det"?
Sofia skrattade och pekade.
"Lovisa" står det där, och där står det "Sofia", säger hon
och pekar på sina lappar.
Helga tappar nästan bunken hon håller i. Hon går närmare,
känner på namnet med fingertopparna, Lovisa...
Det står Lovisa på lappen. Hon ljudar namnet inne i sitt
huvud och känner på det, en krumelur i taget.
  L   O   V   I   S   A.
Sen tittar hon på den andra lappen. Känner på det namnet
med och ljudar inne i huvudet, S   O   F   I   A.
Det bränner i hennes ögon, hon torkar dem med baksidan
på handen. Men tårarna rinner ändå. Sofia rycker henne i
kjolen,
"Vad är det, blev du ledsen?"
Helga skakar på huvudet och tar Sofia i famnen och håller

henne länge, vaggar sig själv och Sofia. Hon kysser Sofia på pannan och Sofia förstår att Helga gråter för att hon är glad. Och rörd. Nu kan Helga läsa tre namn. Hon tittar på de tre lapparna på skåpet. Och skrattar, ett skratt utan ljud. Den här dagen blir ingen ordning på, hon har fullt upp med att läsa lapparna om och om igen.

Det blir fler och fler lappar på skåpet. Mäster Olof på Hörnet, står det på en. Marie, Esmeralde, Agnes, Skräcken, Carl Mikael, Carl Albin, Stockholm, Kaffe står det på en annan. Men lappen med "Helga" på är borta. Den är ersatt av en där det står, "Jag heter Helga".

Det är en lugn dag i köket idag. Sofia sitter och matar Lovisa med mosad potatis, men lilljäntan bara spottar och fräser.

"Men det är klart du ska äta potäter, det är ju det nyaste och modernaste som finns" manar Sofia.

Skräcken skrattar så han sätter kaffet i halsen, och Sofia skrattar åt Skräcken. Hon tycker han är så ful så att han är söt.

Skräcken och Sofia har blivit bästa vänner, de skrattar ofta

39

och skojar med varandra. Och Skräcken kommer med små gåvor till Sofia. Ett fint hårband, en fin slät sten.

Och Sofia kommer med nya lappar och med nya skratt som fyller köket och hela Helgas hjärta.

Flickan är till så stor hjälp och glädje för henne. Hon har så god hand med Lovisa, matar och leker med henne. Sofia passar lillflickan så Helga hinner göra undan kökssysslorna. Men när Lovisa sover kan hon både diska och städa. Sofia är så duktig, tänk den man som får henne i huset, han kan skatta sig lycklig, tänker Helga.

Men hon vill inte tänka på det för den dagen har hon inte längre henne här. När Sofia får eget hemman att ta hand om.

Men nu sitter hon här i köket och sjunger för alla som vill lyssna, och det vill de så gärna. Till och med Mäster gör sig ärende ut i köket nu för tiden, titt som tätt.

Och nu sitter de där. Helga skalar rovor, och Mäster och Skräcken dricker kaffe och doppar brödskaklar. Lovisa sitter på golvet med ett vedträ och slår takten när Sofia sjunger. Alla är tysta och tar vara på stunden. En lugn stilla stund med bara flickan spröda röst som stiger i vårliga slingor.

9

Men det är inte många dagar som de hinner sitta ner. Det är mycket rörelse i storstaden i dessa tider. Det byggs nya hus. Och det är nya skepp som kommer, flera från Tyskland, Frankrike och Spanien. Men det kommer också båtar ända från Kina.

Det kommer en sändning till skänkstugan. En hela låda full med nya tallrikar, fat och koppar. Det är det vackraste Helga någonsin har sett, det är vitt porslin med blått målat på. Och mitt på tallrikarna är det en stor blå drake. Sofia hittar på sagor och berättar för Lovisa om de stora drakarna i öst. Och Mäster har ordnat med ett nytt skåp till den nya servisen, skåpet ska stå ute i storstugan. Och han har också köpt de förgyllda speglarna han talade så gott om. Helga och Sofia städar och gör fint med friska björkkvistar på borden. Det luktar gott och de tittar på det fina skåpet. Och de tittar sig i speglarna och så leker Sofia att hon är en fin dam. Hon går på tå och svänger med kjolen, pratar franska och gestikulerar. Och så skrattar hon igen.

Men då kommer dagens första gäster. Och det är slut på

leken. Det är soppa idag. Nässelsoppa. Nässlor från bakgården, ja, det är det väl ingen som tänker på, mer än Skräcken som plockat och nu sitter i köket med fingrarna i en bunke kallt vatten.

Bröd och ost blir det till med. Helga har förstås gjort både osten och bakat brödet. Osten blev hon riktigt nöjd med, ibland blir den lite torr men den här är bra.

Till kvällen ska hon göra reströra, som hon kallar det. Det blir både rovor, kålrötter och lite fläsk som hon skärt ihop i mindre bitar och steker sen upp det. Det brukar vara populärt. Med en öl och ett par supar till så är det riktig festmat. Fler rätter med naturligtvis, ingen nöjer sig väl med mindre än fem olika. Men det är kallskuret och bara ta upp från källaren. Och så en gröt, som redan är klar med.

Ja, det är som sagt mycket folk som kommer och vill ha mat. Det är de från slottet, de som tillhör hovet och de som arbetar på reparationen. Och sen kommer de från skeppsverket. af Chapmans rederi ligger strax intill. De har en stor flotta. Både för handel och till armén. Det är de som kommit med Helgas nya tallrikar. Det är nästan så hon vill gå fram och tacka herr af Chapman själv, men det kanske skulle verka tokigt. Och inför honom vill hon inte verka tokig.

Det räcker att Esmeralda gör sig till när hon får se det nya porslinet, "åh, mon dieu, så vackert, ack, sådan lidelse...".

Och herr Ehrensvärd kommer den här dagen. Helga rodnar.

"Gamla människan, hålla på så där", bannar hon sig själv.

Sofia är kvar över middagstimmarna nu när det är så mycket folk och det är tur det. Annars skulle det inte gå. Helga öser upp soppa och Sofia serverar. Mäster sköter ölet. Bröd och ost står framme vid varje bord. Det går undan.

Skräcken sitter i köket och gör grimaser så Lovisa håller sig stilla i klädsängen. Hon sitter i den och tittar på Skräcken och på Sofia som springer fram och tillbaka.

Hon har en trasa hon viftar med. Hon räcker ut tungan och sprutar och så viftar hon ett tag. Och så skrattar hon.

När det lugnar ner sig i storstugan tänker Mäster gå ner och vila sig en stund. Men han blir stoppad av Sofia i dörren.

"Nu när det är så mycket gäster behöver vi mer hjälp", säger hon, "vi hinner inte med, Helga har all disk kvar och jag ska ju gå hem nu".

Det blir knäpptyst. Helga håller nästan andan. Att flickan törs, tänker hon. Men hon håller med. Javisst behöver vi mer hjälp. Hon går framåt, fullt besluten att stötta Sofia nu. Det är nu eller aldrig. Hon tittar på Mäster och nickar medhållande. Hon lägger handen på Sofias axel.

Mäster vet inte vart han ska sätta blicken, och han mumlar något ohörbart.

"Eller ska ni be flickorna från övre våningen ta disken?", säger Sofia.

Mäster rodnar, och Helga kan knappt hålla sig för skratt, hon biter sig i läppen. Förstår Sofia vad flickorna från övre våningen gör, eller tror hon att de bara ÄR där...

"Hrummehrm," säger Mäster.

"Annars kan jag be vår grannflicka. Saga, hon är 16 år och har varit piga hos Carlgrens, men frun dog. Och då klarar de sig utan lillpigan."

"Hm, ja, jo kanske du ska göra... ja." säger han bara och vänder sig om och går.

Sofia och Helga tittar på varandra, tar varandra i hand och niger. Och så skrattar de igen.

Jaja, det var nog inte bara vi som hade det körigt idag,

tänker Helga.

Klockan är elva på förmiddagen när Marie kommer ner
från sitt rum på loftet. Flickorna har sina rum till både
arbete och nöje... ja, fritid. De bor där, om man säger så.
Men idag är Marie ovanligt tidig. Hon tar en kopp vatten
och en brödskiva och sätter sig vid bordet.
"Vill ni höra vad min gäst viskade till mig i natt" säger hon
och tittar illmarigt på Skräcken och sen på Helga.
Skräcken nickar så ivrigt att han dreglar, men Helga gör
klart först innan hon rätar på sig, sätter händerna i sidorna
och undrar vad den fine herrn har lurat i Marie denna gång.
Marie tror alla om gott, tror på allt alla säger. Skulle man
säga att någon flög på himmelen skulle hon tro det.
Ja, flickan är hopplös, men troligtvis duktig på sin sak, det
är bara de fina herrarna som hälsar på hos Marie på loftet.

"Jo, han sa att Sinclair har blivit mördad."
"Ni vet, majoren som var här förra hösten, flera gånger."
Joo, både Skräcken och Helga minns honom, en lång stilig
karl men med en liten fånig mustasch... jo, det var han det

ja..

men var, när, hur, berätta mer…?

"Han var tydligen på ett ganska hemligt uppdrag till Turkiet
för att förhandla om förbund med Ryssland. Han hade
träffat flera ryssar där, både från svenska ministeriet och väl
också självaste sultanen. Han hade med sig viktiga
dokument och de mördade honom och tog alla papper.
Fransosen han hade i sällskap kom visst undan med rena
skrämsla i behåll. Liket hittades inte förrän flera dagar
efteråt. Men fransosen har varit opp till Kung Fredrik och
berättat alltihop."

Marie bluddrar på så hon blir precis andfådd, måste häkta
ner sig och dricka lite vatten.

"Men va sa kongen då då" skyndar Skräcken på henne.

"Jo, han tror att det är den ryska regeringen som beställt
ogärningen."

Men…Helga och Skräcken tittar på varann, kan man
beställa något sådant, nej, det var väl bara vanliga rövare
som bländades av glittret på deras dräkter, väl...

"De har nästan bevis på att det är så, men att det gick
överstyr och blev mer brutalt än tänkt, och ryssarna har

visst bett om ursäkt men det tänker inte Fredrik godta. Han
i natt tror att kungen tänker ta en gruvlig hämnd."

"Ska han slå ihjäl nån han mä?" undrar Skräcken.

"Inte en, säger Marie, det kommer att bli krig."

10

Esmeralda är färdig att gå i taket när hon hör ryktena om kriget.

"Jag måste maison till mon maman är allene, jag måst hem o hjälpe." Hon gastar och går på så de kan tro att fan är lös i köket.

Mäster vet inte vad han ska tro om vare sig rykten eller Esmeraldas hot om hemfärd, han behöver henne här. Hon drar till sig mången god riksdaler från det utländska båtfolket. Och hon kan översätta det franska språket perfekt. Det är mycket franskt nu, både i sjöfarten och i politiken. Tänk om de visste på hovet att en del försändelser översattes av den franska skökan hos "Mäster på hörnet", hahaha...

Det är en hjälp som Mäster bistår sin vän på hovet. Kunskapen kan vara stor där man minst anar det, som Lewenhaupt brukar säga.

Mäster får helt enkelt ge sig ut och få lite mer information, men vad ska han säga, att någon har viskat för mycket i nattens hetta. Ska han skvallra på sina gäster att de sprider statshemligheter bland skökorna vid stortorget?

Nej, det går inte an, han får dra en vals, hitta på något beroende på vem han stöter på.

Han drar sig bort mot slottsbacken. Tänker gå och "fiska" lite borta vid slottsbygget. Ska se vem han möter på. Han önskade att han kunde gå in och prata med sin gamle vän Tersmeden men det skulle se ut det. Nej, deras skvaller får de allt ta hemma i köket, det.

Men där kommer självaste herr Tessin med en rulle ritningar under armen. Han ser ut att ha bråttom och just nu passar det Mäster ypperligt.

"Men ser man på, är det de nya ritningarna till slottet, blir det klart snart, eller hur är det ställt?" frågar han inledande.

"Nja, jo, det är ritningarna till västra flygeln som ska påbörjas nu, Kungen bor så länge bara i östra flygeln men ska senare flytta till övre våningen här borta", säger Tessin och pekar.

"Ja, men han har väl annat att stå i nu, efter detta med major Sinclair, det var ju för tragiskt", försöker Mäster lirka.

"Hur vet, äh, vad menar ni?", Tessin tittar skräckslagen på Mäster.

Men han har redan försagt sig, han vet vad som hänt och

förväntar sig inte att en sådan som Mäster redan ska ha nåtts av ryktet.

Mäster bara tittar på Tessin och tittar sig runt om, ingen gör någon notis om de båda herrarnas samspråk.

"Mig veterligt har ni bra kontakter med både kontinenten och med hovet här så nog vet ni vad som hände Major Sinclair på hans hemresa från Turkiet, manar Mäster på, att man ska behöva truga karlfan så, tänker han.

"Österrike, Turkiet och sen Frankrike, där var ni väl själv verksam i spelet, eller?" fyller Mäster i åt Tessin.

"Ja, fransoserna är väldigt välvilliga till Sveriges ställning till Ryssland. Och nu blev ju resan för Sinclair ett fiasko men det ska väl inte behöva bli något av det, alla vill väl ha fred och det går ju ut på att sluta förbund med flera länder så att det inte behöver spillas mankraft till våldet", säger Tessin. Han fortsätter, "jag har ju själv varit i Paris en längre tid och blev inte hemkallad förrän nu när det är dags att slutföra slottsdekorationen. Det är ett stort arbete även det som Mäster förstår, det är ett stort ansvar som jag fått på mina axlar, och jag hoppas verkligen konungen inser att vi måste lägga lågan där, att få slottet klart, än att hämnas en majors död, det finns, enligt min mening, ingen, jag säger ingen anledning att starta krig med Ryssland för en sådan sak, ja

det säger jag verkligen", säger Tessin och skyndar iväg med

sina ritningar under armen.

Mäster vänder hemåt igen med ryktena bekräftade.

11

Saga har kommit. Hon kommer inte så tidigt på morgonen som Sofia men hon stannar längre på eftermiddagen. Och hon diskar. Hon diskar och sjunger.

Sjunger och diskar. Hon har inte samma spröda röst som Sofia. Och Sofia sjunger mest psalmer men det gör inte Saga. Hon sjunger egna påhittade sånger om Helga och Skräcken, om Mäster och en och annan gäst. Hon sjunger roliga episoder som hänt under dagen, hon sjunger där i diskbaljan.

Men hon aktar sig för att sjunga om lovsången på loftet, det kan bli för illa.

Sofia har ibland med sig en tidning och läser högt för Helga i köket. Hon läser en reseskildring som en Wallenberg skriver. Han åker en resa med Ostindiska kompaniet och sänder hem skildringar med mötande båtar. Han är på väg till Kina. De ska hämta en helt skeppslast med porslin. Och när Sofia läser känner Helga nästan att hon är med på båten. Hon har ju porslin från Kina, så hon känner ett sådant släktskap med berättaren när hon håller i en av sina koppar. När Sofia läser kokar de te. Istället för kaffe. Det känns som att det ska vara så. Lite finare med te. Tar man lite mjölk i smakar det inte så illa. Och det är dyra droppar, te är mycket dyrare än kaffe.

Ja, inte det de gör själva av torkade vinbärsblad eller annat de plockar på tomten. De fick en påse av en gäst och sen har de köpt en till påse vid marknaden. Det kommer från Kina och Frankrike.

Men lite vardagslyx, bara Sofia och Helga. De har gömt tepåsen uppe på Helgas loft.

Det är marknad varje torsdag och lördag, men det är bara torsdagarna som de kan hinna dit. Ett tag brydde sig inte Helga att gå dit. Men nu när hon har Sofia med som sällskap är det ett trevligt litet avbrott i vardagen. De går och tittar i alla stånden. Där är te, och tyger. Fina tyger från både när och fjärran. Där finns kaffe och fisk och vanliga saker med. Men det är teet och tygerna som lockar mest. Ibland köper de lite frukt, torkad frukt som kommer med båtarna. Och nötter. Valnötter som kommer från Gotland. Helga vet att Gotland är en ö, men ligger den i Tyskland eller i Polen, det har hon inte blivit klok på. Men de har så himla goda valnötter. Man kan äta dem som de är eller baka

in dem krossade i brödet. Och det är dofter på marknaden.
Allt från sur fisk till fantastiska kryddor som kommer långt
bort ifrån. Helga har köpt någon gång, men det var en
konstig smak på det. Inte vet hon vad hon fick heller. Hon
bara pekade på något som såg bra ut. Men det var det inte.
Men ett par gånger har Cajsa, köksan i grannstugan, haft
med några kryddpåsar till Helga. Och de har varit väldigt
goda. Och fin färg. Saffran var det ena, det blir gult av den.
Fint både i bröd och till sås och den andra hette kamel, nej,
kanel hette den.

När de kommer hem den här dagen möts de av Sagas
sång...

Ett krig det ska det bli
men int blir det här
Det kommer bli i Tavastland
Långt borta härifrån
Då far varenda pojke dit
Att dö uti en strid
Vad månde det då bliva
av Sofia o av mig

(här kommer en klämmig refräng)

Jo, vi gifter oss med Skräcken

Ja, vi gifter oss med Skräcken

då kommer vi ligga i särken

rädda och skaka så dant

för alla är rädda för Skräcken

Ja, han är farlig som faaaaan

12

"Men det måste ni väl förstå att det inte blir något krig här. De svenske kommer ju ta sig till Finland och de kommer ju antagligen strida där eller i Petersburg, Viborg eller nånstans, inte här, varför skulle de kriga här? Det har de ju inget att tjäna på att slå sönder sitt eget här hemma!"

Mäster vankar av och an i köket och pratar med allihop som samlats runt bordet men det låter mest som han diskuterar med sig själv. Helga sitter med Lovisa i knäet. Skräcken har pannan i djupa veck och ser ut genom fönstret. Marie biter på naglarna och Esmeralde har svårt att hålla gråten borta. Agnes håller henne i handen. Inte ens Agnes skrattar idag.

"Och det kommer ta galet lång tid innan de kan ge sig iväg" fortsätter han sin monolog.

"De måste rekrytera soldater, köpa in proviant och alla förnödenheter. Det ska köpas ved och spisar och ja, gud vet vad. Hästar! Och alla regementen måste sammanställas, det måste ju bli en 10 000 soldater som ska inkallas!"

"10 000", tänker Skräcken högt.

Han skulle vilja ha varit soldat om han hade varit yngre. Nu har åldern tagit ut sin rätt men lytet hans har ju aldrig tillåtit honom det. Bara att få ha den svenske fine uniformen på sig, de hade varit något att kommit hem till far och visat upp sig. Han hade ju i alla fall längden till att ha blivit en stilig soldat. Men, han har kroknat med åren. Av tungt arbete och av hugg och slag som en halt och lytt får lära sig att leva med.

Hans egen far skämdes för honom. Hans mor dog när han var fyra år. Henne minns han bara vagt.

Han var på barnhemmet tills han var tolv år och gav sig av för att klara sig själv. Och det hade han allt gjort. Även om han hade gamle Mäster att tacka för mycket.

Han hade en stum dotter och kände väl lite försorg om den harmynte pojken. På den tiden tiggde han vid alla skänkstugudörrar. Han kunde hitta att äta vid deras skulhögar. Ihop med grisarna.

Men gamle Mäster kallade in honom och bad honom springa några ärenden åt honom. Och det fortsatte genom åren. Han högg och bar in ved. Han hämtade vatten. Körde hem brännvin från bränneriet borta vid Kalle Kron. Kalle brände både billigt och gott, det var inte mycket bismak av finkel på det. Agda, Kalles hustru satte vin med. Hon brukade blanda frukter som fanns, körsbär och rabarber. Äpplen. Hon gjorde i ärlighetens namn bättre vin än vad Kalle gjorde brännvin.

Och ibland hämtade han hos bonden. Ja bonden var en speciell en, det. Han hette Sven men kallades alltid Starke Sven. Han körde alltid sina varor till staden med sin oxkärra. Han hade varit i det militära så oxarna hette Hagel och Bly. Men när oxarna inte orkade dra det tunga lasset, drog Sven själv. Därav namnet Starke Sven. Han är gift och de har ett par tvillingflickor. De heter Molly-Itta och Molly-Hally. Var de fått de namnen från är det ingen som vet.

Han kom med allt som hörde gården och skänkstugan till. Från fläsk och ister. Ägg. Höns och en och annan anka. Eller änkor som Sofia hade sagt när han kom hem med två ankor. Jaa, det blev många skratt med den flickungen.

"Ja, det heter väl en and, flera änder då heter det väl en anka flera änkor" hade Sofia sagt. Hon som annars var så duktig på att läsa.

Hon läste den tösen, så grant så. Han nickade för sig själv

långt borta i sina egna tankar. Han hade för länge sen försvunnit från Mästers långa haranger om kriget.

Men nu satt Esmeralde och tjöt, Agnes försökte trösta men det var inte det lättaste. Esmeralde kunde bli lite, aningen för mycket ibland. Lite dramatisk av sig var hon allt.

Hon hulkade och snorade, "mon mor, min maman, hur ska hon klara sig utan mig"...

Klara sig utan dig, ett bättre begagnat luder, tänkte Helga. Hon fnös.

Det var många år sedan nu Esmeralde hade lämnat sin mor. Eller, det sanna var nog att hon hade blivit utslängd av sin mor efter att modern kommit på vad Esmeralde ägnade sig åt för sitt levebröd. Den dagen hade hon gått på första bästa båt och tänkte aldrig återvända hem. Av en slump var det båten till Stockholm.

Och Mäster fortsatte...

"Sån missväxt som det varit i år med. Det märks minsann på brännvinspriset, det har blitt så evinnerligen dyrt att köpa in. Kalle har höjt priset så det lönar sig snart att börja bränna själv igen. Det kommer inte att bli billigt för kronan att köpa in allt de behöver i matväg, det.

Uppåt landet hörde jag att det knappt fanns nåt ätbart alls, säden har slagit helt fel. Så det fanns inget hö till djurena. Och om det inte räcker till befolkninga hur ska de då få med sig provianter ut i kriget, ja jag kan inte förstå det här. Men de kan ju te och skicke med alle desse jordpära som Sven prackar på oss varje vecka, de knölarna duger väl gott till djurföda i alla fall."

"Inget ont om jordpäran, säger Skräcken, de är båd´ goa och säkert nyttige med, jag tror att Alströmer verkligen har funnet någe som kommit för å stanne."

Mäster fnyser åt Skräcken och fortsätter vankandet av och an ändå tills Agnes häller upp lite kask till han.

"Seså, vi kan inget göra åt det, så lugna ner sig. Inom tid får vi veta."

13

Det är åter dags för möte i kammaren med herrar från partiet. Det ska serveras lammstek med smak av hjort. Ett recept som Helga har fått av Cajsa i skänken intill. Hon hittar på en massa nya recept, det som Helga har så svårt för. Men Cajsa kommer med ett och annat nytt nu. Hon hinner väl inte prova alla själv nu när hon håller på att skriva ner dem till en kokbok. Det är hushållssällskapet som ville att hon skulle göra det. Många unga nygifta kvinnor har ju svårt med just matlagningen. Det kommer ständigt nya kryddor. Och ta bara potäterna! En sådan användbar knöl om man bara vet vad man kan göra med den.

Så ikväll blir det premiär på detta recept. Helga har lovat följa receptet till punkt och pricka och lägga undan en bit så Cajsa får känna att kryddningen blir rätt.

Och Helga öser köttet på spettet med smör så det ska bli saftigt och fint. Det ska skäras sen och läggas på körsbärssås. Vilka dofter, enbär, körsbär, det syrliga från ättikslagen som köttet har legat i en hel vecka innan.

Saga har just diskat klart. Det är bara Saga, Helga och Marie i köket. Esmeralde har en "vän" hos sig. Agnes är och hämtar sin färdiga klänning, den går i djupt violett. Den är urringad med puffärmar och rosa rosetter på sidorna. Som en aftontårta, tycker Sofia.

Lovisa har somnat för kvällen och har redan blivit uppburen till köksloftet. De sitter och lyssnar på herrarna som börjar anlända. Marie har dukat med det ostindiska porslinet och det blir vin ur de stora glasen. Mäster tänkte att det var lika bra med stora glas i afton. Helga lägger upp köttet och Saga ska bära in det. Hon får gå tre vändor med stora fat, kött, potatis och bönor.

"Åh, dessa päron igen", suckar han när han ser skålen med rykande het nykokta potäter.

"De kommer att bli mer och mer moderna" svarar Saga, "så det är like bäst han vänjer sig."

"Nå, säger Marie, när hon kommer tillbaka, vad var det för gubbar?"

Saga ler, nickar, och börjar tyst sjunga...

"kringom ett präktigt dukat bord

tio svenska karlar sutto

den förste i denna rad

tycks ha ett hastigt sinne

den andre sågs djärv och glad

med mod i bröstet inne

Den tredje var en täcker karl

Han satt och räkna pengar

han delte ut liksom en far

till sina barn och drängar.

Den fjärde var en sirlig lång

och väl upphöjder hjälte

Femman kunde se - en gång

mitt flicko-hjärta fällte

så grann han är den unge

Den sjätte, hans ögon voro oförskräckt

liksom på unga örnar

han styva händer knytes lätt

som ramar uppå björnar

sju och åtta jag kände ej

Nian har ett tjockt gehäng,
tre finger brett
var spänt på blåa rocken
en gruvlig pamp,
Tian, den mången sett..
uppå i vårat loft!

"Det smids planer här i natt. Skulle man våga skulle man gå
och sätta örat vid dörren. Men om de det såg hade jag nog
inget öra mer."
Marie är så nyfiken. Hon är ingen skvallerbytta, bara så
nesligt nyfiken. Hon vet inte hur hon ska göra, tänk om
hon skulle våga gå och lyssna. Eller kanske de behöver ha
något... inte mina tjänster skulle kunna locka någon från det
bordet ikväll, tänker hon. Klappar Helga på kinden och
säger gonatt.

14

Det ska bli kalas idag. Lovisa fyller 1 år. Hon har precis lärt
sig gå. Hon knallar omkring i köket med sina små mulliga
ben, så tjocka att hon knappt får ihop knäna. Så är det att
vara uppfödd i ett skänkkök. Hon kan äta vanlig mat nu.
Sofia skär och hackar åt henne. Och matar henne för
himmel så lilljäntan kladdar. Det är mat på hela henne och
så räcker hon ut tungan och fräser så allt hon har i munnen
spottas ut över bordet. Och då skrattar hon så hon kiknar.
Men Sofia och Helga har änglars tålamod med henne. De
bara tittar på varandra och skrattar de med. Och när Agnes
kommer ut i köket med sin nya fina klänning då får hon
passa sig.

Komma ut här i vårt kök, fin som herrskapsfolk och tro
att de inte kan få lite matrest i kjolfållen, pah, tänker Helga.

Men Agnes bara skrattar, som vanligt. Inte kan hon bli arg
på Lovisa hon heller. En och annan fläck, det får man allt
leva med och vara glad så länge det inte är rödvin som spills
mitt på bröstet. I allt krås som är på Agnes violetta och rosa
aftontårta.

Jaja, nu kommer Skräcken. Han bor inte här i skänkhuset

även om det är här han kallar sitt hem. Där han bor borta på Österlånggatan, det kallar han bara "rummet".

Det är bara runt nästa gathörn han har sitt rum. Det är i uthuset hos stallmästare Persson som gamle Mäster ordnade ett rum åt honom. Och där blev han kvar. Mäster betalar rummet och så äter Skräcken på skänkstugan. Han får lite avlagda kläder efter Mäster så nog klarar han sig riktigt bra.

Och idag kan Skräcken knappt bärga sig av upphetsning. Lovisa fyller år och han har gjort en present till henne. Han kan inte vänta med att ge henne den och han kommer inrusande i köket med presenten i högsta hugg så de blir nästan, rädda.

"Här, här, grattis Lovisa, jag har gjort den själv till dig. Titta, titta ser du att det är en docka". Tjoar han.

"Kom Sofia, nu får du ge din present" säger han och vinkar fram Sofia som har ett litet paket i förklädesfickan.

"Ja, det här lilla Lovisa har jag gjort till dig", säger Sofia och sätter sig på golvet bredvid flickungen.

Hon vecklar upp papperet som hon snott om presenten.

Men vad är det? Jo, hon har sytt kläder till Skräckens docka.

Dockan har Skräcken snidat på hela året. Han har täljt och putsat den. Och sen har han målat ögon och en mun i ansiktet på henne. Den är faktiskt jättefin. Och nu tar Sofia på henne kläderna. En kjortel och ett blusliv som knuts i ryggen. Och sen ett litet förkläde.

"Så nu kan dockan hjälpa oss här i köket" säger Sofia. Lovisa tittar storögt på dockan. Helga står bakom, med tårar i ögonen. Hon torkar bort dem med handryggen. Och så föser hon fram alla till bordet. Där blir det kaffe och sötebröd idag. Och det är inte något man har, så värst ofta, tror jag, i detta kök. Men idag har Helga gjort äpplekaka med socker på. Och hon har vispat grädden löst med socker. Det blir annat det än smöret som görs av all grädden annars.

De sitter nu allihop samlade runt bordet. Och Helga njuter. Tänk för ett år sedan. Då satt de här och grät. Helga, hon var då alldeles otröstlig. Hennes Katarina hade dött på natten. Hon hade förblött av alla bristningar när Lovisa föddes. Ack, vilken sorg det var men glädjen över flickebarnet fanns väl där någonstans. Men det var väl mest oroligt hur det skulle gå med ungen utan hennes mor. Att hitta en amma så fort är inte alltid så lätt. Det ryktades om att det skulle ordnas med ett kontor dit man kunde vända sig. Där skulle alla tillgängliga ammor anmäla sig och bli tilldelade barn. Det är nog ingen dum idé.

Men de hade hittat en amma och det hade gått bättre än väntat. Och titta på flickan nu, så rund och fin i skinnet. Alldeles rosa kinder. Och håret växte på henne. Små ljusa lockar började bildas uppe på huvudet. Och de stora blå ögonen. Ja, hon var som en liten docka själv tyckte Helga.

Även Mäster sträcker på sig lite extra idag. Helga hoppas att han känner sig lika glad över flickan som hon gör. Och hon förstår att han saknar Katarina med. Särskilt idag.

Det kunde vara en tung dag om de inte var så många nu kring bordet. De skrattar och pratar i mun på varandra. Inte ett ord om det blivande kriget nämns.

Inte idag. Agnes skratt hörs ända ut på gatan.

"Nu kommer min mamma, säger Sofia, hon har med sig Albin och Carl Mikael, han fyllde ett år förra veckan."

Carl Mikael och Lovisa står mitt på köksgolvet. De tittar nyfiket och förundrar på varandra. Man kan tro att de inte tror sina ögon att de inte behöver titta uppåt på en annan

68

människa. Att de är förundrade över att de är lika små.

Carl Mikael sträcker ut handen mot Lovisa och Lovisa tar hans hand i sin. Där står de och bara ser på varandra, hand i hand.

"Men jag ska inte stanna säger Sofias mamma, jag ville bara gratulera."

"En tess kaffe hinner dock frun med", säger Esmeralde som redan har satt fram en kopp av det ostindiska porslinet.

"Ja, och idag har Helga gjort sockergrädde", fyller Saga in med.

Småpojkarna klättrar upp på varsin stol och tittar storögt på kaffebordet.

Och det kan inte heller deras mamma motstå.

15

Karl Tersmeden heter en barndomsvän till Mäster. Tersen, som han kallas av nära vänner, kommer förbi och skvallrar lite med sin gamle vän Mäster ibland. Och idag hade han äntligen tid med det. Mäster har väntat otåligt.

Han är bra på "information". Han hade ofta fått just det uppdraget av kung Fredrik att smyga runt i stugor och skvallra lite, och lyssna. Han kunde då få kalla sig minister fast han egentligen bara var god vän med Fredrik. En god lyssnare för konungen. Men visst är han i det militära ämbetet, tro inget annat. Utan det kommer ingen nära konungen.

Men idag sitter han i skänkstugan och äter reströra ihop med sin gode vän.

"Berätta lite nytt för mig" säger Mäster.

"Ja du är väl undrande över de möten som varit här", svarar Tersen.

"Jo, jag har ju hört att kriget mot Ryssland är i antågande, men hur långt har planerna gått" säger Mäster.

"Jo, det ska du få höra. De satte ju ny fart efter den tyske kejsarens död. Och även ryska kejsarinnan Anna har ju gått ur tiden. Så det kommer ju att bli arvstvister och det är alldeles rättan tid att sätta in nådastöten.

Kungen ville så gärna själv anföra trupperna men vi var flera som inte höll med och lyckades till sist få honom på bättre tankar. Nu blir det Lewenhaupt som kommer att anföra styrkan. Och det är allt rätt man på rätt plats, skulle jag tro, han är fortfarande ung och rask i tanken.

I Finland har generalmajoren von Buddenbrock fått uppdraget att sammanställa 10-12 000 man som ska stå klara vid gränsen så fort krigsorden kommer.

Och de räknar med att gå över de första vårdagarna som kommer."

Mäster nickar och lyssnar uppmärksamt, han hör på sin vän att det är något mer som hänt. Något han är ivrig att få berätta.

Han väntar sansat, vet att det kommer.

"Men vi har också hittat en landsförrädare", börjar Tersmeden.

Han tittar på Mäster och väntar på att han ska lyfta nyfiket på ögonbrynen. Och det gör han.

"Jo, du, en ung kanslitjänsteman hos mösspartiet har både gett och tagit emot information från den ryska regeringen.

Det bådar gott för hattarna det, må du tro."

"Vad är det du säger, vem är det som har gjort något sådant?", Mäster känner sig nästan skakad, att kunna förråda sitt land. Hu...

"Han som skapat detta goda förhållande heter visst Johan Gyllenstierna och han ska visst vara syssling med Horns hustru, ja det är allt en redig soppa, det här. Det kommer väl att bli krigsrätt för dem. Spöstraff och gatlopp vore väl en syn för gudarna att se Arvid Horn, hahaha..."

"Jaja, men städerna har sagt ja och böndernas talesman, Olof Håkansson, ja, den känner du väl till, han har också sagt ja nu till krig mot Ryssland så till våren som sagt."

Helga bryr sig inte så mycket om kriget. Ja, inte som krig i alla fall. Krigsherrarna gör väl som de vill ändå fast att städerna ska höras. Och bönderna och alla ska vara så fint överens. Om de inte är det då? Skulle de inte kriga då? Jo minsann, det tror allt Helga att de ändå gör. Hon är mer jordnära än så. Bryr sig mer om vad kriget kommer att innebära för deras skull. Kommer det att bli färre gäster, ska alla karlar kallas in? Kommer Starke Sven kunna

fortsätta leverera varor, eller kommer kronan köpa upp allt
Sven får? Blir det ingen handel med Tyskland eller
Frankrike under kriget, ja då finns det inget kaffe, inget
te…

Valnötterna, var de nu kommer från. Utan varor och utan
gäster blir det ingen inkomst. Hur blir det då? Hur ska hon
då kunna föda Lovisa med mat och kläder, vad blir det av
dem då? Om Mäster kallas in, hur blir det med henne,
Lovisa och Skräcken? Förstå vad vi är beroende av honom
ändå, tänker hon.

Men hon behöver egentligen inte oroa sig. Mäster ska inte
kallas in, han är för gammal och behövs bättre hemma än i
strid. Och Starke Sven, han skulle aldrig låta kronan ta sitt,
då brände han det hellre.

 Så som han hade blivit behandlad när det begav sig. Nej,
han är en rättskaffens man, han har lovat Mäster och Helga,
så det är till dem han åker till först med sitt. Så får andra ta
vad som blir över. Och potätera är ju ännu bara en
provodling han håller på med. Men det verkar som det är
fler och fler som börjar förlika sig med den, i alla fall här
inne i staden. Helga har fallit för dem. Och kan man bara

lage till dem ordentligt, så… ja, det får inte vara för dåligt kokta inte. Då är de hårda och smakar nästan inget. Men ordentligt kokta med lite smör på, då är de inte dumma.

Men i Finland har de mer att oroa sig över. Redan har de samlat ihop bortåt 12 000 mannar och satt upp läger mot ryska gränsen. Det börjar bli vinter, det är kallt och blött. Mannarna har tält men ingen halm att ligga på. De ligger direkt på marken. Kläderna möglar på kropparna. Maten är dålig, det är mest torkat kött och sillen har redan börjat ruttna. Mannarna börjar insjukna. De får diarré, tänk er nästan 4000 män med diarré. De kräks och har kramp i magen. En del är förkylda, de kommer ha fått lunginflammation innan vintern är över.

Från november till februari dör 4000 mannar av den svenska truppen. Och då har kriget inte ens börjat. De som finns kvar har bara illa medfaren mat att ta till. Det blir inga starka käcka gossar av det.

De begraver de döda i de tänkta skyttegravarna. Det är tjäle i backen så nya gravar blir inte tillräckligt djupa. Det finns varg här. Det är ett kalabalik utan dess like, med sjuka och lik.

Och när vapenvilan hävs från ryska sidan får de svenska panik. 8000 stridsodugliga soldater är vad de har. Det blir ett snöpligt slut på ett illa valt krig för de svenske.

De får se sig besegrade. Och under tiden det tar att samla ihop resterna av trupperna och få hem dem, dör 1500 till. Väl hemma är det allmänheten som får ta hand om de sjuka stackars satarna. De lastar av dem från fartygen som om de vore boskap. De ligger på kajen med bara en filt och väntar att någon ska förbarma sig över dem.

Tersmeden hade med sig tio man till Mäster där han nu sitter i köket och gråter.

"Jag var där och såg det med egna ögon" hulkar han.

"Det var så hemskt, gravarna så dåliga att hundar åt av benen", han snyter sig i en trasa.

Mäster sitter bredvid och försöker trösta, men vad säger man. Vad gör man med en man som är så stor att man inte når om att hålla om honom. Tersen som är så lång att han inte kan gå rak i köket här. Nu gråter han som ett barn. Men det är bara han, Mäster och Skräcken här.

Skräcken kokar vatten i en stor gryta till att tvätta de sårade med. Och i en annan gryta har Helga satt på en närande buljong, enligt Cajsa.

Den är på oxkött, med flertalet rötter. Såsom persiljerot, selleri, morötter och massor med lök. När den kokats ett bra tag ska där i persilja, muskotblomma och så doppar man brödet i soppan.

De måste få i sig något, de ser ut att inte fått mat på veckor.

Helga körde hem Sofia, hon fick lov att ta Lovisa med sig. För detta är inget för barnungar. Helga, Marie, Esmeralda och Saga håller på att klä av och titta över sår.

Agnes sitter och river gamla underkjolar i remsor att förbinda såren med.

Det är inga skottskador eller några allvarliga sårskador på så vis. Men det är ett par förskräckligt hemska skoskav, en har fått liggsår på ryggen. Alla har loppbett som har blivit infekterade. En ser ut att vara hundbiten. Och de är magra, de är undernärda. De har frostskadade tår. De har nog inte tvättat sig på hela tiden de varit i Finland. De är skäggiga och långhåriga.

Skräcken kommer med vattnet och han ställer grytan på

tjugan. Där ligger tre karlar uppepå bordet. Han går runt och tittar på dem, han ryser när han ser liggsåret. För första gången i hela sitt liv kan han känna en liten strimma glädje över sitt lyte. Detta ville han inte ha varit med om. Detta är inte mänskligt att utsätta någon för.

Helga kommer och sticker till honom en skål med rakdon. Hon pekar på den längst borta på golvet, hon har tvättat av honom och Skräcken kan nu raka honom.

"Ja du Helga, säger han, när desse män vaknar. Tvättade, rakade och fått såren ombundna med en skål buljong bredvid sig, då kommer de tro att de kommit till himmelen."

Helga nickar och klappar honom på axeln. Fortsätter till näste man med varmt vatten och en bit såpa.

16

I Posttidningen nästa dag står att läsa.

"De den 16 juni underskrivne fredspreliminärerna innehålla, att Hennes Maj:t ryska kejsarinnan Elisabeth återställer till kronan Sverige Österbotten, Björneborgs län, Åland, Åbo län, Nyland, Tavastehus län, Savalax och svenska Karelen" - inte ett ord om vad Ryssland tog ifrån oss!

17

Tiden efter kriget var det rörigt i staden. Dalabönderna
gjorde uppror. Invaderade hela staden men det blev
lyckligtvis en fredlig lösning där Fredrik själv fick ge sig ut
och tala dem tillrätta. Lewenhaupt blev arresterad efter att
ha skött kriget så illa, men han rymde och tillfångatogs åter
i en liten båt ute på Östersjön. Den här gången avrättades
han med det samma för att han inte skulle rymma fler
gånger.

De såg inte till Tersen alls men de förstod att han i detta
skede hade mycket att stå i som Kungens förtrogne.

De skadade männen hade vaknat tills sans och som
Skräcken förutspått trott att de kommit till himmelriket.

Vilket kanske stämde då det var tre skökor som skötte om
dem efter deras långa vistelse med bara manfolk.

Med buljongens hjälp kvicknade de snart till och en av
männen, Anders Larsson från Mora blev så begeistrad av
Agnes att han friade och hon sa Ja.

"Inte varje dag någon friar till er med mitt yrke, skrattade
hon, så då är det bäst att passa på!"

De for till hans hem i Mora så fort han hade repat sig

tillräckligt.

Alla var så glada för Agnes skull att de inte kom sig för att sakna henne. Det var viktigare att hon var så lycklig.

De andra fick sin hemtransport ordnad av kronan. Och så blev det vardag och ordning i skänkstugan igen.

Sofia hade med sig Posttidningen och lägger den på köksbordet.

"Helga, nu ska du få veta varifrån dina valnötter kommer" säger hon och klappar på stolsitsen bredvid sig.

Men Helga vet att de kommer från Gotland, det hon inte vet är vart Gotland ligger. Hon vet inte om det hör till Tyskland eller Polen. Eller kanske är det danskt?

"Gotland hör till Sverige, Helga, det finns valnötter i Sverige, kan du tänka dig det!" undrar Sofia ivrigt.

Hon börjar bläddra i tidningen och får fram sidan hon söker.

"Här, hör här nu, och hon läser högt."

"Linneus resa till Gotland.

Herr Linneus har varit på uppdragsresa till våren östersjö-öar Öland och Gotland. Där har den samme tillsammans med sex lärlingar sammanställt växtordningen. De kom med postbåten till Öland på våren 1741 där de stannade 3 veckor och inventerade. Träd, buskar och blommor, men det här hoppar vi över, jag ska fortsätta här när han kommer till Gotland." tänker Sofia högt.

"Visby är det enda staden på Gotland, belägen nästan mitt på landet jämte västra stranden. Denna staden tycktes föreställa oss själva Rom i modell. Så många, så stora och så präktiga kyrkor stodo nu över hela staden taklösa av tider och omskiften bragte till ruiner, deras höga murar av fast och huggen sten, utan tillsats av tegel,-deras härliga pelare och konstiga valv vände vår åtanke på denna stadens forna flor.

Staden låg nästan utsträckt inom en halvcirkel inåt landet, uppför sidan av dess branthet, där det sluttar åt havet. Han var synnerligen stor, åt landsidan kringstängd med en hög mur, uti vilken voro åtskilliga stadiga och gamla torn, omgiven av dubbla dock med förfallna vallar."

Tänk dig Helga en hel stad som har vallgrav kring sig, det måste ju vara som om hela staden vore ett slott" säger Sofia ivrigt.

"Här växa körvel vilt, det hava man aldrig sett på fastlandet, fortsätter Sofia att läsa, och här växa blomster av sådana slag som inte alls finnes uti Sverige.
Ekljung, cikorium, bla bla, vilket språk, det låter som morfar i kyrkan, men hör här, och här växa hasselnöt med så stora skördar och även finnes planterade valnötsträd".
"Där skulle du vara Helga, i Visby på Gotland, där det växer kryddor vilt och du skulle kunna plocka egna nötter, bara gå ut barfota på morgonen och plocka en hel näve med valnötter, sätta dig på trappan och slå dem med sten."

Ja, Helga kan känna solen i ansiktet när hon sitter på trappan och mumsar på sina nötter. Barfota, i nattsärken. Valnötter till morgonmål, hon ler för sig själv. Klappar Sofia på kinden och en tår letar sig ner på hennes kind. Inte för att hon saknar något som hon aldrig haft utan för att vänskapen till Sofia vuxit sig så stor. Sofia vet precis vad Helga skulle vilja. Under åren tillsammans har de lärt att förstå varandra lika bra som Helga och Katarina gjorde.

Sofia ger Helga en kram, "min lilla jobbarmamma", säger hon och burrar sitt ansikte mot Helgas trinda kind samtidigt som hon torkar Helgas tårar.

Men då kommer det en liten flicka, "kjama, kjama, Visa kjama me", pockar hon på och vill ha uppmärksamhet. Sofia skrattar och Helga lyfter upp Lovisa så de kan kramas alla tre.

Och det är så Saga finner de tre när hon kommer. Hon var på gille igår så hon ser lite trött ut. Men det är något med henne. Helga tittar på henne, hon är rosig på kinderna och har en ny glans i ögonen. Helga klappar Sofia på axeln, pekar på sitt hjärta och sen pekar hon på Saga. Och visst ser Sofia också. Saga är kär. Det lyser om henne.

"Alla detaljer, alla!", säger Sofia

Och Saga rodnar ännu mer. Men hon ler, hela hon ler.

"Han sjunger, börjar hon, han sjunger lika tokiga sånger som jag. Som han hittar på under tiden han sjunger och han skriver ner dem. Han har sjungit på flera gillen, inte bara detta igår", berättar Saga.

"Han sjöng på gillet igår?" undrar Sofia.

"Javisst, och jag med, fnissar Saga, vi sjöng duett."

Sagas nye bekantskap heter Andreas Odén, han är ett år äldre än Saga. Och kommer från en familj i Norrtälje. Hans far är skomakare. Andreas studerar. Familjen har inte råd med det men han sjunger på gillen och tjänar en och annan riksdaler på det. Han skriver musiken och hittar på lite så texten passar för rätt tillfälle.

Precis som Saga gör i sin diskbalja. Men inte idag. Idag står Saga bara med händerna i vattnet och drömmer sig bort på rosa moln. Hon varken hör eller ser när Skräcken kommer med veden. Hon stirrar in i väggen med ett fånigt leende på läpparna. Skräcken puttar till henne och hon hoppar högt.

"Men gud vad du skräms" tjoar hon.

Skräcken bara skrattar, fyller en kopp med kaffe och sätter sig på sin vanliga plats vid fönstret. Han kommer inte att störa Saga mer i hennes drömmar för Skräcken har egna drömmar som virvlar omkring i hans huvud där han sitter och bara glor ut över torget.

18

Han drömmer om ett eget liv med Helga och deras lilla
flicka Lovisa. De skulle ha bott i ett eget litet hus. De skulle
vara så lyckliga, han skulle vara lika vacker som Helga och
hon skulle kunna sjunga lika vackert som Sofia. Lovisa
skulle vara precis som hon var. Han skulle ha varit i det
militära. Ha uniform med tofsar och guldband på axlarna.
Och Helga och Lovisa skulle stå på trappan och vinka adjö
när han var tvungen att ge sig ut på uppdrag. Men han
skulle alltid komma hem igen. Med vackra tyger och fina
presenter till sina flickor. Ja, det drömmer den harmynte
puckelryggige blyge mannen om där han sitter.
Men han är glad över att få vara nära Helga. Så nära att de
nästan är som ett fästfolk. Han kan låtsas att detta är deras
eget kök. Lovisa finns ju här. Hon håller på att bädda åt
dockan hon fick när hon fyllde ett år.
  Det är fem år sedan nu.

Helga svävar på moln nu sedan Sofias mamma erbjöd
Lovisa att få komma hem till Carl Albin och Carl Mikael
och vara med på deras lektioner med guvernören som nu

ska börja undervisa dem.

Sofia hade inte fått samma undervisning som nu pojkarna skulle få utan fått lära sig att läsa av sin morfar prosten. De hade läst lite varje söndag efter familjemiddagen som alltid följde på högmässan.

Det var skillnad på pojkar, de behövde en bra utbildning ansågs det i borgarfamiljerna. Och nu var det alltså pojkarnas och Lovisa tur. Sofia hade fått en lillebror till, som hette Carl August, han var dock bara året än.

Helga hade blivit så glad att hon grät när Sofias mamma kom med sitt förslag. Att det skulle vara lättare för pojkarna och en glädje för dem alla att få studera tillsammans. De skulle lära sig det svenska språket, både i skrift och tal. De skulle ha räkenskap. Och om de kunde lära dem ett och annat om det gudomliga vore ju inte fel. Carl Albin skulle verkligen behöva ett Guds ord sådant busfrö som han var. Allt enligt hans egen mor.

Lovisa skulle få en ny klänning så Helga och hon skulle i eftermiddag gå bort till skrädderiet där Esmeralde och Marie alltid beställde sina klänningar med en av farmoderns klänningar. Men inte skulle det bli något sådant prålligt inte.

Nej, en vanlig enkel dress som tålde både lek och rörelse borde det nog bli. En enfärgad i ljusblått hade Helga plockat fram ur farmoderns garderob.

Ja, nu skulle hennes Lovisa bli skolbarn. Vart hade åren tagit vägen?

Samtidigt tyckte Helga nu att det var skönt att Lovisa klarade sig så bra. Hur Helga orkat med att ha både köket och flickan visste hon inte idag.

Hon hade Sofia att tacka för mycket.

Helga har lagt undan tidningen där de skrivit om Gotland uppe på sitt loft. Hon hämtar den ibland så Sofia får läsa. Sofia läser och de dricker te. Lovisa med. Hon går till undervisningen tre dagar i veckan och får vara hemma och hjälpa till resten av tiden. Hon börjar bli riktigt duktig. Hon når precis upp till arbetsbordet och det finns väl pallar att stå på. Idag har hon knådat bröddegen. Det blev limpor med valnötter i idag. Helga är inte snål på det goda. De har kärnat nytt smör och nu sitter de vid bordet och njuter av te och smöret smälter på det nygräddade brödet. Och Sofia läser mellan tuggorna. Om de trånga gränderna i staden

Visby. Om ruinerna som finns kvar ända från 11- och
1200-talet. Varken Sofia eller Lovisa kan tänka sig så långt
tillbaka i tiden. Där finns en kyrkoruin vid namn Katarina.
Och det blir tyst en stund vid bordet. Helga tänker sig bort
i sin tid. Och Lovisa saknar något hon aldrig haft.
"Du heter ju Katarina" säger Sofia, och tar dem tillbaka till
idag.
"Ja, det gör jag, jag heter Lovisa Maria Katarina", säger
Lovisa stolt över att kunna sina vackra namn.
"Och det finns en kyrka som heter Marias kyrka med. Det
har vår lärarinna berättat. Det var tyskarnas kyrka från
början. Precis som Gertruds kyrka här.
Det fanns mer tyskar där än här i huvudstaden", berättar
Lovisa.
"Ja, här är det mer fransoser", säger Sofia.
"Ja, som Esmeralda, fast hon egentligen heter
 Esm´ralde", fnittrar Lovisa och härmar Esmeraldas franska
uttal.
Sofia skrattar också. Och det gör Helga med när hon tänker
på alla franska haranger som Esmeralde dragit här i köket
när hon blivit upprörd.
Då kommer hon inte ihåg ett endaste svensk ord utan då

bubblar modersmålet ur henne och ingen begriper något.

Ja, ingen i detta kök i alla fall. Annars finns det nog en och annan som börjar lära sig köksfranskan. Franskt, ska det vara nu. Fransk mat, franska möbler och rummen ska dekoreras med den franska rokokon.

Trams tycker Helga att det är. Det ska vara bekvämt och praktiskt oavsett om det gäller kläder eller stolar, sängar eller vad som. De struttar omkring i sina vitpudrade peruker och nyser av pudret, skulle det vara nyttigt?

För att inte tala om dessa klänningar, jaja, inte är de till för att skala rovor eller salta in fårlår i, inte. Stora ställningar krävs under själva klänningen. Helga har hört att det kan ta upp till tre timmar att kläda sig i dessa underverk. Först flera underställ, benkläder med spets och krås. Och sen överdelar som snöras i ryggen så vida pass att de nästan tappar andan. Men det är väl på modet det med.

Att svimma lite, och lite doftsalt, oh mon ami, inte undra på att fruntimren har blivit sådana våp, tänker Helga.

Och sen den där ställningen som kan vara flera alnar bred på var sida. Och sen själva klänningen uppepå alltsammans.

Enda anledningen Helga kan se med alla dessa kläder är att man inte behöver elda upp husen så mycket. Och så peruker som är som flera våningar med puder så det ryker om dessa fina fruntimmer.

Nej, bevars, detta ligger inte för Helga alls. Hon snörper ihop flätan varje morgon runt huvudet och knyter ihop den med sig själv. Och sen har hon sin klänning. En grå med helt slät kjortel både fram och bak. Hon har ju alltid förkläde ovan. På söndagarna eller andra helgdagar har hon sin svarta efter mor. Den har lite spets vid halslinningen och på axeloket. Kjolen är sydd i våder av två olika svarta tyger så det skimrar vid solsken. Den har hon alltid känt sig fin i. Det hänger flera klänningar kvar nere i gårdshuset efter hennes mor men hon klarar sig med en i taget. Hon kan väl ta fram en ny när den här gråa börjar kännas alltför solkig.

Det är en av mors klänningar de tagit tyget från till Lovisas ljusblåa skolklänning. Den är sydd i två delar. En kjortel och ett liv. Kjolen är sydd i veck runt om med små fina knappar dolda under ett av vecken. Och livet har knappar i ryggen, slät framsida men med veck nedtill. Den har en liten ståkrage och puffärm. Som det anstår en skänkmästardotter.

19

Undervisningen är i familjens bibliotek. Där är så mycket
böcker att Lovisa inte kan förstå hur alla har kunnat skrivas
eller att något har kunnat läsa alla dessa.
"De är från morfar och från farfar också" säger Carl
Mikael.
"Du får läsa dem om du vill." säger Carl Albin.
Men Lovisa skulle aldrig kunna bestämma sig vilken hon
skulle ta först så hon nöjer sig med dem som lärarinnan
säger att de ska läsa.

Lärarinnan heter Ingeborg. Hon är född i Stockholm men
har varit i Tyskland. Hon har mycket att berätta om de
tyska städerna. Hon lär Lovisa både läsa och räkna.
Lovisa är salig av allt hon lär sig och hon rusar hem sedan
och berättar allt för Helga. Om siffror som är nästan
magiska då de kan länkas samman och bli nya siffror. Trots
att de bara är nio stycken och en nolla som kan vara inget
eller massor. Lovisa har lätt för sig med siffrorna.
Men värre är det med alla bokstäver, det är inte lätt till att
börja med att hålla reda på dem alla. Men snart kommer

Lovisa på hur de fungerar och de är ju ännu mer fascinerande än siffrorna egentligen. Om Helga lär sig alla bokstäver kan de ju "tala" med varandra. Men, Helga och Lovisa kan ju redan förstå varandra. Men tänk att få veta Helgas tankar, alla hennes tankar.

Med Carl Mikael är det tvärt om. Han får ingen ordning på siffrorna men han rabblar bokstäverna i ordning. Nästan både framlänges och baklänges. Han pratar både franska och latin. Hans morfar har lärt honom det genom bibeln, boken som Lovisa aldrig har sett innan. Den kan han massa berättelser ur.

Lovisa kommer hem och berättar om länder långt borta. Som knappt någon visste fanns. Om hur fartygen byggs. Och hon kommer hem och berättar om Gud och om Jesus. Men det vill inte Helga höra på. Då reser sig Helga upp och går ut.

Lovisa förstår inte varför. Det är ju så spännande med den där heliga anden, tycker Lovisa.

Carl Mikael är jätteduktig på detta med Jesus och Gud, men Lovisa hade knappt hört talas om dem innan hon kom till skolan. Albin och Mikael följer sina föräldrar till kyrkan varje söndag men Lovisa hade aldrig varit dit. Varför?

Det är orättvist tycker Lovisa. Då tittar Helga på henne, lyfter på ögonbrynet.

Vem sa att livet skulle vara rättvist, tänker Helga.

"Varför har du inte tagit mig till kyrkan?", frågar hon Helga förebrående flera gånger. Men hon får inget svar. Helga vägrar tala om det. Hon snörper ihop munnen och börjar med någon helt annan syssla.

"Tycker du inte om Gud, hur kan man inte det?", försöker Lovisa men då blir hon utkörd ur köket. Hon sätter sig inne i skänkstugan. Vid bortersta bordet från köket. Långt bort från Helga. Ilsket dinglar hon med benen.

Hon sitter där och surar men funderar över varför inte Helga vill prata om det.

Hon kan inte komma på något varför någon inte skulle tycka om Gud som vill alla människor så väl.

Gud har skapat oss. Gud gav oss allt vi har, tänker Lovisa.

Då kommer Skräcken in med ett par vedklampar och lägger i ugnen. Han sätter sig klumpigt ner på knä och lägger ifrån sig klamparna. Han tar eldgaffeln och rör om i elden. Elden lyser upp hans ansikte och för första gången ser Lovisa hur

Skräckens läpp lyser köttig i skenet från elden. Den är sprucken ända upp till näsan. Hon ser hur dreglet hänger från hans tänder och ner på hans haka. Och hon ser hans stora puckel på ryggen. Den ser ond ut. Har Skräcken ont, har han alltid värk i ryggen, tänker Lovisa. Hon kan i just detta ögonblick förstå varför folk tror att han är farlig och otäck.

Han reser sig upp med väldiga besvär, och han stönar när han väl kommer upp på benen igen. Men han måste stödja sig mot spiselhällen för att få balansen.

Han ser inte Lovisa, men Lovisa har sett Skräcken för första gången.

Och hon undrar var Gud var när Skräcken föddes.

Men Gud var säkert där när Carl Mikael föddes. Han är så snäll och rar mot Lovisa. Hans ögon glittrar när han ser på henne. Och han vill så gärna hålla henne i handen. Han följer Lovisa hem från lektionerna varje dag. Och då måste han hålla henne i handen så hon inte blir påkörd eller bortrövad. Eller slinter i skiten. Som han säger.

"Men inte kan man väl bli borträvad här", skrattar Lovisa.

Det är bara två kvarter men Carl Mikael håller henne fast i handen hela vägen.

"Om man tar de första bokstäverna i dina namn och sen dina varma händer, vet du vad det blir?", frågar Lovisa en dag.

"Nej, det vet jag inte", säger Carl Mikael.

"Jo, det blir Ca-mi-nen", skrattar Lovisa.

Carl Mikael som just fått sitt nya smeknamn bara ler och klappar sig själv på kinden med den varma handen som Lovisa just släppt.

"Hej då Caminen, vi ses på fredag. Hälsa hem till Abbe och August", hojtar Lovisa när hon skuttar upp för kökstrappan.

Caminen, Carl Mikael, längtar redan till fredag.

20

Lovisa lovar sig själv att inte prata mer om Gud med Helga men däremot är hon helt bestämd att Helga ska lära sig att skriva.

Sofias lappar har ramlat ner men Helga har dem kvar i en låda. Och när Lovisa börjar läsa för Helga tar hon fram lapparna och visar Lovisa.

Lovisa kommer svagt ihåg lapparna, och Sofia skrattar när hon ser dem och minns sina barnsliga bokstäver. Men nu blir det nya lappar i köket.

Men bara en bokstav på varje lapp. Sen kan de lägga ihop lapparna till olika ord.

Hela köksbordet är fullt, med rovor, potatisar, skålar med ärtor, fläsk i tärningar och lappar.

Där ligger Ä R T A.

Där ligger R O V A.

Och Helga läser och skriver av.

"Det är en så duktig elev vi har", fnittrar flickorna som genom sitt tilltag att lära Helga läsa får mer att göra i köket själva. Men det är det värt tycker de.

Sofia lagar kålrotslåda, och Saga har bakat och börjat diska.

Lovisa bär ut porslinet i skänkstugan. Där ska dukas för i kväll ska där bli gille!

Det är det nya nu, gille. Då är där musik och de kan dansa. Och där är flera olika sorters mat. I kväll blir det bland annat kålrotslåda, kall lammstek, olika sorters inlagda salta sillar. Det börjar bli lite av Helgas specialitet. Hon tar vanlig salt sill och lägger in med olika kryddor. Vitlök, kyndel och senapsfrön. Ja, det har blivit populärt.

Och hon behöver ju inte laga det varje dag. Salt sill håller sig i månader nere i källaren under köket. Sen blir det en potatissoppa. Och lite rökt skinka, och enbärsrökt abborre. Det vattnas i munnen på Lovisa när hon dukar. Hon älskar rökt abborre, och helst den på enbär.

När Lovisa kommer ut i köket igen har Mäster kommit. Hon tänker sällan på honom som sin far, utan som Mäster rätt och slätt.

Han sitter och tittar på Helga och hennes lappar. Lovisa tycker att han verkar nervös. Han plockar med skjortärmen, vill han inte att Helga ska kunna läsa.

Men Helga märker inget, hon har just skrivit
  K R Ä F T A på en lapp.

"Javisst ja, säger Mäster, jag ska ju hämta kräftorna", Helga ler som en sol mot Lovisa.

"Du kan ju, du kan ju, Lovisa kastar sig om halsen på Helga, du kan ju."

Kräftorna krälar i hinken och ramlar ner på golvet och Lovisa står bredvid och skriker.

De är svarta och viftar med sina klor och Lovisa skriker fortfarande.

"Men kära hjärtanes vilket liv" säger Mäster när han kommer in med stora spannen med vatten. Han ställer från sig spannen och lyfter upp Lovisa och ställer henne på köksbordet. Hon blir tyst. Hon bara tittar på honom när han tömmer allt vatten i det stora kokkärlet över spisen, och plockar upp rymlingarna från golvet.

"Var har Helga dillen nu då?" säger han.

Lovisa svarar inte, hon bara pekar. Det står nyskördad dill i en spann bredvid spisen. Den luktar så gott. Riktig stor fin krondill.

När vattnet börjar sjuda häller han i salt och lägger i dillen och när vattnet kokar lägger han i kräftorna. De blir strax röda och doften som inte liknar något annat sprider sig i hela köket. Lovisa har satt sig på bordskanten, sitter där och dinglar med benen och hon känner snålvattnet komma i munnen.

Mäster tittar på henne och skrattar, "snart dreglar du värre än Skräcken".

"Skräcken dreglar för att inte Gud var där när han föddes", svarar Lovisa.

"Jaså du, säger Mäster, det tror du." han nickar och ser fundersam ut.

"Ja, det kanske du har rätt i, det är nog många som föds utan att Gud är med. Jag undrar var han var när du föddes. Varför du inte fick behålla mor din?"

Det har inte Lovisa tänkt på, att han kanske inte var där då. Att det var därför Katarina hade dött. Den vackra, alltid glada Katarina.

"Saknar du mor?", frågar Lovisa.

Mäster blir tyst, tittar på Lovisa, sin lilla flicka som håller på att bli så lik mor sin att det nästan gör ont att titta på henne.

"Ja, varje dag frågar jag mig varför. Men jag har ju dig i alla fall" svarar han.

Det är inte vad Lovisa hade trott att han skulle svara. Hon trodde inte att han brydde sig så mycket om henne.

"Det är tur vi har Helga, du och jag, vad skulle vi ha gjort utan henne?" säger han och klappar Lovisa på huvudet.

Det är inte ofta han visar henne sin tillgivenhet.

"Men nu måste vi tömma kokkärlet, annars blir kräftorna sega. Det kan inte vårt kök bjuda på, eller hur Lovisan", säger hennes far. Det är nog första gången de är ensamma med varandra och det är nog första gången hon känner en samhörighet med honom. Och det är nog första gången han lagar mat!

Hon skrattar och hoppar ner från bordet.

Mäster tar stora silen och fiskar upp kräftorna och lägger dem på stora fat. Lovisa norpar en och lägger på bordskanten att svalna lite. Nykokt ljummen kräfta... mmm

21

Det är fullt med folk i matsalen. Alla stolar och mer därtill
är fyllda. Det är mat på stora fat, det är vin och öl i glasen.
Och massor med brännvin.

Det är skratt och det är vackra klänningar. Perukpudret
ligger som tät dimma. Och Helga sätter nästan i halsen.
Men hon njuter ändå, åh, vad roligt detta är. Med allt folk,
alla lovordar hennes mat.

Flickorna har tvingat ner henne till mors garderob och
hämtat en ny klänning. Det är grön, med massor med
pärlor på hela livet. Små, små genomskinliga pärlor som
gnistrar i ljuset. Och det är en liten ställning under, av stärkt
tyg. Men hon vägrar ta på sig peruk. Hon har så mörkt hår
och Saga har satt upp det ikväll och satt dit pärlor baktill.
Hon känner sig så fin. Och Saga ser så stolt på henne.
Nästan lika stolt som hon tittar på sin Andreas när han
sjunger.

Andreas sjunger och det är tre herrar som spelar viola.
Vackert och väldigt samstämt, spelar de.

Lovisa sitter under trappan och tittar och lyssnar men det
är inte lätt att urskilja något. Det bara sorlar. Men hon hör

musiken och den tycker hon om.

 Tänk om Caminen hade varit här nu, vad han hade tyckt
om det. Carl Mikael tycker väldigt mycket om musik och
han sjunger nästan finare än vad Sofia gör. Men varken
Sofia, Abbe eller Caminen får vara här på kvällarna. Deras
föräldrar tycker inte att skänkstugan är passande för barn
på aftonen. Men Lovisa tycker att det är roligt. En gubbe
vinglade nyss upp för trappan och nu kom han ner igen.
Lovisa undrar vad de gör där uppe egentligen. Hon vet att
herrarna går upp för att träffa Marie, Esmeralda, och Ulla.
Ulla har flyttat in i Agnes gamla rum. Hon är snäll men inte
lika glad som Agnes var.

Men vad de gör där uppe har inte Lovisa kunnat lista ut.
Och hon får absolut inte gå dit upp. Det har Helga tydligt
"talat om". Men visst är hon nyfiken, det kanske skulle vara
lätt att smita upp i kväll när alla verkar vara så upptagna
med sitt eget. Men hon törs inte och inte vill hon göra
Helga ledsen. Så det får vara.

Men hon vill höra Andreas sjunga innan hon går upp och
lägger sig. Och han sjunger om kvällens gille. Och han
sjunger om sin älskade vän som är som en saga.

En vacker saga om kärlek i evighet. Han sjunger om bröllopsklockor i vinterskrud med vita flingor i kronan.

Ulla, den nya lilla "väninnan", som hon kallar sig. Är blond med musch på kinden. Hon för sig väl med de allra finaste herrarna. Världsvant liksom.

Helga och hon kom inte riktigt överens först. Men Helga har allt fostrat till henne. Det går inte an att sitta i bara nattsärken i köket bland både manfolk och barn, tycker Helga. Det, tyckte Ulla gick jättebra. I nattsärken med bröst som särken knappt räcker om, med låren svallande över stolsitsen. Hon drar upp särken så hon kan lägga fötterna på stolen intill. Och hon röker cigariller. Det luktar gott, tycker Lovisa.

Men som sagt, hon har blivit fostrad nu. Men Mäster slår sina lovar om henne. Han svassar runt och fjäskar. Ulla bara skrattar. Inte så som Agnes gjorde, utan på ett helt annat sätt. Hon skrattar så Mäster rodnar.

Lovisa frågar Helga varför Mäster blivit så konstig. Men Helga bara fnyser, och skakar på huvudet. Saga skrattar åt Lovisas barnsliga frågor.

"Titta på din Caminen du, han dreglar ju efter henne med", säger Saga.

"Det gör han inte." säger Lovisa. Carl Mikael skulle aldrig göra något sådant så gudfruktig som han är".

Då skrattar de alla tre. Jo, visst är han det. Men när han såg Ulla första gången var det som om ögonen skulle trilla ut ur huvudet på honom. En 8-årig pojke tillsammans med skökan Ulla, jaja, alla har det inte lätt här i livet.

Men det är Lovisa som Carl Mikael har i sitt hjärta. Även om han håller på att bli vuxen man och pulsen slår fortare när kvinnfolket bjuder ut sig. Men det är Lovisa som finns i hans drömmar om framtiden. Han vill sjunga för Lovisa. Bara för Lovisa. Han vill sjunga om sin kärlek till henne. Men varför rodnar han jämt!

Så fort hon tittar så där på honom, rodnar han. Och så är ögonblicket förbi. För hos Lovisa går inget sakta. Missar man ett ögonblick har Lovisa redan fladdrat likt en fjäril vidare till nästa ögonblick. Men det är när han gör sig rolig som han älskar Lovisa mest. När hon kiknar av skratt när han gör sina roliga gubbar. Alla psalmer som de måste lära sig att rabbla utantill gör Carl Mikael egen text till. Och dessa sjunger han sedan för Lovisa efter lektionerna. Då sitter hon på bänken utanför Sankt Gertruds kyrkmur. Caminen spelar teater för henne och Abbe. Det är då han träder ur rollen som borgarsonen Carl Mikael till gycklarspelaren Caminen. Han sjunger sina roliga sånger för Lovisa tills hon skriker att hon måste gå bakom kyrkmuren och kissa. Hon skrattar så hon faktiskt har kissat på sig ett par gånger. Då får Carl Mikael följa henne hem jättefort.

Men inte idag, idag går Lovisa bakom muren innan Caminen börjar. Han sträcker på sig och talar med en brytning på både franska, engelska och tyska.

"Men si mein lieber vierge. So beautiful like a butterfly. Isch will propotion a la marriage."

Men Lovisa ser inte allvaret i hans teaterspel, hon ser bara parodin, hon ser bara gycklaren Caminen.

Carl Mikaels hjärta gråter åter. Hans kind blir often våter.

Men han får hålla henne i handen när de går de få kvarteren bort till skänkstugan.

Det är dessa små promenader hans tankar fylls av hela

dagarna. Att bara gå bort till Lovisa och prata lite, vet han inte om han skulle våga. Det blir skillnad sen, när han själv kan gå in och be om ett stop, men det törs han som sagt inte. Än.

Han har skrivit tusen dikter som han inte törs ge till Lovisa. Bara dem som han kan skriva som liknelser, sådana han läst i bibeln. De törs han ge Lovisa. Men hon är så jordnära att det förstår hon inte. Till henne ska man säga rakt på sak vad man menar och tänker.

"Man måste väl säga hur en vill ha´t", säger hon alltid. Och Carl Mikael försöker ju hela tiden, men det stockar sig liksom i halsen. Men så tänker han, vi hinner väl. Vi har i alla fall något år kvar med lektionerna. Jag kan säga det då, jag kan säga det i morgon... Jag hinner, sen.

Så skriver han en dikt till som han önskar att Lovisa ska förstå, men inte gör hon det. Hon bara skrattar och ler så där så det gör ont i ryggen på honom. Och så virvlar hans lilla fjäril iväg igen. Och där står han på gatan mitt i skiten. Med en höna pickande framför sig. Hon tittar upp på honom, lägger sitt huvud på sned, och liksom tänker, vem är det som har hönshjärna här egentligen...

23

Men några som förstår varandra som tvillingsjälar är Saga
och Andreas. Han har friat och hon har sagt Ja.

Sagas mor som är änka tycker väldigt bra om Andreas.
Han är en fattiglapp men hon hade inget annat att vänta sig.
De har inga blodsband att skryta med, varken hon själv
eller Sagas far. Alltsedan han dog, har de hankat sig fram på
Sagas lilla lön och att hon tvättade åt Mäster.

Skräcken kommer varje torsdag och lämnar smutsen och
hämtar det rena. Mer orkade hon inte med. Gikten har
ansatt henne hårt i flera år.

Men nu skulle hon till skänkstugan på förmiddan för de
ville att hon skulle hjälpa till inför bröllopet och inte kunde
hon säga nej till det. Utan deras hjälp hade det inte blivit
mycket till bröllop.

I köket hade kvinnfolket samlats. De sitter runt det stora
köksbordet med kaffekoppar och sockerskorpor. Helga,
Saga, Marie, Ulla, Esmeralde och Cajsa, som gärna hjälper
till med planeringen av maten på alla stora kalas. Och Sagas
mor då förstås. Lovisa och Sofia sitter på spisbänken. De

har fått varsitt glas med krusbärsdricka.

Det är Marie som tar till orda, för hon har redan planerat allting.

"Om vi tar min mörkbruna klänning och låter sy på mer vit spets runt om urringningen och runt axlar och ärmslutet så blir den perfekt, det tar jag hand om. Jag tänkte sen at Helga kunde steka ett par ankor, Cajsas recept, det där med äpplen och plommon är så gott och riktig festligt. Sen dukar vi upp på tjugan, där får vi alla plats. Det får bli en vardag för jag tycker att vi ska hålla stängt så det bara blir en familjehögtid, med bara oss i familjen, ja eller ja, ni vet, vi är ju som en familj", säger hon och nästan blir rörd av sina egna ord.

Cajsa nickar och tycker att det är ett bra val med anka. Hon erbjuder sig att steka dem dagen innan så kan bara Helga värma dem. Cajsa gör naturligtvis såsen. Och Helga ska ordna grönsakerna och tilltugget.

"Mäster får ordna vin och ölet, Skräcken får fara till Kalle Kron efter brännvin och Lovisa och Sofia får pynta med blommor här, i hela storstugan" fortsätter Marie.

Lovisa och Sofia tittar på varandra, det tycker de ska bli så roligt.

"Moi, jag, vad ska jag göra, ska jag inget göra", undrar
Esmeralde uppgivet. Van att stå i center känner hon sig nu
utanför.

"Men du ska ju kläda Saga när dagen är inne", avslöjar
Marie som världens självklarhet.

Då blir Esmeralda tyst och nästan rodnar, det trodde hon
inte, det var stort, mycket stort.

"Jaha, då var det jag, vad vill ni att jag ska göra då?", undrar
Ulla, som egentligen inte alls verkar intresserad av något
bröllop.

"Du kan väl ligga i lite innan, hånler Marie, så vi inte har
några tuppar som står utanför den kvällen och gal."

"Du menar att jag kan fortsätta göra det jag är bäst på!",
svarar Ulla.

"Just så", säger Marie och alla skrattar.

"Ja, det är som det ska vara då, alla gör vi det vi är bra på,
det är bästa receptet för en god fest" säger Cajsa, för att få
tyst på flickornas vassa tungor.

Lovisa tittar på Sofia igen, hon vet inte vad de pratar om.
Men Sofia bara rycker på axlarna. Lovisa tror att Sofia inte
heller vet. Men Sofia tycker bara att de bär sig dumt åt. Som

om den ena skökan skulle vara bättre än den andra. De är väl likadana.

"Ja, jag är så tacksam till er alla, detta kunde jag aldrig drömma om att tösen min nånsin skulle få en sån fest. Inte ens att hon hade så goa vänner här", Sagas mor måste snyta sig och torka ögonen. Helga klappar henne över ryggen och slår i lite kask i koppen. Ställer fatet med sockerskorpor närmare.

Och så fortsätter pratet om andra saker. Sådant som fruntimmer brukar prata om när de samlas över kaffekoppen. Ända tills de kommer på att, "men herregud, här har vi väl inte tid att sitta. Det är så dags att börja med maten." Så far de upp och "tack för kaffet" och så ilar var och en till sitt och tar itu med de sysslorna som de är bäst på.

Marie sitter med hela klänningen upplagd på tjugan. Hon har varit och köpt vit skir spets som hon håller på att nåla fast. Det blir en infattning i hela urringningen med ett gräddvitt sidenband mot halsen. Sen kommer det att bli dubbel spets runt axlarna så det blir lite puffärm. Och till slut vid ärmslutet blir det dubbelt tyg, med den skira spetsen uppepå det redan befintliga tyget. Jo, klänningen kommer att bli väldigt vacker. Den är precis lagom till Saga. Saga, som har svårt att hålla sig i köket. Hon gör sig gärna ärende för att se hur det går för Marie.

Helga har varit nere i stora gårdshuset och hämtat fram den gröna klänningen, sin mors gamla. Och hon har hämtat upp en gul som hon ska låta sy om till Lovisa.

Hon har ordnat med det när Lovisa var på sina lektioner för hon vill att det ska bli en överraskning. Lovisa tror att hon ska få ha sin ljusblåa skolklänning.

Helga ler för sig själv när hon tänker på vad glatt överraskad Lovisa ska bli när hon får den klargula sidenklänningen. Det är vita spetsar på den. Och en stor rosett bakpå.

Ja, hon börjar väl nästan få lite former flickan. Det är bra med den klara gula färgen till Lovisa, hon hade inte kunnat ha en ljusgul för det hade hon blivit alltför färglös i. Hon har inte mycket färg i sig själv, med sitt ljusa hår nästan mot det röda, fräknar har hon med. Om inte de kommer gå bort när hon blir äldre kommer det gå åt mycket puder. Det är Helga säker på.

När hon går tillbaka från skräddaren börjar det snöa. Stora vita flingor dalar ner över hela staden. Det blir värre lerigt än vanligt på gatorna. Måtte det frysa på fort, tänker hon när hon halkar sig fram. Hon går inte köksvägen, för där nere är det väl leråker värre, hon går stora dörren in i skänkstugan. Där inne sitter Mäster och Tersen vid det lilla bordet intill kakelugnen. Marie håller fortfarande på med klänningen.

"Kungen har fått slaganfall", säger Mäster. Tersen är här med lite nytt skvaller.

Marie har fått lägga från sig klänningen. Hon kan inte sy och lyssna till allt detta samtidigt.

Tersen nickar, jo, han har fått slag.

"Men det repade sig skapligt, det är bara ena sidan av munnen och högra handen styr inte ordentligt."

Helga skakar på huvudet, oj oj…

Marie tittar ut genom fönstret, sådant jäkla väder, tänker

hon. Det går inte att gå ut och lyssna i detta väder. Snön har börjat vräka ner. Det är snart helt vitt ute. Stockholms smuts är strax gömt och glömt.

De stoppar in ett par vedträn i kakelugnen. Och Helga skyndar sig ut i köket för att titta till spisen. Men där är Skräcken, han har just kommit in med ett stort fång med ved. Och han staplar upp en hög på golvet och visst brinner det i spisen. Det är klart att där Skräcken är där är det fart i spisen.

24

Han fick en snöboll mitt i ansiktet. Han skrattar och
frustar, torkar av sig i ansiktet när Lovisa försöker sig på en
till. Men nu hinner Caminen först, han får upp en hel näve
med lös nysnö och mylar henne. Hon skriker. Men sen
skrattar de båda två och fortsätter tumla om i snön.
"Vi går hem till mig, och gör en snögubbe på gården",
ropar Lovisa. Det vill Carl Mikael gärna.
Då är det högtid för honom när han får vara med Lovisa
hela dagen, och efteråt får de sitta på spisbänken i Helgas
varma kök och dricka te ur varsin mugg. Det är så varmt
och gott här. Det pratas och stökas i köket. Det är ju bråda
tider nu. Först är det jul och sen ska det bli bröllop.

Efter Jula´då ska vi bli gifta
Då ska min käre vän
bli min
Men nog finns det här att göre
Alla dagar före
Snart ska grisar slaktas

Snart ska hönor nackas
Och en tuppe ska nog gala
Upp på loftet får då fara
våran lilla Ulla

Sylta salta och en lag
ska vi koka du och jag
hälla över mången slag
grisfötter ister och ysta
flera feta ostar

Öl ska bryggas
Mjöl ska bakas till
en kaka
med russin på

Sen så ska här fejas
Ja, här ska allting städas
Alla lössen frysas ut
Rent i stuga
Rent i hus
Inte finns en enda lus

Då ska stugan pyntas

Julebocken rymmas

Varma drycken värmer

alla kalla tår

Julefrid och julegris

Julesup och julerus

Sen så får vi sova

Men sen ska vi straxer opp

till en otta någon lova

Men sen hem och pynta om

Brudgum, inte titta, vänd dig om

Jag blir vacker som en dag

Alla glada är idag

Alla nöjda är idag

Kyrkan står vi vid varann

som vi lovat hand i hand

sen vi åka vagnen hem till vårt nästan egna hem

Men en fest vi hava först

Där vi släcka våran törst

Goder mat

på stora fat

Vin därtill

drick laxen till

en kalkon en fränka till

ingen tupp på trappen gal

Ulla hållt vad lovat har

Bara en är blyg idag

Liten Saga ska idag

vara hustru och därtill

göra maken - viljes till

25

Andreas och Saga hyr ett rum hos stallmästare Persson. Där som Skräcken bor i uthuset. Men de unga tu hyr ett rum på baksidan av stora huset. De har tillgång till köket tillsammans med stallmästarens tjänstefolk. Annars vill han gärna inte se sina hyresgäster. Som stallmästare borde han inte behöva hyra ut men han har skaffat sig alltför stora skulder att varje krona är välkommen. De trivs ganska bra, men inte är det som ett eget, på riktigt. Andreas har fått en fritjänst. Han får ingen lön första året men om han jobbar bra och är duktig kommer han få det på andra året. Så Saga är kvar på skänkstugan. Hon har till och med begärt mer i lön, vilket hon fick. Mäster kan förvåna vem som helst ibland. Även för dem är varje krona välkommen.

Andreas kommer och sjunger någon kväll varje vecka och får ett par riksdaler och ett mål mat.

Och ikväll ska han sjunga men just nu sitter Mäster, Andreas och Tersen och språkar vid lilla bordet bakom kakelugnen. Det är en sådan hiskeligs kall vinter.

"Ja, ni vet ju att kungen fick ett slaganfall, börjar Tersen berätta, det har ju bara gått utför med honom. Ja, jag tycker nog nästan att det började när hans mätress Hedvig dog. Precis som Katarina gjorde, i barnsäng, kungens fjärde oäkta unge. Och ändå ingen tronarvinge, det är tragiskt, vet ni."

Jo, det var tragiskt med Hedvig. Mäster, Tersen och Hedvig hade känt varandra sen barnsben. Det var via Hedvig som Tersen blivit sådan kumpan med Kung Fredrik.

Mäster och Andreas nickar, jo, det är tragiskt med alla spädbarn som aldrig får bli året ens.

Och alla barn som får växa upp utan mödrar.

"Ja, till att börja med fick vi ju söka efter en ny mätress åt den förbaskade kåtbocken. Men han tröttnar ju lika fort som han får napp. Det är antingen jakten i sig eller är det bara akten i sig…"

De skrattar och skålar sina ölglas åt Tersens rimskämt.

"Sista tiden har han fått nöja sig med de som för betalning redan är färdiga, inget himmel med ögonen och krusande här inte, utan bara pang på."

"Ja, din lilla franska tös har ju varit på besök ett par gånger, hon lär vara något extra den"...

"Ja, inte är hon som Ulla men vilken kvinna är det, Ulla, vår Ulla står i en klass för sig. I alla fall inom detta gebit vi spörjer om", säger Mäster.

Och Tersen håller med.

"Men Esmeralde har en mörk mystik över sig som kan verka lockande, Ulla är mer rakt på sak", de fortsätter sina funderingar med pannan i djupa veck.

"Men, nu till saken" säger Tersen, Fredrik har fått ett slaganfall till. Det finns bara tre ord kvar i huvudet på honom. Det är mopsen, doktorn och generalen. Han döljer ett skratt bakom handen.

"Va? Vadan de ord?" säger Mäster och han och Andreas skrattar med.

Verkligen ohyfsat att skratta åt konungens dilemma men detta var väl ändå...

"Tack och lov att det inte är Petter Niklas han går och kallar alla och envar. Han kallar mig generalen och doktorn för mopsen, det blir lite pinsamt löjliga situationer.

Och nu är det ju då förstås slut med tjänsterna under täcket. Men nu tänkte vi om vi inte skulle kunna ordna med lite trevliga kvällar på slottet. Att en kväll i veckan ordna med lite sång och musik. Så kungen kan titta på de kvinnliga fräknarna. Det är vad hans förmåga sträcker sig till. Och det är där du kommer in i bilden, Andreas, jag vill gärna att du kommer och sjunger. Vi har tänkt oss varje tisdagsafton."

Andreas tittar storögt på Tersen. Har han hört rätt. Vill de att han ska sjunga på slottet? Sina banala visor? Driver de med en fattiglapp som han.

"Ja, du ska få betalt förstås, 10 riksdaler per gång, blir det bra?" undrar Tersen.

Andreas kan inte svara, tungan har fastnat i gommen på honom. Han känner sig som att han ska svimma. Det snurrar.

Mäster dunkar honom i ryggen, "men pöjk, det blir ju så bra, det, se inte så rädd ut. Det kommer att gå så bra, så."

Andreas reser sig upp och bugar och tar Tersen i hand.

"Tack, o tack så hemskt mycket" stammar han.

"Jag måste prata med Saga", säger han och snubblar ut i köket.

"Va, säger Tersen, ska han fråga kvinnfolket om lov?"

Innan Mäster hinner svara hörs ett illtjut från köket, och ut kommer Saga.

"Är det sant, är det sant?", stammar hon.

"Men herregud, han ska sjunga på slottet en kväll i veckan.

Jag har inte gjort honom till kung" säger Tersen.

Men för Saga är detta samma sak.

26

De har tagit hit en livmedikus från Hessen som får 1000 riksdaler för varje månad han håller kung Fredrik vid liv. Då är Andreas 10 riksdaler bara en spottstyver. Men Saga och han lägger undan 8 riksdaler varje vecka. De ska spara dem tills de kan skaffa sig ett riktigt eget hem.

De äter för det mesta rester från Skänkstugan så med maten är det inga problem. Det som varit det värsta var vad Andreas skulle ha på sig för kläder när han uppträder på hovet. Men alla är så hjälpsamma, Helga har hämtat upp kläder från gårdshuset efter sin far. De får sy in byxorna en hel del, för Andreas har inte någon sådan buk som gamle Mäster hade. Men skjortan kan han ha och västen går att spänna till i ryggen. Och han kan låna Mästers gamla peruk. Han den token skaffade sig en ny till Sagas bröllop. Fåfänga karlar.

Och första kvällen när Andreas ska gå till slottet får Mäster följa med honom. Han är så nervös så han måste kräkas innan han går in. Men när de kommer hem igen är han kvittrande glad. Det har gått så bra. Kungen och alla hans gäster uppskattade verkligen Andreas enkla sånger. Det hade blivit stående ovationer och sista sången hade han fått sjunga två gånger.

Saga är så stolt och så lycklig. Hon tar fram asken som de ska spara pengarna i och Andreas lägger ner åtta blanka silvermynt. De blänker i ljuset från stearinljuset.

De tittar på varandra, så blåser Andreas ut ljuset och vi kan inte se vad som händer mer...

Fredrik lever ända tills september. Det är i nio månader som Andreas får gå till slottet och sjunga varje vecka. När kungen dör har Saga och Andreas 292 riksdaler i sin ask. Gud i himmelen vad de känner sig rika. Det är så mycket pengar att de knappt törs ta fram asken och räkna dem. Men nu vet de att det inte blir mer pengar från hovet. Nu är det slut på Andreas stora löner. Det är tre månader kvar av Andreas fritjänst. Sen får han lön därifrån, de är så vana att hanka sig fram så det kommer att gå bra.

Så länge de inte ställer till det för sig med småttingar så går det bra. De är så försiktiga och de har inte råd innan Andreas fritjänstår är över. Saga kommer ju inte ha någon inkomst sen när hon är hemma. Men nu börjar det ju ljusna, med tre månader kvar bara så skulle de ju kunna...

Men de blir lite blyga när de pratar om det. Att de ska göra det för att få smått, det är inte många som tänker så. Det blir ju när det blir. Men varken Andreas eller Saga vill att deras barn ska ha det lika fattigt som de själva har haft. Det enda de vet är att utan mat och utan skor behöver de inte gå. Andreas far är ju som bekant skomakare. Men Andreas vill inte bli det. Han vill helst jobba med sin musik. Men han trivs bra på bokbinderiet där han arbetar.

Och Saga kan ju fortsätta med mors tvättning till skänkstugan även sen när hon är hemma. Mor är så förvärker så hon behöver snart hjälp med tvätten ändå. Tänk om mor kunde komma att bo med dem när de fått sitt eget. Och Saga kan sköta tvätten till fler, medan mor hjälper till att passa den lille. Det är mycket som snurrar i huvudena på dessa unga tu. De ligger länge tätt intill varandra om nätterna och drömmer om framtiden. Men nästa dag är hittills den andra lik.

27

Den dagen kungen begravs ösregnar det. Innan alla stadens
klockor börja slå att begravningen är avslutad har klockan
hunnit bli 11 på kvällen. Starka salvor hörs över staden från
både stad och landsmisilen. Kungen var sörjd av
människorna som människa, som kung hade han nog inte
gjort sig så stor.

"Han sade aldrig något dumt och gjorde aldrig något klokt"
sade Tersen när han kom rödgråten efter begravningen.
Han var så full av sorg efter sin konung att han hade varit
tvungen att åderlåta sig. Annars hade säkert hans hjärta
sprucket av sorgen. Blodet pumpade så hårt och ont i
kroppen. Mäster tyckte så synd om Tersen att han tog fram
sin finaste konjak från Frankrike.

De två vännerna dövade sina sorger med egen omsorg.

"Inga ättlingar finns som sagt, Hedvigs stackars barn är nu
både moder och faderlösa" suckar Tersen.

"Nu ska vi få Adolf Fredrik på tronen, då, får vi se vad det
blir av det. Ryska Elisabeth lär ju bli nöjd i alla fall".

"Ja, det var väl ett bra drag av henne att kräva sin släkting
en plats på den svenska tronen".

"Han är en riktig hederskarl, så det blir nog inte mycket väsen av honom. Det första de måste se till att få in på slottet, vet du vad det är?" spörjer Tersen.

Men det vet ju inte Mäster.

"Det är en träsvarv, han svarvar hellre än han ställer och styr, han Adolf Fredrik", säger Tersen.

De är inte nyktra, någon av dem. Mäster och Tersen sitter bredvid varandra vid borden bakom kakelugnen. De sitter där och stöder varandra annars skulle de nog falla av stolen.

"Himla fin konjak, det där", säger Mäster.

"Mm-mm" svarar Tersen.

De sitter så här och sover ända tills Mäster vaknar och har så förbannat ont i armen. Han tittar på sin supevän som snarkar och dreglar honom på axeln. Han reser sig sakta och lägger ner Tersen framför ugnen. Han lägger in ett par vedträn till innan han tar trappan upp på loftet, någon av flickorna kanske fryser.

Det är en jäkla tur att han kan smyga sig ner från loftet och ut genom storstugan och komma in i köket från gården. Annars skulle Helga bli vansinnig. Men hon behöver inte veta allt som händer här. Det är vad Mäster tror. Men Helga vet. Hon vet allt som händer i huset. Hon sover med ett öga i taget. Det är bara prata hon inte kan.

Tersen vaknar inte förrän Helga puttar på honom med foten. Hon ställer en kopp kaffe och en brödbit på bordet. Hon lägger in ett vedträ innan hon går tillbaka till köket. Lovisa sitter och dricker varm mjölk vid bordet. Hon ska gå på lektion idag. Men hon känner sig inte bra, hängig och hon fryser.

Helga känner henne på pannan. Ja, hon har feber. Det blir ingen skola idag, upp och lägg dig igen. När Sofia kommer får hon vända hem och berätta att Lovisa inte kommer idag. Carl Mikael börjar nästan gråta. Han blir nog också sjuk, får ont i magen och måste också gå och lägga sig igen.

Men Sofia kommer snart tillbaka och har på vägen också hämtat Cajsa som kommer med en stärkande buljong och vill titta till Lovisa.

"Det är nog bara lite höstsnuva" säger hon.

"Se till att hon ligger ett par dagar och dricker ordentligt av den här buljongen. Det är samma som vi hade till dalmasarna, kommer ni ihåg det?" frågar hon.

Och ja, visst kommer de alla ihåg det.

Det är första gången Lovisa är sjuk. Det är lite
uppståndelse i köket. Men Lovisa kan nästan tycka att det
är lite mysigt när de kommer upp en i taget och tittar till
henne. Men till slut somnar hon. Och hon sover nästan
ända till kvällen. Då sitter Helga hos henne och ser oroligt
på henne. Lovisa förstår att hon drömt. Men det känns
bättre nu. Bara så himla kissnödig och så törstig. Hon vet
inte vilket hon ska göra först. Men det går bra att sitta på
pottan och dricka krusbärsdricka.

28

Förkylningen ger snart med sig men hostan vill inte ge sig.
Det tar flera veckor innan den är helt borta men då har
Helga börjat hosta istället.

Det är alltid rökigt i köket av den stora spisen och man
måste ha köksdörren öppen för det blir så otroligt varmt i
köket. Det är konstigt att ingen blivit sjuk tidigare.

De sitter i köket en morgon när Mäster kommer in. Han
ser utsövd och pigg ut.

Han sätter sig vid bordet och väntar på att få kaffe.

"Har han sovit gott?" säger Esmeralda.

"Ja, så gott så." svarar han.

"Han har inte fryst?" fortsätter hon.

"Fryst? Nej, min själ. Det är ingen risk med den stora
kakelugnen jag har nere hos mig." säger han.

"Så? säger Ulla, han eldar i den stora kakelugnen där nere?"
Mäster nickar stolt. Det är en väldigt fin kakelugn och det
finns kaminer i flera rum.

Han talar om det för dem. Och även att han eldar ju bara i
den stora, han klarar sig bra med det.

Esmeralda tittar på Helga son står vid spisen och hostar.

Marie reser sig upp och ger henne lite varmt vatten. Lovisa kommer ner från vindsloftet med en stor sjal om sig.

"Jag fryser." säger hon och sätter sig på bänken bredvid spisen.

Det är en riktig vargavinter. Det har redan gått åt dubbelt så mycket ved mot vad det brukar göra. Mäster är oroad över de stigande kostnaderna. Han köper ved av Starke Sven.

"Har någon varit nere och sett hur det ser ut i gårdshuset?" frågar Ulla.

Marie, Esmeralda och Lovisa skakar på huvudet. Helga tittar på Ulla och undrar vad hon menar.

"Vadå? säger Mäster, vad är det att se där?"

"Jag tror att det är varmare där nere. Jag tror att vi ska gå ner och se om det inte finns plats för fler att få del av den värmen." säger Ulla och sveper sjalen tätare om sig.

"Kom flickor, vi ska nog gå ner och titta. På vårt loft finns ingen värme alls. Det är tur att man har yrke till att hålla sig varm med annars hade vi varit döda alla tre nu. Vi håller på att frysa ihjäl, ska Mäster veta." säger hon och så går de iväg.

Ulla först, sen kommer Marie med Helga under armen. Esmeralda och Lovisa kommer hand i hand för att inte halka.

Efter kommer en skräckslagen Mäster. Vad ska de göra? Vad menar de? Ska de flytta ner i mitt fina hus? Att det ser ut som en svinstia och det kommer damer, den tanken slår honom aldrig.

När de kommer fram och öppnar köksdörren slår värmen mot dem. En instängd stank likaså. Men i spisen i köket brinner det. Det är varmt och skönt här inne. De hänger av sig sina sjalar. Till och med Helga kan lätta på sjalen. Lovisa ser sig storögd runt i köket. Det är inte lika stort som skänkstugans kök, men det är hennes mors kök. Och hon kan nästan känna henne här. Det känns som hemma. Här bodde Katarina.

De fortsätter från köket till resten av huset. Man kommer in i förmaket med ett stort matbord och en jättekakelugn. Det brinner även i den. Där bredvid på golvet har Mäster inrättat sin bädd. Med tjocka bolster. Han sover varmt och gott här. Helga känner att det börjar tina efter ryggraden, hon har känt sig helt stelfrusen en längre tid. Men gud vad han har vänt till här, tänker hon.

Det står fat med matrester lite varstans. En potta som är

full står bredvid bädden. Den har stått ett tag och sprider en stickande odör kring sig.

Hon tittar in i ena pigkammaren, där är en kamin men det brinner inte i den. Hon stänger dörren igen och så går hon mot övervåningen.

"Snälla Helga, det finns inget att se däruppe." säger Mäster och försöker stoppa henne. Men hon spänner blicken i honom och han stannar och sänker blicken. Det är lika bra att han kapitulerar.

Helga går före upp för trappan och alla kommer efter, utom Mäster, han vet vad det är att se.

Inne i den stora salen har han staplat upp ved som säkert skulle räcka ett år till.

Kvinnorna ställer sig och bara stirrar på veden. De förstår ingenting. Mäster som sagt att veden blivit så dyr, att de måste snåla och spara på den. Att de bara får elda för matlagningens skull, inte för värmen. Det finns filtar och varma karlar att värma sig på har han sagt.

Helga ser på Lovisa och så börjar hon gråta, hon stöter fram det ljud som kommer långt ner från henne strupe, hon hostar. Lovisa tar hennes hand och försöker lugna henne. Men hon kan inte, hon vet inte vad hon ska säga eller göra.

Marie försöker hålla om Helga men hon skakar av henne och så rusar hon ner för trappan.

De andra hinner inte med. När de kommer ifatt henne ser de henne bara bakifrån. Den breda Helga med händerna på höfterna. Men Mäster ser henne. Han ser hennes ögon. De sänder ut en svärta och en hetta som skulle kunna få fnöske att ta sig. Det är inte långt ifrån att han kissar ner sig.

"Snälla rara, jag kan förklara, säger han, var inte så ilsk, snälla Helga."

Helga drar fram Lovisa och hon pekar på flickan och på hennes hals och så hostar hon. Sen pekar hon på Mäster och på hans bädd.

"Jag förstår inte..." försöker han.

"Nehej, men det gör jag, säger Ulla och banar sig fram. Här har han låtit sin egen dotter och syster bli sjuka. Medan han själv har legat här nere och svettats om sitt feta arsel. Hon kunde ha dött, flickan, men det är väl inte Mäster tillräckligt klipsk för att begripa." Hon ställer sig på andra sidan om Lovisa och håller om henne. De tre står så och ser på honom. Han krymper. Helga pekar på honom och så pekar hon mot skänkstugan. Hon hötter med handen att han ska gå.

"Inte menar du väl att jag ska flytta upp dit och ni ner hit?" säger han och darrar på rösten. Han är färdig att börja gråta.

Helga ler åt honom och så applåderar hon honom.

Huvudet på spiken min käre bror, tänker hon.

"Men, men vi får väl plats här alla…" försöker han.

Helga spänner ögonen i honom och pekar mot dörren och han ser sig besegrad och lommar iväg.

De börjar prata i mun på varandra, att gud i himmelen vilken fars. Detta är inte sant, inte klokt!

Att han bott här ensam utan att säga till att det är varmt här. Och hur mycket ved finns inte där uppe, ojojoj…

Inte ens har han tagit ner Lovisa som varit sjuk hit till värmen. De kan inte förstå, men egentligen är de väl inte så snopna. Det är inte ofta någon kan anklaga honom för att vara vare sig klipsk eller nykter. Pengar! Det är vad han förstår sig på! Till sin egen fördel…

Nåja, det går i alla fall åt en storstädning här. De samlar ihop alla sopor och skulor och kastar ut. Sen värmer de på en stor gryta vatten. Allt måste skuras. Bord, bänkar och golv.

De får dela upp sig för skänkstugan måste också skötas. Men det får bli kallskuret idag. Ja, en varm soppa kan de sätta på. Den kan gott Mäster passa. Ifall han fryser där uppe.

29

Det tar dem tre dagar att få ordning på allt där nere i
gårdshuset. Men då är där så fint att de skulle kunna bjuda
herrskapsfolk på middag. De sitter nästa dag vid den stora
kakelugnen och bara ser sig om. Det är så vackert. De stora
fönstren med granna röda sammetsgardiner. Det stora
bordet med sex dekorativa stolar till. Fransk rokoko.
Lovisa går runt och bara känner på alla sakerna. Helga har
förklarat att en del av möblerna är nya. De fanns inte här
när mor och far levde. Han har säkert fått betalt i en och
annan möbel. När de inte kunnat betala sina krediter har de
gett han en möbel. Salen på övervåningen är dock intakt.
Det har sett ut så i alla tider vad Helga minns. Inte mycket
möbler men dock ett stort rum för dans och umgänge. I
vinter håller de vedförråd här men till våren får de väl ta
och städa ur där med. De har inte tänkt ha några gäster.
Det är i förmaket som de vistas. Och i tre av sovrummen
på övervåningen har Esmeralda, Marie och Ulla flyttat in.
Lovisa och Helga bor i pigkammaren här nere. Där är
varmt och ombonat. Inte bryr de sig om sådant trams som
etikett. Att de skulle vara herrskapsfolket och flickorna

skull bo i pigkammaren. Nej, man får göra det som
fungerar bäst för dem alla. Och det är det här.

Helga är så van att ha Lovisa nära sig och det vill hon ha nu
med. Hennes hosta har inte blivit mycket bättre men hon
fryser inte hela tiden och det känns bra.

Och det är skönt att gå från skänkstugan på kvällen efter
avslutat arbete. Det är ledigt på något vis. Mäster bor uppe
på köksloftet men de ska nog säga till att han kan flytta ner
hit. Han kan bo i den andra pigkammaren. Kanske kan då
Skräcken flytta in på köksloftet och sköta spisen om
morgnarna. Jaja, det är ingen brådska, tänker hon Helga,
han kan gott få våndas ett tag till.

Det hon vet, är att från och med nu ska det bli andra
ordningar på Köpmansgatan.

Det är så kallt så Lovisa kan inte gå till undervisningen på
en hel månad. Men Caminen har morskat upp sig och
kommer nu själv och hälsar på henne. Annars hade han väl
dött om han inte fått se henne på så länge. Det var
tillräckligt länge för honom under tiden hon låg sjuk. En
dag kommer både Abbe och Caminen, då läser de Helgas

posttidning. Carl Mikael läser högt om Linnés reseskildring från öarna i Östersjön.

"Blåkulla är en liten ö, emellan Ölands norra udde och Småland belägen, den Kiäringar och sagor dedicerat åt Pluto, men ei Neptuno, fast än den senare tycktes taga henne mer i protection ifrån Öknamnen. De säga allment at alla trollpackor hit skola resa, sannerligen en besvärlig resa, hwar Skärtorsdag. Men den som en gång varit på orten, lärer aldrig mer resa hit, och nog finna orsaken till fabeln. Ty om någon ort i världen ser hiskelig ut är visserligen denna af de grymmaste, därföre man ock henne kort beskrifver."

Fy vilket hiskeligt ställe det där måste vara resonerar de efteråt. Att trollpackor och häxor åker dit varje skärtorsdag, det är konstigt. Den grymmaste platsen i världen tänker Lovisa och ryser. Dit vill hon aldrig behöva åka till.

De får varm krusbärsdricka vid det stora köksbordet. Och det är bra efter en sådan hiskelig berättelse.
Det är varmt i köket för det är bakdag idag. Helga, Saga och Sofia bakar hårdbröd. Det ska hängas uppe på loftet att torka och sedan blöter man upp det i gröten när det är dags

att äta det. Det håller sig längre än vanligt bröd. Det är inte lika gott som Helgas färska bröd, men hon orkar inte baka varje dag längre som hon gjorde förr. Hostan tär på henne, hon måste gå ner och lägga sig en stund emellanåt.

Några dagar har hon inte kunnat ta sig upp till skänkköket. Hon har hostat blod. Det blir bättre ett tag sen blir det värre igen. Men idag är det en bättre dag för hon är med och bakar.

Skräcken kommer in och ruskar av sig snön så det ryker om honom.

"Starke Sven är på väg." säger han.

Det var bra det, tänker Helga, och nickar. Det börjar ta slut på både det ena och andra. Det är den kallaste vinter hon upplevt. Förråden räcker inte till, allt börjar sina.

Sven har med sig sina döttrar idag. Han kommer in med dem först, det är för kallt för dem ute. De har suttit på vagnen under flera skinnfällar för att hålla värmen. Saga visar fram dem till spisen så de kan lätta lite på klädseln. Sen ska de också få varm dricka. Skräcken och Sven hjälps åt att lasta av.

Lovisa, Abbe och Caminen tittar nyfiket på Molly-Itta och

Molly-Hally. De är precis lika. De har likadana kläder och likadana hårband. Ja, varken Lovisa eller Caminen kan se skillnad på dem. Trots att de försöker hitta någon liten sak som inte skulle vara likadan så hittar de inget. De är precis likadana.

"Det är jag som är Itta och hon som är Hally." säger den ena av dem. Och den andra nickar, hon som då är Hally. De kommer fram till bordet och sätter sig på samma stol. Och så frågar de samtidigt, vad de andra heter.

Lovisa pekar på pojkarna och berättar att de heter Carl Albin och Carl Mikael och att de har en lillebror till som heter Carl August.

"Det är ju nästan som vi, vi har också samma namn." säger Molly-Hally. Och Molly-Itta nickar.

"Jag har inga syskon alls, säger Lovisa, och inte kommer jag få några heller, för min mamma är död."

"Då är hon en ängel, som sitter på ett moln och alltid tittar på dig." säger Hally.

"Gör hon?" säger Lovisa och ser förskräckt ut. Då har hon ju sett alla hyss och dumheter hon gjort. Hon har sett när Caminen fått Lovisa att kissa på sig av skratt.

"Inte alltid, va?" undrar hon.

"Jo, säger Itta och Hally i mun på varandra, alltid, för änglar behöver inte sova. De är där jämt. Hon vakar över dig så inget ont ska hända dig."

Inget ont, tänker Lovisa, då kanske hon inte bryr sig om små hyss. Så länge hon inte gör sig illa. Det är ju mest att hon norpat skorpor från Helgas förråd. Fast en gång skrattade hon och Caminen åt en gubbe som var stupfull och låg och kröp på gatan. Det såg Katarina, tänk om hon var arg för det. Man kanske inte får skratta åt fulla gubbar. Men det är ju fullt med fulla gubbar och de är ju ganska roliga när de inte kan gå själva. När de trillar omkull bland skiten på gatan. Nej, det blir inte Lovisas mamma arg för, hon skulle ha skrattat åt det hon med. Det bestämmer sig i alla fall Lovisa för att så är det. Det kanske är det bästa med en änglamamma att man själv kan bestämma vad hon ska tycka. Man kan bestämma att hon alltid är god och glad, att hon aldrig skulle bli arg och slå en. Det har de alla sagt att Katarina alltid var glad och god.

Abbe har fått hurringar många gånger av sin mamma, men sen är han ju väldigt bråkig. Och gör en massa tokigheter. Men Abbe ska sluta undervisningen nu och börja som gårdspojke åt stallmästare Persson. Han kommer väl att få mocka hästskit från morgon till kväll men de säger att det är bara nyttigt för honom. Det kanske tar ut dumheterna han har i huvudet att få bära skit. Det är vad fröken Ingeborg och Abbes pappa tror men det tror inte Caminen och Lovisa. Abbe är inte dum i huvudet, han har bara så attans svårt för att sitta still. Det är som han efter bara någon minut får myror som kryper i benen på honom och då måste han springa ett varv runt bordet och gärna dra fröken i kjolen lite. Det blir av bara farten säger han. Det kan väl vem som helst förstå att det inte är lätt att läsa latinet eller matematiken när man har myror som springer omkring i benen på en.

Barnen dricker upp saften och sedan är det dags för Sven att få lite varmt i sig innan de far hemåt igen. Barnen får gå in till skänkstugans spis och sätta sig där. Itta och Hally tittar storögt på den stora salen och på den stora kakelugnen. Sen ser de allt folk som sitter här. De tar varandra i hand och bleknar. De har aldrig sett så mycket folk på en och samma gång förut. De har nästan aldrig lämnat gården förut. De har varandra, leker ihop, sover ihop. Och så sina föräldrar förstås. Och alla djuren på gården.

 Det var mycket folk på gatorna när de kom till staden men att alla var på väg hit, det kunde de inte förstå.

"Varför är det så många här?" frågar Itta.

"Det är inte många här nu, svarar Lovisa, då ska du se när det är gille om kvällarna. Då är det mycket folk."

"Men vad gör alla här?" fortsätter Itta.

"De äter och super, svarar Lovisa, ja, mest super tror jag."

Då kommer Ulla och Esmeralda ner från trappan. Det är först nu de kommer upp från bädden. De får se de båda flickorna. Ulla skrattar men Esmeralda bara gapar. Hon gör korstecknet framför bröstet och så rabblar hon något på franska.

"Vad sa hon?" säger Hally.

"Hon sa att ni var så söta och rara, säger Carl Mikael innan Lovisa hinner svara. Och det är tur att han är så snabb i tanken. Esmeralda tror nämligen att det är från underjorden tvillingar kommer. Lovisa bara ser på Caminen, hon förstod vad Esmeralda sa. Caminen blänger på Lovisa. Hon säger inget.

"Kom, så ser vi om det behövs mer ved i spisen." säger han och lämnar Lovisa.

När Molly-Itta och Molly-Hally åkt hem får allt Carl Mikael
förklara sig för Lovisa.

"Det förstår du väl att de skulle ha blivit ledsna om de
förstått att hon korsade sig för att hon trodde att de var
djävulens avkomma." säger han till henne.

Jo, det förstår ju Lovisa visst. Men nu ljög de ju. Blev de
inte ledsna då?

"Men de vet ju inte att vi ljög." säger Caminen.

"Men min mamma såg att vi ljög." säger Lovisa.

Caminen skrattar.

En ängel på ett litet moln
tänk om hon trillar ner
Hon ser sin flicka
och ingen mer
tänk om hon trillar ner

Hon skrattar så gott
när dagen den gått
och flickan somnar och ler

tänk om hon trillar ner

Hon vill så gärna
sin flicka värna
om glädje och lycka
till trots
att hon ej fick vara nära
sin lilla flicka kära
hon kommer ej att trilla ner.

"Nåväl, hon blir inte arg för att vi ljög lite för att inte göra
dem ledsna. Hon tyckte nog att det var jättebra." säger
Lovisa.

Caminen nickar. Sen måste han gå hem. Han plockar på sig
flera lager med sjalar som är hans mors. Lovisa får hjälpa
till att vira in honom i dem.

"Nu får du springa fort. Och du halkar inte i skiten",
förmanar hon honom.

31

"Det brinner!!"

Skräcken kommer in och skriker i köket.

"Det brinner uppe vid Klara, förklarar han, jag måste dit och se om jag kan hjälpa till med något. Håll er inne, det ryker så in i helvete!"

Lovisa, Helga, Saga och Sofia måste ändå ut på torget och se på röken som väller in. Det luktar tjära och brandrök.

Larmet i kyrkklockorna går för fullt. Människor och djur kommer i panik och det är ett ljud som får Lovisa att hålla för öronen. Helga drar med sig flickorna in igen. Detta är inget för dem, de kan inget göra mer än hålla sig lugna och inte i vägen.

Helga far ner i källaren och börjar langa upp skinkor, sill och fläsk. Det lär komma hungrigt manfolk senare, då gäller det att det finns! Saga tar emot och sätter det vid bordet och börjar skära och ordna.

Lovisa sitter vid köksfönstret och skär fläsk samtidigt som hon ser på röken och på människorna utanför som fått så bråttom. De hukar sig undan röken och rusar gatan fram. Bodarna stänger sina luckor. Hönsen far omkring, och grisarna som brukar böka runt här utanför har försvunnit. Det är kaos.

Röklukten tränger in, och ner i skorstenen. Draget är helt borta. Det blir rökigare än vanligt och Helga börjar åter igen att hosta.

"Du får gå upp på loftet och lägga dig." säger Sofia. Röken lägger sig tung utefter golvet, men på loftet är det bättre. De hjälper henne upp för trappan. Lovisa sitter kvar och ser efter henne. Det är något som är fel idag. Det är något som är helt fel idag. Hon hör hur Helga hostar så hon kräks där uppe. Hon rusar upp med en spann och flera trasor. Hon kommer ner igen efter vatten. Hon sitter bredvid Helga och klappar henne. Hon hostar och spottar stora blodklumpar. Hon somnar emellanåt men vaknar av sina egna hostningar. Hon håller på hela natten. Lovisa sitter hos henne hela natten.

Det brinner hela natten med. Skräcken har tagit med sig Mäster till Klara. De har inte varit hemma sen i morse. Sofia har gått hem, måste se till att allt är bra där. Andreas har kommit och Saga är också kvar.

De sitter på bänken vid köksbordet och ser på

natthimmelen som färgas alldeles röd och orange av den flammande elden. Andreas vill iväg och hjälpa till men Saga vägrar att släppa iväg honom. Hon vill inte vara ensam.

Hon känner också att något är fel. Att om hon släpper iväg Andreas kommer hon aldrig att få se honom igen.

Det brinner hela natten och hela nästa dag. Frampå kvällen kommer Sofia tillbaka och hon har Carl Mikael med sig. Han bara måste se att det är bra med Lovisa. Han sitter hos henne ett bra tag. Men sen har de lovat sin mor att inte vara borta för länge så de måste hem igen. Saga har somnat på golvet framför spisen. Andreas har hämtat in ved och vatten. De dricker buljong och äter skorpor, det finns inte ork att laga sig något. Men buljongen är Cajsas och den har väckt liv i många så de kommer klara sig på den. Men de får inte i Helga någonting, så fort hon får lite i munnen hostar hon igen. Till slut försvinner hon bort i ett medvetslöst tillstånd. Hon hostar inte längre men med saliven som hon inte kan svälja längre rinner färskt blod hela tiden.

Mäster kommer hem med kvällsmörkret, då har han varit vid Klara i 33 timmar. Han är svart av sot. Saga tar fram en trasa till honom så han kan vaska av sig. Under tiden ställer hon fram en skål med buljong.

"Ta med dig den ner till gårdshuset, Helga ligger på loftet här. Hon har nått slutet." säger Saga till honom.

Han förstår inte vad hon menar.

"Slutet?" säger han.

Saga nickar.

"Ja, hon hostar inte längre." säger hon.

Han reser sig och tar trappan i två kliv. Han lägger sig på knä framför hennes bädd och tar henne i handen. Tröttheten tar ut sin rätt på honom. Han gråter som ett barn. Lovisa vet inte vad hon ska göra. Hon bara sitter där. Ser på honom. Ser på Helga. Då förstår hon vad som håller på att hända. Helga kommer att dö. Hon kommer att dö!? Här och nu. Hon låter sin egen förtvivlan slita i hennes bröst och hon skriker. Mäster ser på sin dotter, och lägger armarna om henne. Han vaggar henne till tröst för både henne och sig själv. När de tittar på Helga är hon död. Lovisa klappar henne på kinden. Mäster stryker henne över håret. Hennes svarta hår som inte har hunnit få ett endaste grått strå än. Hon är borta nu. Hon somnade in när Lovisa och Mäster satt hos henne och höll om varandra för första gången i hela sina liv.

32

Helgas begravning blir en i raden av många. Det är många
människor som inte överlevde den stora branden, mycket
som inte blir sig likt igen efter branden.

Hela kvarter är borta, och det kommer ta lång tid att bygga
upp det igen. Många får bo i lagårdar och uthus under
tiden. Det är tur i oturen att det inte brann under den kalla
vintern. Det är försommar och det kommer att bli en varm
sommar.

Men Lovisa bryr sig inte om det vackra vädret.

Inget är sig likt längre. Köket utan Helga är hemskt. Livet
utan Helga är hemskt.

Hon har flyttat upp till sina föräldrars gamla sovrum och
sover nu i sängen där hon är född och där hennes mor dog.
Mäster bor i pigkammaren. Där som Helga och Lovisa
bodde tillsammans. Marie, Ulla och Esmeralda har slutat att
kivas. De skrattar och pratar inte alls. Bara det som måste
sägas. Det är tyst. Skräcken har flyttat upp på loftet. Helgas
gamla köksloft. Han bara gråter. Han bär ved och gråter.
Han hämtar vatten och gråter. Han sitter vid köksfönstret,
ser ut på livet och gråter. Ingen i skänkstugan deltar i livet

just nu. De går som i en egen bubbla. De sörjer, alla på sitt eget vis. Mäster super. Ulla har dubbelt så många vänner hos sig som förut. Marie vill inte ha besök alls. Esmeralda är som vanligt, förutan att hon är tyst.

Caminen kommer och hämtar Lovisa varje dag. De går ut och går. Han läser dikter för henne. De vackraste kärleksdikter han någonsin har kunnat skriva. Inga roliga som hon kissar på sig åt, utan dikter om vårens blommor. Om de unga som mötas i smyg, om kärlekens löften i evighet. Deras barndom är borta. Den dog med Helga. Den brann upp i Klara. Lovisa har fått sin första egna klänning. Ingen av mors eller farmors omsydda utan en alldeles egen klänning. Hon har fått välja tyget själv. Marie var med henne och hon fick välja både tyg och modell. Den är ljusbrun. Med flera lager av volanger i kjolen. Livet är avskuret med pärlor runt om nedkanten och halsen. Den har små klädda knappar framtill. Det är vitt krås isatt i halsen och ärmarna. Den är lite lik Sagas bröllopsklänning men ändå inte.

Men livet måste gå vidare. Tiden går och läker de djupaste såren. Men minnen finns kvar. Kärleken finns kvar.

Värmen när hon tänker på Helga finns kvar. Hon slutar skolan och ägnar sig åt köket istället. Hon har fått undervisning i fem år och lärt sig både räkna och skriva, så nog ska hon klara räkenskaperna för köket alltid.

Carl Mikael ska fortsätta skolan några år till. Han ska studera vidare och hoppas att han kan få en tjänst senare hos Dahlin. Han vill skriva. Dahlin ger ut en skrift som heter "Svea rikes historia". Han har så intressanta teorier om allt som Carl Mikael vill diskutera med Lovisa men hon är inte lika intresserad av det som han. Han är helt fascinerad av en vattenminskningsteori som Dahlin har skrivit om flera gånger. Lovisa har väl att göra i köket utan att behöva bry sig om vad som händer med vattnet. Det regnar väl alltid nytt vatten?

Nåväl så tänker Carl Mikael kunna få arbete hos honom eftersom han är så duktig på språk. Både tyska, franska och latinet behärskar han. Några år till så klarar han det perfekt. Det ingår i Carl Mikaels livsplaner. Han och Lovisa ska gifta sig och bo i Lovisa gårdshus. De kan driva skänkstugan tillsammans och han skriver och översätter hemmavid. De kommer att få många vackra barn tillsammans. Alla friska och de ska överleva till vuxen ålder. Det ser han framför sig.

153

Men gör Lovisa det? Han har inte frågat, han känner inte att han behöver det. Det är så självklart att det är så deras liv ska te sig. Det finns inget annat alternativ.

33

Vilken dag det har varit. Lovisa är så trött när hon äntligen
får ta sitt talgljus och vandra genom nässlorna ner till sin
säng. Det har varit gille på krogen ikväll. Med mycket folk,
hon är inte nykter känner hon när hon är nära att snubbla
över sin egen kjortel. Esmeralda och Ulla hade fortfarande
gäster hos sig. Men någon mer mat blir det inte så hon
gjorde klart i köket och smet ut. Abbe och Caminen har
sjungit och skrålat hela kvällen. Inte heller de kunde
anklagas för att vara nyktra ikväll. Men vem kan det, vem är
nykter? Vad är nykter, tänker hon där hon snubblar fram...
Caminen hade försökt kyssa henne och hon skrattar för sig
själv. Visst vet hon vad han känner för henne men hon är
inte lika säker på sina känslor för honom. Är det inte bara
syskonkärlek man känner när man känt varandra hela livet?
Kan det vara sann kärlek då? Hon skulle vilja känna det
hon läst om.

En himlastormande passion som tar tag i hela kroppen!

Det är inte det hon känner för Carl Mikael, det är det inte.

Hon lägger in ett par vedträn i kaminen i sitt eget rum.

Hon har hunnit vänja sig bra med det. Det är stort och

sängen är stor.

Det är snart tre år sedan Helga gick bort. Mycket har ändrat sig. Saga har slutat och nyss fått hennes och Andreas andra dotter. Sofia har träffat en sjöman som kommer och går. Hon är kvar på krogen men kommer sannolikt att försvinna till våren när han kommer hem från Kina igen. Marie gick bort i soten, det är ett år sedan nu. Det har inte kommit någon ny efter henne. De arbetar gärna från gatan nu för tiden. Esmeralda är kvar men det är inget vidare spring efter henne längre. Hon har bara en tand kvar i munnen och är väl alltid lika full. Hon super som en hel karl, säger de. Mäster har inte varit nykter en dag sedan Helga dog. Trots allt fanns det starka band mellan dem, syskonen på Köpmansgatan. Ulla är kvar, hon är sig lik. Lovisa tänker att hon måste skaffa någon ny hjälp i köket när Sofia slutar och gifter sig. Men vem vill hon jobba med istället? Hon är ju så van vid Sofia. Men det är ett levebröd för dem alla. Trots att det är hela deras liv, denna förbannade krog. Helgas liv tog slut på loftet.

Hon känner hennes närvaro varje dag. Helga är där och hjälper henne passa elden. Inget får brännas vid, inget får koka över. Det ser Helga till.

Hon ler åt minnen hon har av sin älskade Helga när hon
klär av sig och kryper ner under sitt tjocka täcke. Hon kurar
ihop sig och somnar med en gång. Sover tungt och
drömlöst.

Hon vaknar av att någon rör sig i rummet. Hon öppnar
ögonen, spänner hörseln. Jo, det är någon där. Det är mörkt
men någon håller på att klä av sig.
Hon sätter sig upp i sängen och utbrister...
"Vad i helvete vill du här?"
"Shh, det är bara jag. Lilla Katarina, nu kommer store Olof
här." säger han. Mäster är stupfull. Det stinker skit om
honom.
"Jag är inte Katarina. Jag är Lovisa. Katarina är död sedan
15 år och det vet du. Klä på dig och ge dig iväg härifrån."
säger hon och drar täcket om sig. Hon kryper upp i sängen
mot kuddarna men han bara skrattar åt henne. Han vältrar
sig över henne. Hon skriker åt honom att han ska dra åt
helvete. Han sliter av henne täcket. Han är stark, väldigt
stark. Han är full och vet troligtvis inte vad han sysslar med.
Med det finns inget förlåt för vad han gör. När han tränger
in i sin dotters jungfruliga sköte kräks hon.

Han har redan somnat innan han är klar med vad han håller på med. Hon trycker på hans kladdiga nerspydda axel som ligger över hennes ansikte allt vad hon förmår. Hon får upp den en bit och så kravlar hon sig fram under honom. Sätter spjärn med både fötter och händer och knuffar ner honom på golvet. Han vaknar till av dunsen.

"Va, fan händer…" säger han och reser sig upp. Han ser på henne och en bråkdel av en sekund ser hon att han förstår vad som hänt.

Han muttrar något ohörbart, drar upp byxorna som hänger efter låren på honom och så lommar han iväg ut ur rummet.

"Jävla slyna" skriker han när han kommer utanför sovrumsdörren.

Lovisa har aldrig varit arg i hela sitt liv förut. Nu reser hon sin ömma kropp från sängen och hon kan se sig själv som i ett töcken. Hon känner ilskan brinna i hela kroppen och hon rusar efter honom.

Hon är borta, hennes medvetande är borta. Hon sitter på översta trappsteget och ser på sina händer. Hennes båda lår är nerblodade. Hon torkar av det ena med handen och ser på blodet. Hon har sitt eget kräks och blod på sin nattskjorta. Hon ser ner för trappan. Där nere ligger hennes döde far.

Andra Delen

Lovisa

34

Hon står vid relingen och ser Stockholm bli mindre och mindre. Kanske är det sista gången hon ser staden, kanske inte.

Hon lämnar allt bakom sig för att starta om på nytt. Många minnen har hon med, många minnen vill hon lämna kvar. Carl Mikael. Min älskade Camilen. Han kommer hitta brevet hon skrivit till honom och hon vet hur förtvivlad han kommer att bli. Men hon kan inte hjälpa det, hon kan aldrig ge sig till honom efter det som hänt henne. Hon hade velat vara ren för honom. Men hon känner sig så smutsig. Så förnedrad.

Hon hade suttit kvar i trappan ända tills Ulla kom ner till gårdshuset. Det hade nästan börjat ljusna ute. Ulla hade förstått med det samma vad som hänt.

Hon hjälpte Lovisa ner till köket och kokade upp massor med varmt vatten. Esmeralda kom strax och hon hade sprungit efter Skräcken.

Esmeralda och Ulla tvagade Lovisa med såpa och hett vatten.

Ulla gav prov på alla sina svordomar och fula ord.

Esmeralda grät.

"Mon ami" sa hon och klappande Lovisa på kinderna gång på gång.

Skräcken hade hämtat Carl Mikaels far. De mötte upp konstapel Liljekvist. Detta var ju självklart en olyckshändelse. Mäster hade naturligtvis varit stupfull, som vanligt. Och föll nerför trappan, vad han skulle upp för trappan att göra var det ingen som ordade om.

Liljekvist skulle skriva rapport om olyckshändelsen, alla kände ju till att Mäster sällan var gående av egen kraft så sent om aftonen. Även Konstapel Liljekvist befann sig på skänkstugan nu och då.

Skräcken och Carl Mikaels far tog hand om liket.

De bar ut honom i vedboden. Där skulle de snickra ihop en kista till honom.

Lovisa hade vägrat vara med på begravningen men Ulla tvingade henne till det.

"Annars fattar folk misstankar" hade hon sagt.

Så Lovisa satt där och såg på sin fars kista. Hennes hjärta

grät men resten av henne var av sten. Ingen tår föll från hennes ögon.

Carl Mikaels far lovade att ta hand om henne och om hennes fars affärer. Hon var tvungen att få en förmyndare, så ung hon var och föräldralös. Det fanns väl en hel del av värde både i fastigheten som i affärsrörelsen. Han lovade att ordna upp allt till hennes fördel.

Hon fick skriva på en del papper som hon inte hade en aning om vad det var. Men både Esmeralda och Carl Mikael läste dem och sa att de var i sin ordning.

Så en dag hade hon hittat Helgas posttidning. Och hon läste om valnötterna och om Gotland. Då bestämde hon sig. Hon skulle lämna Stockholm och fara till Visby. Hon ville inte se den förbannade skänkstugan mer. Ville varken se eller gå upp för trappan till sin mors gamla sovrum. Ville inte sova i sängen där. Hon ville bort från alltihop. Hon skulle bort från alltihop!

Hon tog sin sjal och svepte om sig och så gick hon Slottsbacken ner till kajen. Där fanns hamnkontoret. Där satt en man och undrade vad hon skulle till Visby att göra. "Plocka valnötter." svarade hon.

Han nickade.

"Det går inga passagerarbåtar dit, men hon kan åka med postbåten via Öland. Jag ska tala med kapten på "Maria". säger han.

"Tack så mycket. Jag kommer åter i morgon och hör efter." säger hon och han nickar jakande till svar.

Hon köper med sig lite kryddor hem av en månglerska ifall att någon undrar var hon varit.

35

Och nu står hon här på postbåten på väg till Öland. De kommer till Böda först, sedan vidare till Visby. Hon hade tur för det går bara en tur till Gotland varje månad för postbåten.

Det är spännande tycker hon. Rädd är hon. Vad ska hända nu? Det är första gången hon är ensam. Första gången hon är borta från staden. Men det finns ingen rädsla som är som den natten.

Hon vill inte tänka på det. Vill inte kalla honom, sin far. Vill inte se tillbaka. Hon går fram till fören på skutan. Hon känner vinden i håret. Hon knyter sjalen hårdare om sig. Det är stort havet. Hon ser bara land på höger sida om sig. Det är skrämmande men visst vet de vana sjömännen vad de gör. Hon står där länge och ser ut över havet medan vattnet skvätter om fören. Det är bra vind idag så det går undan.

Hon hör någon ropa till sig. Hon vänder sig om och där står en yngling och vinkar till henne. Hon går mot honom, men han går iväg före. Han håller upp dörren till henne och visar henne att hon ska gå trappan ner.

Där nere är det varmt och skönt. Båten kränger på vågorna och hon känner visst obehag av att golvet rör sig. Hon känner vad hungrig hon är.

Det är ett bord med fasta bänkar och hon får en tallrik med kålrötter kokta i mjölk och en stekt abborre. Det är en pojke som ställer fram tallriken till henne. Han säger inget och försvinner fort likt en råtta efter väggen ut i köket.

Hon skulle vilja se hur köket ser ut på båten. Det kan inte vara lika stort och välutrustat som hennes skänkkök.

Maten smakar inte mycket men hon äter av ren artighet. Hon känner av gungningarna värre här nere än uppe på däck. När hon ätit klart går hon och tittar in i köket.

Eller inte kan man kalla detta för ett kök! Det är ett prång mellan två bänkar. Man får plats två personer bredvid varandra, inte mer. Fantastiskt att de kan få till något ätbart här över huvud taget.

"Tack för maten" säger hon till pojken som sitter på ena bänken.

Han svarar henne men hon förstår inte vad han säger.

"Hur sa?" säger hon.

Han säger det igen, saktare. Det låter jättekonstigt. Det är inte svenska, inte tyska, inte något som hon har hört förut.

Hon står kvar och ser på honom. Han ser inte ut att komma från världens ände precis.

Hon hör någon bakom sig och vänder sig om. Det är ynglingen som ropade på henne när maten var klar.

"Han säger 'varsågod, hoppas det smakade'" säger han.

"Åh, jaha. Men vilket språk talar han. Jag känner inte igen det?" undrar Lovisa.

"Det är gotländska. Det är lika gott hon lär sig för det är så de talar dit hon ska." säger han.

Hon ser på pojken som sitter på bänken och sen på ynglingen igen.

"Talar de så där?" säger hon.

"Jo, det gör de." säger han med en viss brytning han med.

"Är du från Gotland och kan tala så?" frågar hon.

Och han svarar henne på gotländska. Hon förstår inte ett ord.

"Kan du lära mig att förstå det? Förstår ni mig?" säger hon.

"Jo." säger han och så går han upp till bryggan.

Han heter Jacob och är född i Visby för 23 år sedan, inte direkt någon yngling utan en ung man. Han har varit på sjön ända sedan hans föräldrar dog när han var 11 år. Det är hans fars kusin som är kapten på båten. Det var han som skaffat arbetet åt honom. När Jacob är hemma bor han med sin gamla farmor. Hon har en liten butik och bor i ett par rum uppe på. Butiken är stängd sen några år tillbaka för farmor är gammal och skröplig. Så nu lever de på det Jacob tjänar som skeppare. Han ska få en egen skuta till nästa vår. Tills dess går han i lära på postbåten. Det är kalksten som ska köras från Gotland till Stockholm på den skutan han ska bli kapten på. De måste börja bygga husen i sten istället. Det är alldeles för stor brandrisk med trähus i en så trång stad som Stockholm. Det kommer att bli mycket gotländsk sten som kommer att levereras till huvudstaden. En affär som kommer att ge stora inkomster för familjen Donner som äger stenbrottet och den stora handelsflottan. Men inte tjänar en kapten hos Donners så illa heller, så Jacob ser ljust på framtiden.

Det är bara ett bekymmer han har.

Men med Lovisas hjälp kanske det kan lösa sig?

Hon har väl ingenstans att ta vägen, där i Visby. Hon skulle väl behöva både tak över huvudet och en inkomst?

Jo, nog är det så alltid. Hon har tänkt att det skulle ordna

sig när hon väl kom fram. Hon har ju lite pengar med sig.
Hon har sytt in dem i klänningslivet och en del i kjolen.
Hon tog med sig den sista veckans kassa från skänkstugan.
Och Ullas pengar "lånade" hon. Hon vet att Ulla förlåter
henne. Hon kan betala tillbaka senare när Carl Mikaels
pappa har sålt skänkstugan som hon i brevet till honom
bett dem att göra.

"Men vad är det du vill att jag ska göra för dig?" frågar hon.
"Ta hand om farmor åt mig, säger han, du får tak över
huvudet, mat och om du vill kan du öppna butiken."
Lovisa tittar på honom. Hans mörka ögon är varma i
blicken. Hans hud är väderbiten av åren på sjön. Håret som
sticker ut under mössan är nästan lika svart som Helgas.
Han är lång och bred. Han ser så stor, stark och trygg ut.
Och efter dagarna som Lovisa har lyssnat på honom och
han pratat gotländska, så litar hon på honom.
"Jag tar gärna hand om din farmor. Och om jag klarar av så
ska jag visst öppna butiken åt henne igen." säger hon.
Och hon ser Jacob bli lycklig. Hon ser att hans ögon glittrar
och han reser sig upp och lyfter upp Lovisa och svingar
henne runt. Hon blir varm i hela kroppen och längst in är

det något som väcks som hon aldrig känt förut. En fjärils vingar fladdrar i hennes mage.

"Tack Lovisa. Tack snälla Lovisa. Jag vet att farmor och du kommer att komma så gott överens." säger han och sätter ner henne framför sig. Hon tittar upp på honom, han är huvudet längre än henne. Han ser på henne.

36

"Böda i sikte" ropar styrmannen. Och Lovisa ser mot land.

Där ser hon hus och en hamn. Jacob släpper henne och ger

sig iväg, han måste vara med nu när de ska lägga till.

Hon ser efter honom. Hon ler för sig själv. Jacob Klintberg,

tänker hon.

Hon går ner till sin hytt och plockar ihop sina saker. Det är

inte mycket hon tagit med sig. En klänning till har hon

med. Sen hoppas hon att Ulla kan sända henne en kista

med postbåten senare.

De väntar dåligt väder så de får stanna i Böda tills det gått

över. Hon är otålig, vill inte vänta. Men hon passar på att

skriva ännu ett brev till Carl Mikael och ett till Ulla som kan

gå tillbaka med båten hon kommit med. Och vid gryningen

den tredje dagen går de över havet till Visby.

Hon blir sjösjuk. Hänger över relingen och kräks. Detta var

inte trevligt. Kunde de inte ha väntat ett dygn till så vädret

lugnat ner sig lite mer. Jacob skrattar åt hennes olycka. Men

han och skeppspojken turas om att sitta hos henne. Och

snart stillas havet och hon kan stå vid relingen tillsammans

med Jacob och han pekar att där är Visby.

Hon ser kyrkspiror och ju närmare de kommer kan hon urskilja muren som hon läst om i posttidningen och som Jacob har berättat om. De lägger till i hamnen. Det luktar lika illa här som i Stockholm. Stanken känns väl mer efter den friska havsbrisen. Hon går iland och sätter sig vid ett par packlårar och väntar på att Jacob ska bli färdig. Det är mycket folk som samlats när båten kommer, det finns inte mycket som inte går att köra med postbåten. Båtar är ett måste på en ö, som denna. Det bärs iland allt mellan himmel och jord medan hon sitter där. Hon lyssnar på dem som talar och blir förundran att hon faktiskt förstår en del av det som sägs.

Han kommer ner för landgången med en sjömanssäck över axeln. Han är stilig, tänker hon. Han tar Lovisas väska i andra handen och så går de mot staden.
Hon är helt förstummad över den otroliga muren. Den går runt hela staden. Hon ser förstås inte hela muren där de är. De går genom folkmassorna och kommer fram till en port som de måste passera. Den står öppen men det står en portvakt och ser vilka som går in.

Jacob hälsar på honom och vakten nickar. Han ser nyfiket på Lovisa.

De följer en gata som är den renaste Lovisa någonsin sett. Det finns varken djur eller skulhögar.

"Var gör de av sina skulor och sopor?" undrar hon.

"Vi har avlopp här." svarar han och pekar på rör och rännor som kommer ut ur ett hus där vattnet rinner.

"Det är avloppsvatten. Det rinner ner i havet. Det är därför det luktar så illa där i hamnen. Men här uppe luktar det inte likadant som i Stockholm." berättar han.

Lovisa ser på rören och förstår ingenting. Hon får nog titta närmare på detta sen. Det hade varit något för Caminen att få utforska. De fortsätter gatan fram och kommer fram till ett litet torg.

"Där är Donners hus, det är de som äger båtarna." säger han och pekar ut platsen för henne.

Huset är gult i sten och ganska stort. De stannar inte utan fortsätter bort genom gatorna åt vänster till. Det är en liten backe upp och sedan är de framme.

173

Det är ett litet grått stenhus med en rödmålad trädörr.
Jacob knackar på och så öppnar han dörren och låter
Lovisa gå före in. Hon kommer in i en butik. Det är hyllor
från golv till tak.

Det står lite keramikskålar kvar i hyllorna, men annars syns
det att det är längesen någon var här. Bakom en bänk är en
dörr och de fortsätter in där. Det är bara en smatt och så
går trappan upp. En smal rak trappa och hon kommer upp
i ett kök. Där sitter farmor på sängen och ser nyfiket på
henne.

"Goddag." säger Lovisa och niger.

"Men, vad är det för en grann tös som kommer och hälsar
på mig. Dig har jag väl aldrig sett förr?" säger hon den
gamla.

Då kommer Jacob upp för trappan och farmor snyftar till.

"Är det du, pojken min, som har med dig en fager mö
hem?" snyftar hon och snyter sig i trasan.

"Jodu, farmor, det är det. Men det är inte min mö. Hon är
sin egen. Det här är Lovisa. Hon kommer från
huvudstaden och ska bo här hos dig. Hon ska ta hand om
dig när jag ska ut och arbeta igen." säger han

"Men, Lovisa. Kommer hon från Stockholm?" säger hon.

"Ja, det gör jag, säger Lovisa, jag tror nog att vi ska komma
överens du och jag." Hon sätter sig bredvid på sängen och
tar henne i handen.

"Det tror jag visst det. Vad har fört dig ut hit? Är det en
karl som vart le vid dig?" säger hon farmor.

Hon svarar inte men ler åt henne. Hon är söt den gamla.
Inga tänder har hon. Men en klar och klok blick, det har
hon.

"Vad heter farmor?" frågar Lovisa.

"Det är så längesen någon talte till mig med namn så det
har jag nästan glömt bort. Men jag heter Alfhild Maria,
säger hon, de kallar mig för Alva."

"Jag heter också Maria. Lovisa Maria Katarina. Jag ska kalla
dig med för Alva, då." säger hon.

"Sover du här i kökssängen?" fortsätter Lovisa och den
gamla nickar.

"Jo, det är bekvämast här. Då kan jag äta och sova
samtidigt." säger hon och skrattar ett tandlöst leende.

"Kom", säger Jacob, och visar Lovisa in i rummet. Där inne
står ett sängskåp efter väggen. Därinne finns en kamin och
ett litet bord framför fönstret. Lovisa ser ut på gatan
utanför. Det är människor som går därnere. Det är flera

butiker på gatan.

"Här blir ditt rum." säger han.

"Var ska du sova nu då? Jag antar att du ger mig din bädd." säger hon.

"Jag gör i ordning där nere åt mig. Jag kommer bara vara hemma ett par dagar." säger han.

37

Den kvällen ligger hon länge innan hon somnar. Det är så mycket nytt som hon måste gå igenom. Jacob, som är så snäll mot sin gamla farmor. Fast han ser ut som en riktig sjöbuse. Hennes hjärta slår fortare när hon tänker på honom. Vad är det som händer? Är det här den stora kärleken? Är det så här det ska kännas när man blir kär? Hon skulle vilja ha Sofia här och fråga, men hon skulle kanske bli ledsen när det inte är Carl Mikael som får Lovisas hjärta att slå fortare. Hon ska skriva ett brev till Sofia i morgon och förklara för henne precis vad som hänt och vad hon känner. Det är hon verkligen skyldig henne. Sofia kommer att förlåta henne att hon for, bara hon vet varför. Det är hon som får ta hand om Carl Mikaels sorg när Lovisa försvann. Hon hoppas att han inte gör något dumt. Han kommer att hitta sig rätt flicka, bara han ger det lite tid.

Alva verkar vara en rar gammal gumma. De kommer redan bra överens, Lovisa lagade kvällsmålet av vad som fanns kvar. Alva tyckte att det smakade så gott att hon åt två små portioner. Hon behöver äta ordentligt. Lovisa är nyfiken på staden. Hon får ta en tur och lära sig att hitta bland de små gränderna. Det är mycket tyskar här. Och Lovisa sänder en tacksam tanke till fröken Ingeborg. Hon talar tyska ganska så obehindrat.

Hon somnar till sist och vaknar inte förrän hon hör att de talar ute i köket. Hon kliver upp och drar på sig sina kläder, hon vill inte bli ertappad av Jacob i bara särken.

Han har redan fyllt på i spisen och det luktar kaffe.

"Jag ska bara…" säger Lovisa och ger sig ut på gården. Här finns ingen lång dasslänga som hemma, utan här är det bara två holkar. Men nu finns inte Sofia att dela dass med utan hon får vänja sig vid att ena holken kommer vara tom.

Efter lite morgonmål tänker hon ge sig iväg ut och se sig omkring. Jacob skulle vilja följa med henne men han måste ner till hamnen. Alva förklarar vart hon ska handla. Det finns flera butiker på gatan där de bor. Här är det inte bodar med luckor man handlar genom utan här är det butiker som man går in i. Vissa butiker har till och med så man får plocka till sig vad man vill ha själv. Att de törs ha det så, folk stjäl ju så fort de får chansen.

Men hon ska gå en sväng först och handla sedan. Hon går åt motsatt håll mot vad de kom från igår. Hon går upp en gata och kommer fram till en stor kyrkoruin som ligger vid ett stort torg. Där rör sig massor med människor. Det verkar vara marknad. Hon frågar en gumma vad kyrkan heter varför den står som den gör. Gumman svarar att det är Sankt Katarinas. Vad lustigt, tänker Lovisa. Hon vill inte gå in i kyrkan. Hon har bara varit i kyrkan tillsammans med Carl Mikael. Hon trivdes inte där. Hon fryser på ryggen.

 Hon går runt på torget och ser vad de har för varor. Det verkar vara bondemarknad, det är bara grönsaker och spannmål. Ägg och färdigslaktade höns. Hon köper en höna och tio ägg. Och hon tänker köpa både kålrötter, lök och potatis. Men hon hittar ingen potatis. De bara tittar på henne när hon frågar efter den. De vet inte vad hon menar. Den har inte kommit hit ännu, men det får väl Lovisa ändra på. Då får hon be Jacob hämta i Stockholm och ta med på postbåten nästa vända. Korgen är full när hon lämnar torget. Hon ser sig om efter en butik som kan tänkas sälja papper så hon kan skriva brev. Men hon finner ingen. Hon går fel på vägen hem, det är väldigt små gator och det verkar inte finnas något system och inga gatuskyltar som kommit till i Stockholm på senare år. Men till slut känner hon igen sig. Och där är det lilla grå huset med den röda dörren. Hon ställer korgen på trappan och så går hon och ser vad de har för butiker som granne. Den ena är mjölkbutik. De har till och med färdigt smör. Orkar inte gotlänningarna göra smör själva, eller är det tyskarna som inte kan?

Hon presenterar sig för kvinnan som står bakom köpdisken, och berättar att hon kommit att bo hos Alva här bredvid.

"Åh, vad bra, säger hon, jag heter Hedvig. Det var väl på tiden att Jacob ordnade med någon att ta hand om henne. Ja, vi bor här uppe på vår butik, vi. Vi har samma rum som ni hos er. Ja, det är gubben min och jag. Ja, välkommen hit då."

Lovisa köper en flaska mjölk och så frågar hon hur det kommer sig att de säljer färdigt smör.

Hedvig förklarar att det är en idé hennes make fått. Han tror att det är framtiden att sälja färdiga produkter. Hedvig skrattar och säger att ibland får man låta karlarna hållas för husfridens skull. Det finns väl inget kvinns som skulle köpa färdigt smör… Och de skrattar båda två.

På andra sidan är det en handelsbod. De säljer lite av varje.

Bland annat papper och skrivdon.

Hon presenterar sig även här och herr och fru Rutberg

hälsar henne välkommen.

Bredvid handelsboden ligger det ett skänkhus.

"Rosas" heter det.

Lovisa funderar att gå dit med, men ångrar sig, det får

vänta...Hon kommer hem och sätter fart på spisen och så

kokar hon hönan med lök och kålrötterna. Doften sprider

sig i hela köket.

"Men, men då, säger Alva där hon ligger på sin bädd, hon

kommer att skämma bort mig så jag kommer rulla fram till

sist. Vart har hon lärt sig att laga sån här mat? Inte är hon

så gammal att hon haft eget hushåll inte."

Lovisa berättar att hon är född och uppvuxen i ett kök. Att

hon alltid har lagat mat. Och så får hon berätta om Helga

och om Sofia. Om alla gäster som kom varje dag och åt.

Och det, på en av huvudstadens bästa krog!

Hon berättar inte att de hade horor som både bodde med

dem och jobbade på krogen. Och hon säger att hennes far

dog av soten, precis som Helga.

Allt mår man inte väl av att veta.

"Vad sålde ni i er butik?" frågar hon när hon berättat klart sin historia.

"Min man var keramiker, så vi sålde de föremål han gjorde. Alla skålar där, ser du, säger Alva och pekar bort mot skåpet, de har han gjort. Krukor, fat ja, allt. Men så dog han och då var det ju slut med det."

"Lärde du dig aldrig att dreja?" frågar Lovisa.

"Jag? Nej, min själ. Det är väl inte kvinnogöra." säger Alva.

Jaså, tänker Lovisa. Men hon hade kunnat fortsätta att försörja sig om hon hade lärt sig.

"Finns verktygen kvar?" frågar hon.

"Jo då, verkstan står orörd där ute. Det är dörren bredvid dasset om hon vill titta på den." säger Alva.

Lovisa sätter sig efter kvällsmaten och skriver brevet till Sofia. Hon skriver och gråter. Jacob hör henne. Han kommer in i hennes kammare och sätter sig bredvid henne och lägger armen om henne.

"Hur är det fatt? säger han, längtar du hem?"

"Nej, inte hem. Men efter Sofia. Och jag måste skriva och berätta för henne precis vad som hände annars kommer hon aldrig att förstå vad det är jag gjort. Att jag bara försvann, hon kommer tro att jag bara rymde iväg. Hon kommer tro att jag blivit galen och det vill jag absolut inte att hon ska tro." säger hon och så snyter hon sig.

"Vad var det som hände då? frågar han. Det måste ha varit något förfärligt eftersom du flytt ända hit ut."

Lovisa ser på honom. Hon slutar nästan gråta. Hon lyfter sin hand och klappar honom på kinden. Han tar hennes hand och kysser hennes handflata. Han ser på henne och så drar han henne intill sig och kysser henne. Blodet rusar i kroppen på henne. Hon kan inte tänka. Hon bara känner hans läppar mot sina och hon drar in hans dofter. En doft som hon alltid kommer bevara i sitt minne.

"Berätta för mig vad du varit med om för något hemskt." säger han.

Men hon kan inte, hon kan inte sätta ord på det hemska som hennes egen… gjorde med henne.

Hon ser på brevet som hon skrivit till Sofia. Hon ser på Jacob.

"Det här brevet vill jag att du tar med dig när du far igen. Du ska lämna det till Sofia på skänkstugan. På vägen dit får du läsa det. Efter det vill jag att du bestämmer dig om du vill ha mig eller inte. Jag vill inte prata om det. Jag kan inte prata om det." säger hon.

Han klappar henne på kinden.

"Från första gången jag såg dig visste jag att det var dig jag ville ha. Dig eller ingen. Det finns inget som kan få mig att ändra på det. Men jag ska läsa brevet om du vill det. Sen pratar vi aldrig mer om det. Jag lovar dig det." säger han.

Och Lovisa gråter igen.

När han åker iväg har han brev till både Sofia, Ulla, Carl Mikael och hans far med sig. Och en lista med saker han ska köpa. Bland annat potatis!

Innan han åker från Stockholm ska han hämta en kista med saker från skänkstugan också. Det står i brevet till Ulla vad hon ska packa ner i den. Och hon vill gärna ha ett svar från Carl Mikaels far. Hon följer honom ner till hamnen och ser när fartyget stävar iväg. Hon är glad att hon inte är med ombord idag. Det blåser.

Hon skyndar sig hem igen, hon har mycket att göra.

Först går hon upp och tittar till farmor Alva. Lägger in ett par trän i spisen och sen går hon ut igen. Hon går till torget vid Sankt Katarina kyrka. Det är marknad där idag. Och hon letar sig väg mellan alla människor och till sist finner hon vad hon söker. En keramiker. Hon visste att hon sett honom sist hon var här.

"Kan du lära mig att dreja?" frågar hon rakt på sak.

Han ser på henne uppifrån och ner.

"Ska hon lära sig att göra bruksföremålen?" svarar han henne.

Hon nickar.

Han nickar med. Han plockar ihop sina saker, det är ändå snart så dags och så följer hon honom bort till hans hem och verkstad.

Han bor i ett kök och en verkstad. Från fönstret ser de en kyrkoruin.

Hon frågar honom varför det är så mycket ruiner i staden. Hon har sett flera stycken, borde de inte ta vara på stenen när ett hus rasar. Men han förklarar att det finns så mycket sten på den här ön att den aldrig kommer att ta slut. Det är lätt att krigsföra sig mot en ö, det är tyskar och svenskar som slagits om ön i alla år. Men nu verkar det som om det vore lugnt och att den förblir nog svensk.

"Den du ser utanför här, det är Sankt Olofs kyrka som gick

i kvav för snart 100 år sedan." säger han.

Och Lovisa ser ut på den gamla ruinen och det går kalla kårar efter ryggen på henne.

Fy fan, tänker hon, Sankt, till på köpet.

Sen visar han henne hur man gör. Formar leran med händerna. Den är len, kall och medgörlig under hennes händer. Det är nästan lite sensuellt att känna den i händerna. Låta händerna bli kladdiga av den. Han formar den så leran växer på höjden och han gör en midja så en kanna växer fram. Hon gör likadant. Men vips så går allt snett och leran far iväg över hela rummet. Bara att börja om. Igen och igen...

Han visar henne hur man lägger föremålen i elden och får den att härda. Hon är hos honom varje dag. Gör morgonmål åt Alva och sig, sen packar hon lite mat med sig och så går hon iväg. Kommer hem och lagar kvällsmat till dem. Alva frågar aldrig vad hon gör. Tids nog kommer väl flickan att berätta.

Men så en dag går hon inte iväg utan hon går ut till verkstaden bredvid dasset. Hon känner på verktygen som hon nu känner igen. Hon snurrar igång drejskivan. Hon har

ordnat lera tillsammans med sin nya vän, Eskil. Hon tänder
eld i spisen, lite värme behöver hon allt ha. Sen börjar hon
arbeta. Hon gör koppar. Hon gör koppar i långa rader. Hon
gör fat och små skålar. Hon håller sig till de små föremålen,
de stora är alltför svåra.

Hon ställer allt på hyllorna, det ska torka först en tid innan
de går att bränna.

Sen har Eskil visat henne en ganska ny metod att måla dem.
Han kan det men nyttjar den inte för han har en bra
kundkrets på sina bruksföremål. Och de vill ha dem så.

Han rättar sig efter sina kunder. Men hon som ny kan skapa
nya föremål som sätter hennes egen prägel på dem. Så alla
vet att det här, det är Lovisas fat. Hon skrattar för sig själv.

Inte hade hon trott att hon skulle bli keramiker.

När Jacob äntligen kommer hem igen står hyllorna fulla
med föremål som ska brännas. Eskil har lovat komma och
hjälpa henne första gången.

38

Idag kommer Jacob hem. Hon är så nervös. Han har läst brevet. Tänk om han är arg, om han är äcklad över henne. Han kanske aldrig mer vill se henne.

Alva frågar om hon ska gå ner och möta honom. Men nej, det ska hon inte. Hon vill inte ha folk som ser på när han ber henne packa sina saker. Hon kanske aldrig får chans att bränna sina keramikföremål? Det har hon inte tänkt på. Bara att kunna få igång butiken så fort som möjligt. Men, vill han inte ha henne, då går sista veckornas slit om intet. Ja, det får hon ta. Då är det som det är.

Hon sitter hos Alva i köket när de hör att han kommer i dörren där nere. Hon hör hur han slänger ifrån sig sin säck, hur han kommer upp för trappan, han springer upp för trappan. Han öppnar dörren och kliver in. Tittar till på sin farmor men sen ser han på Lovisa. Han får tårar i ögonen när han går fram till henne och hon reser sig upp.

Han håller om henne och han gråter.

"Min älskade", säger han.

Sen blir de ståendes så. Han säger ingenting. Hon säger ingenting. Men hon känner vad han känner. Han känner en stor sorg för hennes skull. Att något så ont fick hända henne en gång men aldrig mer.

"Nu måste vi äta", säger Lovisa. Alva sitter kvar på soffan och ser på dem. Jacob rätar på ryggen, tar Lovisa under hakan och kysser henne på nästippen.

"Ja, sen ska jag ner till båten igen. Din packning står kvar. Men breven har jag här." säger han och sträcker fram fyra brev till henne. Hon ser på dem. Hon känner igen Sofias och Carl Mikaels handstil. Men de andra två vet hon inte vem de är från. Hon lägger in dem i sin kammare och ska läsa dem senare. Nu ska de äta. Alva ser på dem båda två och så ler hon sitt tandlösa leende. Men hon säger ingenting. Jacob säger inget heller, han är fortfarande tårögd. Lovisa ser på Alva och skrattar. Och så ser hon på Jacob och ler och klappar honom på kinden. Han har fortfarande en sorg i sin blick. Den är för hennes skull.

"Såja, säger hon, det är ingen fara med mig. Jag kan inte må bättre än vad jag gör nu. Jag har en sak som jag ska visa dig sen."

Jacob får berätta om resan. Det var dåligt väder hela vägen

till Böda men sen var det fint väder och bra vind så det hade gått fort upp till Stockholm. De hade haft mycket last och det hade tagit tid att lasta av. Sen hade han gått upp till "Mäster på hörnet" och träffat på Sofia där. Krogen är stängd tills vidare. Sofia höll på att städa köket när han kom. Det var bra att han kom med besked, hon hade varit väldigt ledsen och orolig. Hon skulle lämna breven till sin far och till sin bror. Hon hälsade så gott till Lovisa och han hämtade senare både brevsvar och en stor kista som de packat till Lovisa. Den som han nu ska gå ner och hämta. Men han måste ha med sig en dragvagn för att få hem den. Den står där nere i boden.

Lovisa följer med honom ner när han ska hämta vagnen. Den står i verkstaden. Hon öppnar dörren och han får gå in. Han ser inte först vad det är han ska se. Men sen får han se de fyllda hyllorna. Han häpnar. Går fram och lyfter ner en kruka.

"Vem?..." säger han.

"De har jag gjort, säger hon. Tycker du om dem? Tror du att de går och sälja i butiken?"

Han synar dem ordentligt.

"Hade jag inte vetat att det var tomt på hyllorna här hade jag trott att de stått kvar här sedan farfars tid." säger han.

"Men hur kunde du? Kunde du redan dreja innan du kom?" frågar han och plockar ner ett fat och ser på det.

"Nej, det har Eskil lärt mig. Nu när du har varit borta." säger hon.

Han ser på henne. Ingen kan lära sig detta så snabbt.

"Du driver med mig." säger han.

"Jag kan inte ljuga, säger hon. Har aldrig lärt mig det. Min mamma som vakar över mig på ett moln skulle bli så rysligt arg."

Jacob ler och drar henne till sig. Kysser henne på pannan.

"Men hur kan du ha lärt dig att dreja på fint så fort?" undrar han och skakar på huvudet.

"Jag har jobbat hårt, hela dagarna. Eskil har haft ett sådant tålamod med mig." säger hon.

"Eskil?" säger han.

"Ja, du vet väl vem han är?" frågar hon.

"Jo, det är ett riktigt original. Inte trodde jag att han skulle göra något sådant som att lära en fastlänning sitt eget yrke. Det förvånar mig. Han skötte sig väl mot dig?" säger han.

"Ja, han har varit så snäll, och skött sig som en gentleman. Vi har blivit goda vänner. Eskil och jag." säger hon.

"Jaså, hur goda då?" frågar Jacob.

Hon tittar upp på honom. Ett stänk av svartsjuka?

"Så goda som två inom samma yrke blir. När de bara har yrket gemensamt." svarar hon honom och så går hon mot honom och kryper in i hans famn.

Han håller om henne och ser på henne. Han böjer sig ner och kysser henne. Han smeker hennes hals och hennes bara axel där klänningen kast ner. Han får ner hennes klänningsliv och blottar hennes bröst som han fångar upp i handen och smeker hennes styva vårta. Han sänker sitt huvud över bröstet och kysser det. Hon flämtar till. Så drar hon sig undan.

Han lyfter upp henne på bänken och fortsätter kyssa henne. "Jag ska inte göra dig illa. Aldrig någonsin. Jag lovar dig." säger han.

Och hon tror honom. Detta är inte på något vis likt det som hon en gång var med om. Med denna beröring är det lätt att glömma. Hon ger sig till honom. Hon känner sig ren och fri. Hon känner sig älskad.

39

Jacob drar kärran och Lovisa får åka med. De skrattar,
springer och stojar så som nyförälskade gör. Människor de
möter ser på dem och ler åt deras trams. När de kommer
ner till båten står hennes kista redan nedanför landgången.
Och två stora säckar med potatis.

"Vad ska du med alla dessa päron till?" undrar Jacob.

"Vi ska äta dem förstås, säger Lovisa, det är jättegott och
nyttiga är de med."

"Till grisarna, ja." säger han och flinar.

"Ja, du får gärna vara min lille kulting." skrattar Lovisa
tillbaka.

"Hahaha." säger han.

"Men du, var finns alla djur här? Hemma har alla egna
kreatur, men här har jag inte ens sett en get." undrar hon.

"De är där de hör hemma. På gårdarna utanför staden."
svarar han.

"Men köper alla som bor inne i Visby all sin mat på
marknaden?" fortsätter hon.

"Ja. Det är därför muren kom till. Förr kunde alla bönder
komma och gå som de ville. De sålde allt de hade när som

helst. Hur som helst. Men för att det skulle vara någon ordning på det byggdes muren. Nu får de betala tull när de ska in till marknaden. Men å andra sidan får de det mesta sålt som de kommer in med. Och det är bättre kontroll över vad de för in och säljer. Och vad som tillverkas inne i staden med." förklarar Jacob för henne.

"Byggdes inte muren för rädda staden undan krig?" frågar hon.

"Det fick man väl på köpet. Men det var mest för att behålla köpmonopolet inne i stan. Nu vet man vad som förs in och ut från staden och alla har samma rätt att köpa och sälja till rätt pris." säger han.

Lovisa kan se fördelar i det men tycker ändå att det verkar långsökt att bygga en stor mur runt hela staden för att inte folk ska sälja ägg hur som helst. Men sen förstår hon att det även rör sig om tyskarnas varor, fransosernas, ostindiska varor...Visby är större än Stockholm vad gäller kontakten med kontinenten.

Jacob får hjälp att lasta på kistan och de lägger på potatissäckarna och sen kör de hemåt. Lovisa går bakom vagnen och skjuter på och fortsätter samtalet om murens

blivande. Hur de byggde den, hur de tänkte med alla portar.
Hon blir inte riktigt klok på den. Jacob lovar att efter
kvällsmålet ska de gå runt hela muren så får hon själv se
hur den är byggd. Men hon vill gärna läsa sina brev i afton
så de bestämmer att i morgon ska de ta dagen till en lång
härlig dag tillsammans runt muren.

Hon har redan lagat gröt så de värmer upp den och så äter
de. Alva ser på de unga.

"Har det hänt något?" undrar hon.

"Nej, vad skulle det vara?" svarar Jacob.

"Ni ser så glada ut. Och Lovisa är så rödblommig." säger
hon.

Lovisa rodnar och sätter nästan gröten i halsen. Hon vet
varför hon är rödflammig. Hon ser på Jacob och rodnar än
mer. Han ser på henne och så skrattar han.

"Vi har trolovat oss. Det kändes så naturligt att det var som
du redan visste det." säger han och kramar om sin älskade
farmor.

Farmor torkar sina tårar.

"Jag hoppades och trodde nog att det var så. Men en kan ju inte vara säker." säger hon.

Lovisa tar hennes hand och kramar om henne.

"Så sitter vi här och äter gröt. Vi skulle ju ha fest idag." säger Lovisa.

"Det får vi ha i morgon." säger Jacob och de andra håller med.

Det har varit en lång och händelserik dag idag så de tar tidig kväll och går till sängs. Jacob får allt hålla sig och bo kvar där nere tills de har fått till ett ärbart giftermål.

Lovisa lägger sig i sängen med sina brev. Hon fingrar på dem, men vet inte om hon törs läsa dem. Nåväl, hon öppnar det som är från Carl Mikael. Hon viker upp det och läser det enda ord som står i det.

VARFÖR?

Åh, min älskade vän. Min stackars Caminen med de varma händerna och det varma hjärtat. Vad du måste stå ut med för min skull. Lovisa kan inte hålla tårarna borta. De rinner

ner över hennes kinder och hon vet hur illa hon har gjort honom men hon kan inte göra det ogjort. Hon kan det inte. Det var inte hennes fel att det blev såhär. Hon läser ordet en gång till sen lägger hon från sig det. Torkar sina tårar med baksidan av handen och så tar hon brevet från Sofia. Det är ett långt brev. Det är flera blad. Hon lägger undan det och tar ett av dem hon inte kände igen texten på. Det står bara Lovisa på det ena. Hon öppnar det. Det är ett brev från Esmeralda och Ulla. De önskar henne allt gott och hoppas att hon fångar den stilige blivande kaptenen fort som sjuttsingen. Innan någon annan gör det. De vill att hon ska glömma och glädja sig åt livet och att hon fick det så bra där borta på Gotland.

Hon ler och deras brev värmer henne i hennes hjärta. Med brevet är ett litet kort om hur hon ska handskas med potatisen. Hur hon ska sätta en del i jorden. Det är troligtvis Hally eller Itta som skrivit det.

Jaha, då ska hon bli den första potatisodlaren på Gotland. Hon skrattar för sig själv.

Nästa brev är från Carl Mikaels far.

Han skriver att han har en köpare på skänkstugan och

gårdshuset. Han tänker tacka ja till det budet han fått. Tack vare fullmakten hon skrivit under kan han göra klart affären och sedan sätta in pengarna på banken. Han ber henne ta kontakt med bankkontoret där i Visby. Han kommer att sända henne alla papper med nästa postbåt. De ska hon ta med sig till banken och då får hon tillgång till sina pengar där. Han önskar henne lycka till och vidare att hon inte ska ta för allvarligt på Carl Mikaels lidelser. De kommer att gå över med tiden. Detta hör ungdomen till att förälska sig och bli övergiven. Han har skrivit under med `din tillgivna`. Det var bra att han hittat en köpare så snart. Hon undrar vem det är men det kvittar. Hon vet inte ens om hon vill veta.

Hon tar fram brevet från Sofia. Känner på det. Känner att det kommer att kännas svårt att läsa det. Hon tar ett djupt andetag och så vecklar hon upp brevet.

Min älskade, min älskade lilla syster.
Tack för brevet jag fick från dig.
Utan det hade jag tagit livet av mig tillsammans med Carl Mikael.
Men nu kan jag förklara för mig själv och för honom varför du försvann.

Vi blev helt utom oss av oro när vi förstod att du hade åkt iväg. Att det blev just till Visby är ingen slump, det vet jag. Du kommer att sitta där på trappan och äta valnötter. Jag kan se dig framför mig. Jag önskar dig all lycka och all glädje i ditt liv.

Det är för hemskt det du råkade ut för. Jag kan inte säga att jag förstår hur du känner, det kan ingen göra som inte varit med om det du fick uppleva och genomlida.
Men jag känner med dig. Jag kan känna en del av din smärta och jag önskar att jag kunde vara med dig nu och trösta dig. Vara ett stöd för dig. Det vet du att jag är fast vi är så långt från varandra. Att jag tänker på dig dagligen, det vet du. Du, min enda lilla syster. Det är så jag har sett dig hela livet.

Jag önskar så att vi någon gång kommer att återse varann. Jag längtar efter dig. Jag har städat hela skänkstugan och hela gårdshuset. Ulla och Esmeralda har fått flytta in efter Saga och Andreas hos stallmästare Persson. Han väntar sig nog viss hyra in natura, skulle jag tro!!
Saga väntar deras tredje barn och jag var hos henne i deras nya hem. Det är väldigt rart det lilla huset som de köpt. Hon har en trädgård som hon kan odla lite i och hon har redan skaffat sig hönor. De har

fått det så bra. Andreas trivs verkligen jättefint som hovmusikant.
Tänk att han fick vara kvar hos Adolf Fredrik. Det var roligt tycker
vi alla.

Och igår var den nya ägaren och tittade på huset och skänkstugan. Jag
har blivit erbjuden att stanna kvar i köket. Jag kommer troligtvis att
göra det. Det verkar inte som min älskade sjöman någonsin kommer
hem. Det skeppet han skulle fara hem med gick på grund. De klarade
sig alla men det tar sådan tid att reparera skeppet där borta. Så jag
blir kvar i köket i väntan på honom. Jag hade sett fram emot att få ett
eget hem att pyssla i. Och senare några små lintottar. Men det verkar
nu dröja. Jag gnäller inte, det går ingen nöd på mig. Bara nu att jag
får lika god hjälp i köket som vi har haft av varandra. Det kommer
aldrig att bli sig likt, som det var med Helga och dig. Det var tider det
att minnas.

Nu önskar jag dig till sist all lycka. Jag tycker att han Jacob Klintberg
verkar vara trevlig? Kan det vara en gotlänning för dig? Skriv snart
igen, jag längtar redan att höra från dig.
Med hjärtliga och de varmaste hälsningar från din syster Sofia.

40

"Kan vi gå förbi Eskil först, jag vill gärna bjuda honom på kvällsmat idag. Vi ska ju ha lite fest ikväll." säger Lovisa och kramar Jacobs hand. Han ser på henne och hennes skratt värmer hela hans hjärta.

"Visst ska vi bjuda Eskil till aftonen. Men nu börjar vi från början. Vi kommer förbi hos honom strax ändå." säger Jacob och drar iväg med henne ner mot norra delen av sjömuren.

Han berättar medan de går att första delen av muren byggdes på 1200-talet. Dels sjömuren och även en landsmur. Den byggdes i tre etapper. Först en basmur runt hela staden. Det var den som skulle hålla bönder och köpmän på var sin sida.

Därefter byggdes tornen. Under en tid var ön dansk och de var inte glada över att ha blivit av med en sådan betydande handelsplats. Det blev flera slag om Gotland och muren kom väl till pass för att skydda Visby. En av de största handelsplatser här uppe i norden.

I ett tredje steg höjdes landsmuren flera meter och det byggdes sadeltorn. Alla torn och portar har namn. Efter väderstrecken. Såsom Söderport, Österport och Norderport, dit de nu var på väg. Mot havet ligger Fiskarporten, Murfallet och Kärleksporten. Det var genom den de gått första gången då Lovisa kom.

De kommer fram till Eskils hus som ligger strax innanför Fiskarporten.

Muren här är helt övertäckt med murgröna. Det ser ut som om muren inte finns. Lovisa petar lite i marken och hon rycker upp några rotskott.

"Var ska du sätta dem?" Frågar Jacob.

"De ska få klättra upp på Sankt Olofs, för den vill jag inte se." svarar hon.

Eskil håller på för fullt i sin verkstad och han blir väldigt glad över besöket. Men är lite skeptisk till att bli bortbjuden. Det hör liksom inte till vanligheterna i hans värld. Men Lovisa propsar på att han ska komma. Han är den ende som hon lärt känna ordentligt här. Är han inte nyfiken på vad hon gjort? Och visst är han det. Jo, han ska komma och han tackar flera gånger för den trevliga inbjudan.

Hon går rakt över vägen till Olofs ruin, hon gräver en liten grop med sina bara händer och stoppar ner de båda rotskotten. Hon tar vatten från en pöl bredvid och häller över dem, samtidigt som hon nynnar en sång.

Hon kan inte sätta ord såsom Saga kan men hon ber ändå någon se till att dessa växa sig stora och starka så att hela ruinen försvinna under grönskan in i glömskan.

Jacob säger ingenting. Han står ett stycke ifrån och låter henne hållas med något som bara är för henne och som tycks vara väldigt viktigt för henne.

När hon är klar tar hon honom i handen och säger, tack.

Han ler, det behövs inga ord jämt.

Hand i hand fortsätter de sin vandring ut mot norra sidan av muren.

Där är betesängar. Det går ett par pojkar där och vaktar fåren.

Herdepojkar, tänker Lovisa. Det trodde hon knappast fanns på riktigt. Bara något som Caminen läste om för henne ur bibeln.

Strandängarna här ovanför muren tycks henne oändliga. Man ser ut över havet till horisonten. Och färgerna här är

nästan magiska. De går ihop med havet till rosa och grått.
Och på marken växer det fullt med blå blommor. Hon blir
hänförd.

"Så vackert, det är här." säger hon.

"Ja, det är det verkligen, säger han och ser vad hon ser.
Men bortanför kullarna och dungen där, fortsätter han och
pekar. Där är galgbacken."

Hon ser vart han pekar. Ryser och ryggar närmare honom.
Hon vill inte gå däråt. Hon har sett tillräckligt många
halshuggningar i sin dag. Det vill hon aldrig mer se.
Caminen lurade alltid med henne ut på Stortorget när det
var dags för syndarnas botgöringar. Hon har aldrig förstått
underhållningen i det hela. Bara sett det som ett spektakel
som folk gottar sig i andras olycka. Hemskt, har hon tyckt.

"Dit ska jag aldrig gå." säger hon till Jacob.

Han tar hennes hand och de går innanför muren igen.

"Nu ska vi gå till mitt berg." säger han.

"Ditt berg?" svarar hon och undrar vad han menar.

"Ja, det finns ett berg här som heter Klinten." skrattar han.
Det är väl kanske inte ett berg. Mer som en höjd. Visby är
byggt på en slänt som reser sig från havet och upp. Muren

på landsidan är byggd på högsta punkten.

Det kallas för Klinten för Klinten är gammelsvenska för höjden. Men om det har något sammanhang med byn Klinteberg som är en annan by på ön, det vet han inte.

"Klinteberg, Klintberg. Jo, det är säkert din anfader som grundat den byn. Dina äldsta släktingar kommer säkert därifrån." Konstaterar Lovisa.

"Kanske så." säger han och de fortsätter sin vandring, genom de glesa gatorna häruppe. Det är en vidunderlig utsikt över staden och havet här uppifrån.

Där är Maria kyrka. Den är helt intakt. Men både Katarina, Drottens, Hans och Pers är bara stenhögar. Jacob pekar ut dem för henne.

"Det är där i Maria som vi kommer att bli äkta makar." säger Jacob och håller om henne där de står och njuter av utsikten.

Hon flämtar till. Färdig att sätta sin egen luft i halsen.

Han blir rädd.

"Vad är det? Vad hände?" säger han.

Hon ser på honom. De har inte pratat om det här men... kommer han förstå? Hon blir rädd.

"Men, Jacob. Jag kan inte gifta mig med dig där. Eller, ja...

det är klart jag kan om du insisterar på det." säger hon.

"V...vad menar du?" säger han och ser förskräckt ut.

"Jag menar det, att jag inte kan, eller inte vet om jag kan, gifta mig i kyrkan. Jag tycker inte om kyrkor. Jag vet inte ens om jag tror på någon god Gud. Jag har aldrig träffat på honom. Men visst kan man gifta sig ändå. Jag vill verkligen gifta mig med dig. Men helst inte i kyrkan." säger hon och ser skräckslagen på kyrkan som ligger där alldeles nedanför Klinten.

Han förstår ingenting. Blir nästan arg på henne. Men vad är detta för dumheter? Från storstaden och ändå så gammalmodig och vad är detta för något. Hon verkar ju rädd för kyrkan?

"Vad menar du, hur ska vi då gifta oss?"

"J...jag vet inte, men jag är livrädd för kyrkor. Jag får kalla kårar efter ryggen bara jag tänker på att jag ska gå in där."

Han ser på henne och ser hennes oro. Hennes ljusblåa ögon tåras och söker hans nästan svarta. Han smeker henne över håret. Hennes lockiga lätt röda hår. Så vackert i solen. Det måste väl gå att lösa. Han är inte så troende han heller om han ska vara riktigt ärlig.

"Vi får tala om det och hitta en lösning." säger han.

41

De fortsätter sin vandring ner förbi Österporten. Och
kommer fram till ett par gårdar som ligger precis utanför
muren.

Den ena gården har flera grisar som går och bökar.
Lovisa skrattar.

"Här kan jag känna mig som hemma. Den där suggan ser
ut som den som alltid låg i vår skulhög" säger hon.

Jacob skrattar med henne. Ja, här ser vägen ut som gatorna
i Stockholm. Leriga, smutsiga med både grisar och höns
som man får väja för.

Det kommer en hund springande och viftar på svansen. De
klappar honom inte, han är säkert full av lus. När han ingen
uppmärksamhet får från dem jagar han iväg några hönor
istället.

Det kommer ut en kvinna från huset och vinkar till dem.
Hon kommer fram och kramar om Jacob och sedan tar hon
Lovisa i handen.

"Äntligen kommer han med en flicka så grann." säger hon.

Lovisa niger. Hon ser på den unga kvinnan. Hon är lika
mörk i ögonen och håret som Jacob. Kvinnan är gravid.

"Det här är Lovisa. Min trolovade. Han sträcker på sig och ser så stolt ut. Det här är min syster, Siri."

Lovisa får nästan tårar i ögonen. Jacobs syster. En syster som finns här för henne. En vän, så som Sofia var. Hon kramar om Siri och känner att de kommer bli de bästa vänner.

"Jag visste inte att han hade en syster." säger hon när Siri och hon släpper taget om varandra.

"Nä, och jag visste inte att han hade en trolovad", säger Siri, och skrattar ett varmt och gott skratt. Hon tar Lovisa i handen och tar med henne hemåt. Jacob ler åt sina flickor. Han förstod att de skulle finna varandra, hoppades innerligt med.

"Kom nu in så ska ni få lite att släcka törsten med." säger hon och visar in dem i den lilla stugan.

Hon berättar för Lovisa att hon är gift med Erik som är svinabonde. Det är deras tredje barn hon väntar. Venda, Eriks mor bor hos dem och hjälper till med hushållningen och barnen.

De säljer fläsket på marknaden och klarar sig ganska bra på vad det ger. Hon tar fram dricka och en saltad fläskbit åt dem. Det smakar bra efter en ganska lång promenad.

Lovisa önskade att de hade möjlighet att komma och fira deras dag i afton men det finns ingen möjlighet för dem att komma in till staden på kvällen. Då är alla portar stängda. Och de måste ju hem innan kvällen för grisarna ska ju ha sitt.

De tackar strax för sig med löfte om att snart komma tillbaka. Och det lovar Lovisa visst att hon ska. Hon är så glad att Siri fanns. Hon hade aldrig kunnat tänka sig att han hade en syster, och ändå på så nära håll. De kommer att bli de bästa vänner, det känner hon redan nu.

"Jag hoppades att du skulle känna dig hemma här." säger Jacob när de går därifrån hand i hand. Och han ser ju tåren i Lovisas ögonvrå, förstår vad det betyder för henna att få en vän här. En syster.

När de ska gå in genom Söderport pekar Jacob ut flera stora väderkvarnar, de används av alla sädesbönder här omkring. De står på varsin höjd och bildar en markant skillnad från norr. Med det kargare landskapet som var där till det frodiga som är här.

Innanför Söderport är det flera små hus utspridda. Här är inte staden lika utbyggd än som den är mot norr och nere mot hamnen. Men det är flera husbyggen som är på gång. Det är till och med svårt att bitvis ta sig fram för alla stenhögar och murtunnor.

De kommer förbi Sankt Hans och Sankt Pers ruiner. Här håller de på att hämta sten till de nya byggena. De kommer väl snart vara jämnade med marken, tänker Lovisa.

Synd, men det är väl tidens gång.

"Vi ska gå in och hälsa på Greta." säger Jacob när de kommer ner till Donners hus.

"Greta? Vem är det?" frågar Lovisa.

"Det är hon som är Donner." svarar han.

De blir visade in till ett stort kontor. Kvinnan som sitter vid det enorma skrivbordet reser sig upp och kommer mot dem. Hon är klädd i en mörkgrön klänning av finaste siden, en förmögen kvinna med pärlhalsband och håret uppsatt med vackra spännen.

"Jacob, vad roligt att se dig. Och det här är Lovisa, förstår jag. Säger hon och tar Lovisas hand.

Lovisa niger och vet inte vad hon ska säga. Har Jacob talat med fru Donner om henne?

"Trivs du bra här?" frågar hon henne.

Och Lovisa kan bara nicka till svar.

"Du förstår vad vi säger hoppas jag." säger fru Donner.

Och Lovisa får bråttom att svara, att javisst gör hon det.

"Jacob berättade så gott om dig. Att du har haft besvär hemmavid och flyttat hit ut för att starta på nytt. Det var ett klokt beslut. Här är vi öppna för nya idéer. Vad kan jag göra för er idag? För det är väl inte bara en artighetsvisit, eller?" frågar hon och visar dem att sitta ner vid ett litet bord. Hon sätter sig själv i en av fåtöljerna.

Jacob visar Lovisa på den andra fåtöljen och sätter sig själv i soffan.

"Vi har fått ett litet bekymmer, börjar han. Jag visste ingen bättre än er att fråga om råd i detta spörsmål."

"Det låter spännande. Låt höra." säger fru Donner.

"Vi har beslutat att gifta oss." Säger han.

"Men vad roligt! Det kan vi väl fira med lite portvin. Jacob, serverar du oss." säger hon.

Han reser sig upp och går efter tre små fina kristallglas och en karaff som står på ett litet runt bord framför fönstret.

Han häller upp i glasen och ställer ner karaffen på borden.

"Åh, skål och all välgång." säger fru Donner och lyfter sitt glas.

De smuttar på den söta drycken och ställer sedan från sig glaset och Jacob fortsätter att tala om deras nyss uppkomna bekymmer med kyrkan.

När han förklarat klart ser han först på Lovisa och sedan på fru Donner åter igen och så tömmer han sitt glas.

"Du är alltså inte kyrklig?" frågar hon Lovisa.

"Nej. Jag har väl inget emot kyrkan, bara jag slipper den..." svarar Lovisa. Hon vet inte om hon ska skämmas, tycker nästan hon är larvig som inte tror på Gud.

Greta ler, ser ut att tänka och efter en stund, nickar och ser på Lovisa igen.

"Du är en frisk fläkt och det tycker jag om. Jag ska hjälpa er. Vi har både vigsel och fest här i vår stora festsal. Det är inte alla som gifter sig i kyrkan, nej min själ, långt därifrån. Det är ett ganska nytt påfund att vigseln ska ske där." säger hon.

Hon lyfter sitt glas mot Lovisa.

"Greta heter jag."

Hon ska prata med prästen, så ska de se att allt kommer att ordna sig.

"Var det något mer?" frågar hon.

"Ja, en sak till." säger Lovisa.

Greta ser avvaktande på henne.

"Jag har sålt en fastighet i Stockholm och kommer att få en del pengar sänt till mig via banken. Jag vet inte riktigt hur det fungerar. Var ligger banken? Jag skulle få ett papper med postbåten som jag ska ta med dit." förklarar hon för Greta som lyssnar och nickar.

"Vad har du sålt för fastighet?" frågar hon och Lovisa får berätta om skänkstugan och om faderns hastiga död i soten. Hon vågar inte se på Jacob. Hon ljuger, hon vet det. Katarina sitter nog nu och bannar henne på sitt moln. Men snälla mamma, ibland gör sanningen för ont. Alldeles för ont.

Hon berättar om Carl Mikaels far som lovat sköta allt till hennes fördel. Och hur hon har beslutat att lämna allt bakom sig. När hon ändå inte hade någon kvar där.

Vilket faktiskt var ganska sant.

Greta lovar även att tala med dem på banken och se till att Lovisa blev behandlad som en av deras bästa kunder. Vilket hon säkert kommer att bli. Det måste vara en ansenlig summa hon skulle få om hon sålde en så stor fastighet ett

213

stenkast från Stockholms slott. Där ligger fastighetspriserna högst i hela riket.

Det är ett kap vår käre Jacob gjort, undrar om han är medveten om det. Hon ska ta ett samtal med honom i enrum senare.

Nu måste hon göra klart det hon höll på med, sen ska hon ordna med bröllopet. Hon älskar att ordna med stora fester. Det ska bli så roligt!

Hon har stora planer för Jacob Klintberg, han har visat stor redighet till sjöss. Hans egen skuta ligger snart färdig. Den ska segla redan under tidiga våren.

Flickan verkar riktigt rar. Hon kommer också att bli en fördel i det sociala livet här i Visby. Det behövs lite bättre folk från Stockholm annars blir här bara tyskar och polacker till sist. Inget fel på tyskar, hon har själv varit gift med en. Hon sörjer honom varje dag och hon är tacksam för sina båda söner. Fem barn har hon fött men bara två kvar i livet. Två gossar som nu börjar bli stora. De har redan hunnit bli 11 och 7 år. De läser för en guvernant från Rügen. Det passar bra för de har mycket handel därifrån.

Det är nu fem år sedan Jörgen, hennes make dog. Tiden går, tiden går, tänker Greta när hon blir lämnat ensam igen.

Väl hemma igen tar Lovisa i håll med kvällens festmåltid.

Hon tänker koka potatis med mjölk och massor med smör.

Hon vill så gärna att Alva ska tycka att den är god.

Hon kokade en gryta med kött igår. Den ska hon värma på
och stoppa ner lite lök, rovor och svartrötter. Det kommer
att bli riktigt festligt. Hennes första bryggda öl är klart med.
Det har hon haft stått nere i verkstaden så det kommer att
bli en överraskning för Jacob.

När hon har allt klart och det puttrar i grytorna går hon ner
och öppnar sin kista som fortfarande står nere i butiken.

Hon har inte velat börja plocka med det förrän hon vet vart
sakerna skulle. Men ikväll ska hon duka med det ostindiska
porslinet.

Hon lyfter upp det tunga locket, lutar det mot väggen och
ser ner i kistan. Den är proppfull. Hon lyfter lite på en
klänning som ligger överst. Det är som hon trodde,
porslinet ligger i klänningen. Där ligger det väl skyddat från
resans stötar. Hon vecklar sakta upp den och får fram en
tallrik i taget. Helgas vackra blå tallrikar med drakar på.

Ulla och Esmeralda har packat ner ett dussin av dem och flera uppläggningsfat. Hon bär upp allt till köket. Sen springer hon ner igen, tittar om där är något mer hon behöver ikväll. En mässingsstake och en av de stora dukarna plockar hon upp. Resten får vara till senare. Det är flera grytor och fler klänningar. Men i kväll ska hon ha den här mörkblå som tallrikarna var packade i.

Hon tittar till sina grytor på spisen och kramar om farmor Alva innan hon försvinner in i sin kammare för att klä på sig. Alva halvligger på sin bädd och begrundar vad tösen har för sig. Hon ser ju att hon har tagit upp något och ställt där på bänken. Men hon kan inte riktigt klura ut vad det är för något.

Att hon fått en stor packning hemifrån, det har Jacob skvallrat för henne. Hon är lite nyfiken, men vad kvittar saker och ting när en bara ligger så här som hon gör? Benen bär henne inte ordentligt längre. Det är knappt hon kan ta sig upp på pottan längre. Nåja, hennes dagar är räknade. Det vet hon allt. Men det är en glädje att ha fått sett pojken så lycklig innan hon går vidare.

43

"Nu kommer jag här med vår gäst" ropar Jacob när de kommer upp för trappan.

Han öppnar dörren till köket och blir ståendes.

Han stirrar på Lovisa. Så vacker hon är. Hon har satt upp sitt röda hår med pärlor och till den mörkblå klänningen med vitt krås i hela urringningen.

Hon niger för honom.

"Välkommen mina herrar till vårt kära hem." säger hon.

Hon visar dem på det dukade bordet. Men den stora mässingsstaken med sex nya talgljus i. Den vita linneduken och det vackra porslinet. Hon har dukat med tennmuggar, för det känns nättare än lerkruset till porslinet. Och det ser så vackert ut i ljusens sken.

Hon går fram och tar Eskil i hand och leder fram honom till bordet.

"Men kom in, inte kan vi låta vår hedersgäst bli ståendes i farstun." säger hon och puttar till Jacob som ser ut att ha hamnat i en annan värld.

Han kommer till sans igen, skakar på sig och omfamnar sin flicka.

"Du är så vacker, säger han och du har gjort det så fint här."

Varför gråter farmor?

Hon är så rörd. Hon har aldrig sett en så vacker klänning, aldrig känt ett sådant tyg. Hon har aldrig sett porslinet från Kina, bara hört skrönor om det.

Och ser ni vilket stake flickan har med sig?

Känner ni dofterna från spisen?

Farmor Alva tror att hon redan är död och kommit till himmelen. Det kan inte vara bättre där.

Lovisa skrattar sitt klingande skratt och de andra måste skratta de med. Glädjen sprider sig. Eskil skrattar och lämnar sin gåva till dem. Det är ett fat, ett stort fat. Det är svårt att bränna så stora fat har Lovisa lärt sig. De spricker lätt. Han har målat det. I blekt blått och ljusa röda färger. Det är väldigt vackert.

"Ett sådant kommer jag aldrig att kunna göra så det här kommer jag vara extra rädd om." säger hon.

Jacob ser nästan tårögd ut. Det är inte varje dag man får giftasgåvor.

"Nu torkar vi alla tårar och så sätter ni er till bords." säger Lovisa och ställer in fatet i kammaren. Hon ställer fram ett fat med potäter och sen lägger hon för dem av grytan.

Hon häller i av ölen och önskar dem en god måltid.

Eskil och Alva ser undrande på potatisfatet.

Jacob ser på sitt ölstop.

"Det är inte skådemat och det är inget farligt jag lagat till.
Det där är potäter och i grytan är det fläsk, rovor, lök och
svartrötter. Absolut inget farligt. Ölet har precis blivit klart,
Så det är färskt. Inget att heller vara rädder för. Har väl
aldrig sett på så nödbjudda gäster." säger hon och försöker
låta lite arg. Men har som vanligt svårt för det.

"Det är så vackert och luktar så gott så en kan tro att det är
bättre för ögat än för gommen." säger Alva.

Lovisa lägger till henne ett päron. Och puttar över skeden
till Eskil. Han lägger för sig ett par stycken.

"Detta har en aldrig ätit, bara hört talas om." säger han.

Han skär en bit och stoppar i munnen.

Han skär en bit till.

"Det var gott. Det är gott det här, ni." säger han.

Alva smakar med på sin potatis. Hon tycker inte den
smakar så mycket. Varken skarpt eller surt, som hon sa.

Jacob äter med god aptit. Man blir inte bortskämd med
vidare god mat på postbåten. Och han njuter av varje tugga

219

och varje blick han ger sin blivande hustru.

Hon är vacker som en dag, lagar mat som en gud. Hur vackra och många barn kommer inte denna perfekta kvinna föda mig? tänker han där han sitter med munnen full.

Lovisa kan knappt äta. Hon njuter bara av denna trevliga afton. Att se de andra äta och beundra hennes porslin, hennes goda mat, det är nästan för mycket för henne. Eskil har till och med klätt upp sig för i afton. Han har som vanligt ett läderband om det långa håret men en ren skjorta har han.

Hon väntar spänt på att de ska äta klart så hon får gå ut och visa honom vad hon åstadkommit i verkstaden. Hon är så spänd på vad han ska tycka om hennes keramik. Hennes försök till nya former på kopparna som hon undrar vad han ska tycka om.

Det knackar på dörren.

Jacob reser sig upp för att öppna. Vem kan ha ärende vid denna sena tid?

Där står en yngling med ett kort i handen. Han räcker fram det till Jacob och säger att fru Donner förväntar sig ett svar tillbaka.

Jacob öppnar kortet och läser. Han börjar le, sen ger han brevet till Lovisa. Hon tar emot det och läser högt för farmor.

Fredagen om tretton dagar, skulle det passa eder att fira vigsel klockan 12.00 i min trädgård? Om vädret tillåter. Med efterföljande middag med dans och gyckel.

Jag ser fram emot besök av fröken Lovisa att gå över alla rätter.

Imorgon är lika gott, så de har tiden i köket. Jag tänker upplåta mitt kök med personal för detta ändamål.

Vi behöver ordna med klädsel och dylikt, men som sagt det går vi igenom i morgon.

Med tillgivna hälsningar Greta

"Ska fru Donner ordna med ert bröllop?" frågar Alva och Eskil i en mun.

"Ja, det verkar allt så." säger Jacob.

"I sin trädgård?" säger Alva.

221

Jacob nickar.

"Vad är det där? Vill de inte ha oss inne, eller vad är det?" frågar Lovisa.

"Det är en trädgård. Inte en odling, utan med blommor, mullträd och exotiska växter som du aldrig har skådat på fastlandet. Det är bara väldigt nära vänner och den inre kretsen som kommer in i Greta Donners trädgård." säger Jacob och funderar vad detta egentligen betyder.

Han reser sig upp och frågar ynglingen om han vill ha skriftligt svar.

Ynglingen nickar, Lovisa reser sig upp och tar med kortet in i kammaren. Hon har papper och skrivdon där. Och hon skriver svar till Greta.

Inget kunde glädja oss mer.
Det är en stor ära för oss att du vill öppna ditt hem och, som vi enbart hört, din fantastiska trädgård till vår ära och vid vår stora dag.
Jag ser fram mot mötet i morgon.
Med tacksamhet

Jacob Klintberg och Lovisa Katarinadotter

De blir sittandes en bra stund, diskuterandes vad detta kan innebära. Att hon tyckte väldigt mycket om Lovisa, så måste det ha varit. Jacob vet sedan tidigare att han ligger bra till hos henne.

Men att hon vill ha bröllop i sin fina trädgård... det har han svårt att ta in.

Lovisa börjar duka av. De ska äta körsbärssoppa efter, men kanske kunde de gå ut och titta i verkstan först så maten får sjunka lite?

Det är en bra idé tycker de. Alva hinner lägga sig en stund och herrarna har ändå ärende ut på gården, efter all den goda ölen.

Lovisa tar ljuslyktan med sig och går före. Hon väntar spänt på dem. Eskil ser sig om och nickar gillande när han kommer in. Det är en fin verkstad det här.

Han känner på hennes koppar. Lyfter ner hennes fat. Väger dem i handen. Tar ner en kanna. Synar den i talgljusets sken.

"Men säg något då!" säger hon.

Eskil ler åt henne och Jacob skrattar.

"Det är ett fint arbete du gjort. De här kommer att gå åt

som smöret smälter i solen." säger han.

Hon blir så lycklig så hon kastar sig om halsen på honom.

Nästan så han tappar kannan han har i handen. Men han klarar både henne och kannan.

Tårarna kommer på henne.

"Hörde du? Säger hon till Jacob. Han tycker de är fina!"

Hon kramar om honom också.

"Jag kommer tidigt i morgon bitti så ska vi elda på här. Det kommer inte vara lagom varmt förrän du kommer från fru Donner. Så ska vi se att få det här klart. Nästa vecka öppnar nya butiken." säger Eskil och ler stolt över sin lärling.

De går åter in till Alva och berättar den goda nyheten. Hon blir så glad så hon måste gråta en skvätt till.

De äter soppan och spottar kärnor. Och pratar om bröllop, keramik, nya former, trädgårdar, potatisodlingar, Siri och mycket mer. Tiden är sen innan Eskil tackar för sig och beger sig hemåt.

Det känns som det var längesedan de alla hade haft en sådan trevlig afton. Trötta och nöjda kryper de i säng. Och i afton somnar de ovaggade.

44

När de kommer upp nästa morgon är redan Eskil i
verkstaden och har börjat elda.

Lovisa måste ner och titta vad han gör, sen in på dass.

Sedan har hon tid med lite morgonmål.

Hon tänker gå bort till Greta nu på morgonen, så hon får
vara med sedan när Eskil ska ställa in alla hennes saker i
ugnen. Jacob måste ner till båten och se när det är dags att
ge sig av. Om de far i morgon så ska de hinna hem till
fredag, tretton dagar.

Men Lovisa tycker att han gott kunde vara hemma till dess,
men det törs hon inte säga högt.

Hon klär på sig och pudrar sig lite, både här och där, sen
ger hon sig iväg bort till Donners hus. Ensam genom sin
nya stad. För varje gång hittar hon en ny gata eller ett nytt
hus hon inte sett förut. Hon har lärt sig hitta ganska bra.

Det är tre gator som går parallellt med havet. Följer man
dem kommer man dit man ska, oftast.

Hon knackar på den stora dörren hos Donner. Det är en
pojke som kommer och öppnar.

”Du är Lovisa” säger han.

"Ja, och vem är du, då?" frågar hon.

"Jag heter Hans Jörgen." säger han.

"Du är Gretas äldste son, säger Lovisa, vad heter din lillebror?"

"Han heter Jöran Hannes. Mor är på kontoret, du får hitta dit själv." säger pojken och springer sin väg.

Hon ser efter honom och så går hon och knackar på den stora dörren som står lite på glänt. Hon kikar in och ser Greta resa sig upp med ett leende.

"Åh, Lovisa. Vad roligt detta ska bli. Du får förlåta min framfusighet. Jag ska säga till om lite te så ska vi sätta oss ner och prata.

Hon går ut i hallen och ropar till en piga om te och sockerskorpor.

"Lovisa, kom och sätt dig här hos mig i soffan. Så vi får prata ordentligt." Greta har redan satt sig och Lovisa sätter sig bredvid henne.

"Jag ska berätta för dig, säger Greta, min man dog för fem år sedan. Jag blev ensam med mina båda gossar. Hans och Jöran. De är mitt allt, och min stora lycka idag.

Jag älskar att driva detta stora företag. Jag har kalkstensbrottet, handelsflottan och tre stora handelshus.

Både här på Gotland och ett i Rügen. Jag har funderingar att starta ännu ett i Stockholm, men har inte riktigt de rätta kontakterna där ännu. Men det kommer, det kommer.

Jacob kommer att få sin skuta i tidig vår. Och jag vet att du kommer att få långa tider ensam utan din make. Såsom jag är utan min make. Jag tycker vi kvinnor ska hålla ihop. Det är viktigt att ha en nära inre krets som man kan lita på. Och jag vill att du blir en av oss. Vad ska du syssla med när Jacob är borta? Det är viktigt att ha något att göra, inte bara sköta hushållen och vänta på att sjömännen kommer hem."

Lovisa är nästan häpen över Gretas svada. Men hon förstår precis vad hon menar.

Hon klappar Greta på handen som hon lagt på Lovisas arm.

"Jag har just lärt mig att dreja. Jag kommer att öppna Jacobs farfars butik, svarar hon, faktum är att vi tänker bränna första omgången idag. Det är jättespännande."

Nu är det Gretas tur att häpna.

"Men vad roligt! Jag visste väl att du var en frisk fläkt! Det var verkligen roligt att höra. Jag vill gärna se dina alster."

"Min tanke, eller kalla det dröm, fortsätter Greta, är att skapa ett hantverkshus för kvinnor. Ett gemensamt mål för kvinnorna som har svårt att komma hemifrån. De har småbarn eller en gård att sköta. Männen är borta långa perioder. Man har gamla föräldrar att vårda. Tänk att kunna hjälpa och stötta varandra. Kunna sälja det man väver, eller som i ditt fall drejar. Du skulle ju kunna sälja andra saker i din butik som någon annan kvinna har gjort. Skulle inte det vara trevligt eller tycker du att det skulle vara fel? Är jag för framfusig nu, då säger du det, vet du, jag gillar inte knussel och fjäsk!"

Lovisa skrattar, och talar om att då är vi nog ganska lika, för jag tycker att man måste säga det man vill, hur ska annars folk veta!

Och det håller verkligen Greta med om. Åh, vad hon ser fram emot många träffar med Lovisa!

"Du menar alltså, som om jag skulle sälja Siris fläsk ihop med min keramik. Menar du så?" frågar Lovisa.

"Ja, precis så, menar jag. Tänk, jag visste att du och jag skulle förstå varandra." säger Greta med en nästan barnslig iver.

"Det skulle väl bara vara trevligt att ha flera saker i butiken. I grannbutiken säljer de färdigt smör. De tror att det är något som blir vanligare att folk köper färdiga produkter." säger Lovisa och fortsätter berätta om sina tankar att kanske kunna göra pastejer, marmelader, sylt att sälja tillsammans i sina keramikskålar.

Greta häller upp mer te till dem och tar en sockerskorpa och doppar den medan hon lyssnar. Hon sätter sig tillrätta igen och frågar Lovisa om när hon tänkt öppna butiken.

"Jag hade nog tänkt få igång den så fort som möjligt men nu ska jag visst gifta mig. Så jag tror att jag öppnar efter den helgen. Då har jag lite tid på mig att städa upp och snygga till där nere. Jacob sover där nere som det är just nu. Det blir lite krångligt om han ska sova i butiken. Men efter bröllopet flyttar han naturligtvis upp till mig i kammaren." säger hon men inte utan att rodna.

Hon ser på Greta och de skrattar för båda två förstår så väl vad Lovisa syftar på.

Greta tycker att det låter så bra. Nu ska de först inrikta sig på ett härligt bröllop, sen ska de ta itu med affärerna.

45

Greta vill att de går ut i trädgården och ser hur hon tänkt sig. Lovisa kan knappt bärga sig att få se hennes trädgård. Och den är mer sagolik än Lovisa kunnat föreställa sig. Där växer blommor i rabatter. Träd som dignar med frukter. Apel och körsbärsträd. Citronträd!

Lovisa ser sig om. Det är inte många sorter hon känner igen. Men där är en kryddträdgård och där känner hon igen flera sorter.

"Det här är ett valnötsträd." säger Greta och Lovisa känner att det kniper i hjärtat. Hon kan inte hålla sig, tårarna kommer. De rinner ner för hennes kinder. Hon sträcker sig upp och plockar ner en nöt. Hon gömmer den i sin hand. Smeker nöten med sina läppar.

Hon stoppar nöten i fickan, den ska hon för alltid spara. Hon får lov att förklara sig för Greta varför hon gråter. Om Helgas älskade valnötter. Och när hon berättar om hur Helga tagit hand om henne när hennes egen mor dog i barnsäng och jobbat i köket för att sedan den kallaste vinter i mannaminne dö i soten, så gråter Greta också.

"Jag tycker att vi ska laga till något festligt av valnötterna till ert bröllop. Vi ska höra med Stina-Klara vad hon tycker.

Det är min köksa. Hon är så duktig. Men du är väl inte ovan i köket heller, förstår jag om du är född och uppvuxen i ett skänkkök." säger Greta.

"Nej, inte speciellt, skrattar Lovisa, ett och annat har jag nog fått lära mig."

De går ner till köket för att prata med Stina-Klara om menyn. De bestämmer att det i alla fall måste vara 8 rätter. Det blir lagom, inte för lite och inte heller för överdådigt.

Lovisa berättar att hon fått potatis från Stockholm, det kunde de väl laga något av?

Stina-Klara har aldrig lagat potatis förut. Inte ens sett dem, men visst om fröken visar henne så visst ska hon visst försöka.

Det ska vara fågel, nötstek och helstekt lamm. Och en soppa från grönsakslandet. "Plockar vi vad som där finns" säger Stina-Klara.

Greta instämmer. Och så något med valnötterna. Sen vill vi nog ha glass till dessert.

"Oj, det som är sådant bestyr med." säger Lovisa.

"I mitt kök görs den bästa glass man kan få. Det ska vi ha." säger Greta.

Och då blir det så.

"Det var maten. Sen kommer vi till gästlistan. Den kanske jag ska ta hand om, ja för Lovisa har väl inte lärt känna så många än?"

Lovisa ler och håller med.

"Då så, vi borde väl bli några stycken till bords. Det blir ju alltid lite trevligare då. Sen ska jag tala med teatersällskapet att de kan komma och sjunga och spela lite för oss. Det hör ju till, eller hur?" säger hon och visst tycker Lovisa det. Det har väl aldrig varit ett gille utan att det varit sång och dans med. Det hör ju till!

Men vad kommer allt detta att kosta tänker hon.

På vägen hem snurrar det i huvudet på henne. Det kom en flicka strax innan hon gick från Greta som kommer att hjälpa till med påklädningen av brudutstyrseln. Lovisa som inte ens tänkt så långt som till klänningen. Hon ska nu få låna en hel brudutstyrsel av Greta. Och när Lovisa tog upp om penningen blev Greta nästan arg.

"Har jag erbjudit mig att hålla bröllop så har jag väl begripit att det kommer att kosta mig." Hade hon sagt och snörpt på munnen. Lovisa hade fått bett om förlåt och förklarat att hon aldrig förr mött en kvinna som Greta förr. Då hade Greta mjuknat och kramat om Lovisa och berättat om sina tre döttrar som dött från henne alldeles för tidigt.

Att hon alltid drömt om att fått gifta bort sina flickor, men fick det inte.

Och att hon nu njöt av att få ordna denna fest för en av sina bästa skeppare och en flicka som hon verkligen har funnit vara en riktig vän och även en tillgång i deras kvinnliga gemensamma tänkande här på ön.

Och Lovisa hade förstått att detta troligtvis betydde en hel del för Greta Donner att få bestyra. Den glädjen skulle hon inte ta ifrån henne.

Att Greta Donner var en stark kvinna på ön, förstod hon med nu. Torget utanför hennes hus kallas Donners plats.

Väl hemma möttes hon av röken från brännugnen. Det var nästan vindstilla idag så röken slog ner på gården. Eskil hade redan fyllt ugnen när hon kom. Nu skulle de bara passa elden så den fick falna långsamt. Och i morgon var ugnen så sval så hon kunde plocka ur den. Det blir en lång och spänd väntan.

Hon går in för att titta till Alva och se om hon är hungrig. Men Jacob är hemma och de sitter redan och äter. Hon tar sig en tallrik och gör dem sällskap. Jacob har packat och ska strax ge sig iväg. Han kommer att hinna hem före bröllopet. Det lovar han.

Lovisa blir lite besviken, men hon vet att han har ett arbete att sköta och hon berättar att Greta berömt honom idag. Hon får berätta allt Greta och hon har gjort och talat om under förmiddagen. Om kläderskan, om maten och om valnötterna.

"Vänta, jag har en sak till dig." säger Jacob och reser sig upp från bordet. Han springer ner för trappan men kommer upp med det samma. Han har en gryta med sig och något invirat i ett papper.

"Älskade Lovisa, förlåt mig att det dröjde innan du får dina fästmangåvor. Men jag ville göra dessa speciellt till dig. Grytan är din och bara din. Se här." säger han och visar henne på kanten. Där står det: LOV KD KB

Lovisa känner tårarna bränna under hennes ögonlock. Hon stryker över bokstäverna.

Lovisa Katarinadotter Klintberg

"Hur ska jag nånsin… Åh, tack så mycket." säger hon och kramar om sin älskade.

Han sträcker fram paketet till henne och hon tar emot det och vecklar upp det.

Tårarna fortsätter att rinna efter hennes kinder. Hon får torka dem med baksidan av handen flera gånger. I pappret ligger ett klänningstyg. Eller det är två tyger. Ett grått och ett rosa. Mellan dem ligger det ett blått hårband. När man håller dem samman liknar de strandängarna ovan norra muren.

I natt sover de samman. Jacob får ge sig av långt före gryningen. De måste hinna över till Böda idag. Hon ligger kvar och känner hans värme i sängen. Hon somnar och drömmer.

Det stormar. Båten kränger över vågorna. Den reser fören högt upp och slår hårt ner. Så hårt att båten rämnar. Det grova ekvirket i båten bryts som stickor. Hon ser Jacob i det kalla höstvattnet och hon ropar efter honom. Men hon kan inget göra. Hon ser honom försvinna i djupet.

46

De elva dagarna fram till bröllopet lever hon med
drömmen med sig hela tiden. Hon känner att det inte är
hennes bröllop de ordnar inför. Jacob kommer inte att
komma hem. Hon vet det. Hon känner det i varje del av sin
kropp. Hon känner sig totalt förlamad. Hon gör inte
mycket nytta i Stina-Kajsas kök, är mest i vägen. De tror att
hon är som hon är för att hon går i ett lyckorus så de låter
henne vara.

Hon plockar sin keramik ur ugnen men får dem inte
målade. Hon städar lite i butiken men vet inte varför. Hon
ställer upp en del koppar, kannor och skålar på hyllorna i
butiken. Hon går som i ett töcken. Hon gråter sig till sömns
varje natt. Alva har kommit in och krupit ner hos henne.
Hon har vaggat henne som ett barn. Hon har berättat för
farmor Alva vad hon drömde och det kvittar vad Alva
säger, hon tror henne inte. Det har inte förekommit några
stormar alls på flera veckor. Greta hade fått snabb vetskap
om postbåten hade förlist. Alla hade fått veta om postbåten
hade råkat ut för någon olycka.

Hon är och provar sin brudklänning. Men vet inte till vilken nytta men Greta propsar på att hon ska det. Och det Greta vill, det får hon. Hon är åter igen och tittar hur Greta tänkt sig i trädgården. Det blir säkert bra, tänker hon. Vad roligt för dem att ha fest här.

För vem?

Hon ser på Gretas bjudningslista och känner inte igen ett enda namn. Någon ska tydligen rida runt fredagen innan och bjuda in alla. Men kära nån, det är ju 70 personer som är bjudna! De kommer att bli så besvikna...

Alva lagar gröt. Lovisa ligger på Alvas säng och sover. Hon är helt slut. När hon känner lukten av gröten måste hon ut och kräkas. Fy för den som hittar på något så tokigt att folk ska gifta sig med en sjöman som drunknar innan bröllopet. Fy, Fy, Fy!

När hon kommer åter in sitter farmor vid bordet och ser på henne.

"Han kunde inte hålla sig trots att det bara var några dagar kvar." säger hon.

Hon skakar på huvudet men så skrattar hon.

"Men Lovisa, älskade barn. Förstår hon inte att hon väntar smått?"

Lovisa förstår inget. Vad menar hon? Skulle jag… vänta smått… Varför det? Hur...? Vara med barn? Skulle det efter bara…

Två gånger? Ja, det hade väl räckt med en gång. Lovisa känner sig på magen. Den är svullen. Hon känner på sina bröst, de ömmar.

Hon tittar på farmor och så börjar hon gråta.

Hon kommer ju nu att föda ett oäkta barn som aldrig kommer att få träffa sin underbare far som drunknade veckan före bröllopet.

Det är så de sitter när Jacob kommer upp för trappan.

Alva ser honom först.

"Tack gode Gud att du sände hem honom just nu." säger hon.

47

Hulkande försöker hon berätta för Jacob vad som hänt.
Mardrömmen som förföljt henne dag och natt ända sedan
han for. Dagarna som har gått i ett töcken. Och att hon
antagligen nu väntar smått. I alla fall vad farmor säger.
Alva gråter, Lovisa gråter och Jacob har svårt att hålla
tårarna borta. Inte nog med att han ska få Lovisa till sin
hustru, han ska få barn också. Han ska bli far.
Det är stort. Väldigt stort.
De blir sittandes vid bordet. Gröten kallnar på spisen. De
pratar om dagarna de haft.
Resan har inte vållat några problem. De har haft soligt och
fint väder, bra vind som gett bra fart. Men någon storm var
det aldrig fara för.
  Jacob hade träffat både Sofia och Carl Mikael.
Skänkstugan var åter öppnad med den nye ägaren. Han
hade berättat för Sofia att de skulle sammanvigas när han
kom hem. Carl Mikael hade betett sig väldigt konstigt och
senare hade han kommit ner till postbåten och velat tala
med Jacob. Men tyvärr hade inte Jacob varit där just då. Sen
hade han inte hittat Carl Mikael så vad han ville språka om

visste han inte. Jacob hoppades att det inte var något viktigt. Han hade enligt den andra besättningen varit ganska så rund under fötterna.

"Han kanske inte tyckte att jag ska få dig." skrattar Jacob och kramar om sin Lovisa.

Lovisa tänker att där har du nog rätt min käre sjöman.

Sofia hade fått hjälp i köket av två andra flickor. Hon hade sagt att hon var nöjd men det står säkert mer i brevet.

Jacob har med sig både brev till Lovisa och mer potatis.

Han ger henne breven och hon ser att det är ett från Sofia, som hon ska läsa senare och ett från hennes far.

Hon öppnar det med det samma.

Vecklar upp det och läser.

Kära Lovisa, nu kommer de utlovade bankpapperen. Du tar med dem till banken.

Det ska inte vara något bekymmer.

Den nye ägaren verkar vara väldigt nöjd med både fastigheter och rörelsen som alltid har haft ett väldigt gott rykte.

Jag hörde att Carl Mikael hade burit sig dumt åt mot din trevlige fästman. Jag hoppas du har överseende med den händelsen.

Jag önskar dig nu all lycka och välgång.

Skulle du någon gång få bekymmer i livet, ska du inte tveka att höra

av dig till mig.

Din tillgivne…

Hon vecklar upp det andra pappret som hon ska ha med sig
till banken. Hon läser det. Hon läser det igen…
Sen får hon rusa ner och kräks igen.

De får bädda ner henne. Hon är i chock. Det är inte nyttigt
när hon nu väntar en liten. Jacob får springa efter läkaren
medan Alva sitter och baddar hennes panna med kallt
vatten. Hon håller Lovisa i handen och klappar henne. Hon
nynnar för henne en lugnande melodi så hon ska bli lugn
och förhoppningsvis somna.

"Såg du brevet?" säger Lovisa.

"Nej, jag läser väl inte andras brev." säger Alva.

"Hämta det, snälla." säger Lovisa och farmor går sakta men
säkert efter det och ger det till Lovisa.

Lovisa läser det en gång till och sedan ger hon det till Alva.

241

"Men inte kan jag läsa." säger hon.

"Men du ser siffrorna där, det är så mycket pengar jag fått efter min fars död." säger hon.

Och farmor ser men hon förstår inte. Hon nickar. Nu hör de Jacob och doktorn komma i trappan.

Hon lägger brevet under madrassen. Hon vill inte visa det för någon annan.

Han undersöker henne och konstaterar att hon är lite tagen och lite klen. Han ger henne lite stärkande som hon ska ta morgon och kväll så kommer hon nog bli stark lagom till både bröllop och barnsbörden. Han ser varken dömande eller ironisk ut, bara saklig.

Jacob följer honom till dörren och tackar för besväret.

Han kommer tillbaka och sätter sig hos henne.

"Du får vila nu, inget som upprör dig mer." säger han och klappar henne på kinden.

Hon tar fram brevet hon lagt under madrassen. Hon ger honom brevet och han lutar sig närmare ljuset och läser det.

Han läser det flera gånger. Sen tittar han på henne. Han vet inte vad han ska säga.

Han sitter med brevet i handen och bara ser på henne.

Länge.

"Du är värd varenda riksdaler. Det är du värd efter vad som
hänt. Se det som botgöring.
Men du måste veta att detta inte gör någon som helst
skillnad för mig. Det här är dina pengar. Jag vill att du
beslutar vad du vill göra med dem. Jag kommer att stötta
dig i ditt beslut. Jag älskar dig så mycket, Lovisa." Säger han
till sist.
Och så gråter Lovisa igen.

Jacob och Lovisa tar med brevet nästa dag och går till
Visbys stadsbank. Han törs inte släppa iväg henne ensam
med ett så viktigt ärende. Hon lämnar fram brevet och
hälsar att hon är Lovisa Katarinadotter.
Mannen bugar och talar om att hon är väntad. Margareta
Donner har vänligen förvarnat dem om detta celebra
besök. Han visar dem att sitta ner. Han förklarar hur
banken fungerar. Att det är hennes pengar men de finns i
bankens förvar då det är svårt att hålla så mycket penningar
hemmavid. Både för säkerheten och av praktiska skäl.
Men när hon vill kan hon ta ut de pengar hon ämnar

använda. Ett lätt och praktiskt sätt att kontrollera sina pengar, när man har så mycket av dem som nu fröken har.

Efter avklarat möte går de till Donners. Det är onsdag idag. Och de vill se att allt är som det ska, samt tala om att brudgummen är åter och att lugnet lagt sig.

De träffar på Greta, Hans och Jöran på väg till middag. Och de bjuder dem följa med att äta tillsammans med dem. Det gör de gärna. De sätter sig i matsalen och pigorna bär in maten. Men då får Lovisa gå ut.

Jacob får lite svårt att bortförklara hennes plötsliga illamående. Men det är ingen, mer än pojkarna då, som tror honom. Greta skrattar åt deras lägliga olägenhet.

Jacob äter och de samtalar om vårens stora händelse, "Josefina".

Greta tycker att hon hittat ett bra namn till båten.

Jacob har inte tänkt på namnet. Han ska få sin egen skuta. Han ska få Lovisa till sin. Och de väntar barn. Han har inte tänkt på namn till skutan.

De talar om frakterna med kalksten. Om det nya kalkbränneriet ute vid Klinteberg. Om handeln med Rügen. Om Jacob kan tänka sig att även segla på Rügen? Det skulle han se som en ära. Han kanske till och med vill segla längre bort? Men det kanske är något han vill diskutera med sin hustru, de står ju i begrepp att få utökning. Han berättar att han önskar sig en stor familj men vet inte ännu om Lovisa håller med honom. Hon har ju just fått sitt arv och de har ännu inte diskuterat vad det kommer att innebära.

"Blev det mycket?" frågar Greta.

"Mycket mer än vad hon trodde." svarar Jacob.

"Bra, säger Greta, hon har goda idéer Lovisa, om både butiken och annat. Vi kommer att komma bra överens, det är jag övertygad om."

"Det gläder mig. Det är gott att veta att hon har en så god vän att vända sig till som er, när jag kommer att vara bortrest."

Lovisa kommer tillbaka in.

"Snälla Greta, förlåt mig." säger hon.

"Inget att förlåta. Det är jag som ska lyckönska er båda. Jag ska säga till om en kopp te." säger hon och ringer i den lilla klockan hon har bredvid sig och genast kommer en piga in. Och strax kommer hon åter med en kopp te till Lovisa.

Greta berättar om hur långt de kommit i förberedelserna.

Men nu ska inte Lovisa bekymra sig om det. Det kommer en vagn och hämtar henne på fredagsmorgon.

Så ska hon bara ta hand om sig den dag som nu återstår.

Allt annat ska vi ta tag i efter helgen.

De tackar för mat och ett gott samtal sen går de neråt hamnen. De går förbi fiskebåtarna som just kommit in med dagens fångst. De fortsätter längs hela sjömuren och kommer fram till strandängarna. De sätter sig ner på marken. Ser ut över havet och njuter av dagen, ljuset och det lilla livet som börjat i hennes mage. Han lutar sig mot henne och lyssnar på sin lille son.

"Son? Tror du det?" säger Lovisa.

"Ja, det tror jag. En liten sjökapten." Skrattar han och kysser henne.

"Det får vara vad det vill. Bara den lille har dina blåa ögon." säger Jacob.

48

Kära min syster,

Ännu en gång är det fantastiskt att höra från dig. Så roligt att du och den trevlige Jacob fann varandra. Tänk bara om jag fick vara med på ditt bröllop. Men du vet att jag tänker på dig och önskar er båda all lycka.

Vi har nu börjat om på nytt här i skänken på hörnet. Han är väldigt trevlig vår nye ägare. Han är änkeman, och om jag lägger mina goda stekar rätt så...

Det är nästan så jag gett upp hoppet om sjömannen min. Tror du att han någonsin kommer tillbaka?

Jag har fått hjälp i köket av två flickor. Anna och Signe, det är som om jag vore Helga och flickorna du och jag. Det känns verkligen konstigt. Men de är duktiga och till god hjälp.

Har Jacob berättat för dig vad Caminen ställde till med? Har han inte det kanske det är lika bra att du inte vet, men som sagt Jacob har nog sagt något.

Carl Mikael, den lille späde landkrabban söp sig full och skulle ner och slå ihjäl din sjöbuse när han fick veta om er trolovning.

Det är nästan komiskt!

Han mötte visst aldrig Jacob utan någon ur besättningen tog Caminen på axeln och bar hem honom. Där hängde han och sprattlade och skrek hela vägen hem. En syn för gudarna!

Vi väntar med spänning om det blir någon sång om det framöver, men vi tror det inte. Vissa saker mår bäst av att tystas ner. Men jag skulle vilja sett det.

Sagas tredje barn blev en flicka till. Tre små töser har de nu. De är lika söta alla tre, och de mår bra allesammans.

Ta vara på dig och kom ihåg din äldsta vän och syster i livet.

Sofia

248

49

Hon blev hämtad med droska och sitter nu omklädd och färdig och väntar på att Greta ska hämta henne. Hon mår illa. Tänk om hon kräks mitt under alltihopa. Greta har ställt en spann bakom träden där akten ska vara, under valnötsträdet.

Hon reser sig upp och ser ut genom fönstret, var är Jacob? Han kunde väl komma nu. Lika bra att få det gjort, det är så nervöst innan.

Hon ser inte men hör att det kommer ett brudgumfölje in på gården. Nu, nu är det dags.

Greta kommer och hämtar henne. De kramar om varandra och Greta säger hur vacker hon är. Och att hon är så stolt över henne, som om Lovisa vore en av hennes egna döttrar. Lovisa är bara fem år äldre än Hans Jörgen. Gretas äldsta dotter hade varit som Lovisa om hon hade fått vara kvar i livet. Men inga dystra minner idag. Idag är en glädjens dag. De tar varandras händer och går ner till trädgården. Solen skiner, det är lite kyligt i luften men det är en härlig höstdag. Gästerna fyller hela trädgården. Farmor Alva sitter på en stol som de ställt ut till henne. Hon ville inte följt med men

Lovisa och Jacob ville så gärna ha henne där att hon fick ge med sig. Hon mår ju så mycket bättre numera när hon får sällskap och ordentlig mat.

Lovisa ser på raden av okända människor. Alla ler de och hälsar på henne när hon går fram till Jacob som står bredvid prästen och väntar på henne. Han är så stilig i sin nya kaptensuniform. Den är ny för dagen. Hans ögon glittrar när han ser på Lovisa. Han tar hennes hand när hon kommer fram till honom. Hon står mitt emot honom och ser upp i hans ansikte. Han är ganska mycket längre än henne. Han ser så stolt och lycklig ut.

 Och Lovisa är så vacker idag. Brudutstyrseln är det grannaste hon sett. Det är en blå och röd klänning med veckade fållar runt hela kjolen. Med en oval ställning under, som ger en bredare kjol där vecken går ihop.

Den är knuten framtill upp över bysten och har en insättning av randigt tyg fram. Från axlarna går fransar ända ner till armbågarna. Samma fransar finns inflätade i hennes hår tillsammans med massor med pärlor och blommor. Prästen läser för dem. De ger sina löften. Högtidligheten i akten gör att Lovisa inte tänker på sitt illamående. Det går så bra, och nu får brudgummen kyssa sin hustru.

Gästerna klappar händerna och kastar risgryn och blomblad på gången framför dem när de vandrar hand i hand in från trädgården och trappan upp till den stora festsalen.

Där det är uppdukat för middag. Borden står i hästskoform och vägen fram till borden blir lång då brudparet ska ha brudskål och kyssar av alla de passerar. Men dagen är inte långt gången, natten är lång och festen torde vara till nästa dag. Det är tradition att fira bröllop minst i två dagar. De äter hela eftermiddagen. Grönsakssoppa, potatislåda, gädda, nötstek med valnötssås, grillad and, helstekt lamm, fårfiol, äppelpaj, valnötsbröd och ett bord med tårtor. Pigorna bär in hela kannor med vin, öl och brännvin. Teaterfolket kommer och sjunger och spelar. Det dansas hela natten lång.

Farmor Alva bäddas ner i ett gästrum. Lovisa blir avklädd utstyrseln efter den långa middagen och hon får en lättare klänning att bära till dansen. Hon kysser Jacob, skrattar och det snurrar i huvudet av vinet och av dansen.

De smiter iväg från allt stojet. Ut i natten, ner till trädgården. Det är kallt men friskt efter all värme som blir inne med alla människor. Hon andas in den kyliga havsluften, han kommer intill henne. Han kysser henne och hon möter honom i hans famn. De drar sig in under valnötsträdet och han lägger sig ner och tar henne med sig. De älskar sin första natt som gifta under bar himmel under ett valnötsträd. Månen, stjärnorna och Helga ser dem. Och Helga ler.

50

Nästa dag börjar med morgonmål i sängen för de nygifta.
Sedan under dagen blir det giftasgåvor som ska lämnas
samtidigt som Lovisa får möjlighet att träffa många som
hon inte hann med i går. Hon känner inte igen många,
några grannar och så några av kvinnorna som kommer att
vara med i kvinnogillet. Det blir många roliga och trevliga
samtal under hela dagen. En del gäster kommer på middag
mitt på dagen och andra kommer till kvällens fest.

Det är mannen från banken och hans fru, det är flera
skeppare från Donners rederi. Även höga herrar från både
handelshusen och stenbrottet. Alla har de gåvor med sig
och kära lyckönskningar.

Alva har fått åka hem och Hedvig i mjölkbutiken har lovat
att se till henne lite under dagen. Jacob och Lovisa kommer
att stanna i brudsängen hos Donners en natt till.

Denna kväll blir det inte lika många gäster utan blott ett
trettiotal. Och bara en sångare kommer och sjunger visor.
Han låter som Sagas Andreas och Lovisa längtar hem. Men
bara ett litet ögonblick. Tills hon tittar på Jacob, då vet hon
att hon är hemma. Hon kramar hans hand och hans varma

blick ger henne den trygghet hon så väl behöver.

Under söndagen får de se till att få med sig alla sina gåvor hem. De tar avsked av Greta och pojkarna och tackar dem för deras enorma gästfrihet. De kommer aldrig att kunna ge detsamma tillbaka. Men Greta vill inte höra talas om det utan hon är så nöjd och glad för en så trevlig fest.

De går som i trans i flera dagar. Ser på varandra, kysser varann. Promenerar. Lagar mat tillsammans som de äter tillsammans.

Men sedan kommer åter vardagen.

Det är dags för Jacob att resa igen. Han packar sin sjömanssäck, ger farmor en hastig kram och hon lovar att ta hand om Lovisa.

Han klappar Lovisa på magen och sedan kysser han henne innerligt. En kyss som kommer att sitta kvar på hennes läppar tills han kommer åter.

Sen är han borta. Det blir tyst i det lilla stenhuset med den röda dörren.

Lovisa skjuter upp öppnandet av butiken en stund till. Hon försvinner varje morgon ner i sin verkstad, hon jobbar många timmar om dagarna. Hon drejar, och formar leran till små krukor att ha marmelader och pastejer i. Eskil kommer och bränner dem åt henne. Sen ska sakerna målas och brännas en gång till. Hon bär upp en korg i taget upp till butiken och fyller hylla efter hylla. Hon måste också ha ett reservförråd ifall hon inte skulle hinna dreja när butiken öppnar. Hon kanske ska se sig om efter någon som kan hjälpa henne i butiken om det blir mycket. Men, det kan ju lika gärna stå kvar på hyllorna tills de dammar ihop. Hon kanske inte säljer någonting. Folk kanske bara vill ha det vita fina porslinet. Tankarna far i huvudet på henne.

Hon går upp och hälsar på Siri och pratar med henne om butiken. Kanske kunde hon ha lite av deras ägg och det rökta fläsket också. Hon tror att Hedvigs make, Ernst, inte har så fel med sin idé att sälja mer färdiga produkter. Det rökta fläsket, marmelader, sylt och pastejer har hon tänkt kunna ha med. Siri tycker att det låter väldigt spännande och samtidigt blir hon salig om hon slipper stå på marknaden varje dag.

Alva har känt sig mycket piggare sedan Lovisa kom. Det gör mycket med lite sällskap. Ja, maten har väl gjort sitt till den med. Och under första tiden när Lovisa bara kräktes då fick allt Alva se till att de fick mat i sig båda två.

Idag har hon tagit sig ner för trappan, för inte kan hon hålla sig ifrån denna högtidsstund. Idag öppnar butiken.

Lovisas keramik fyller hyllorna. Koppar och dryckeskrus i långa rader. Små skålar med marmelad, kannor med citrondricka. Hon har fyllt sin keramik med hemlagade delikatesser. På faten ligger det pastejer, äppelpajer och valnötskaka. Hon har nästan länsat hela Gretas trädgård på godsaker. Och Siri har varit nere med färska ägg och fina bitar nyrökt fläsk.

Lovisa har varit uppe hos Siri flera gånger sista veckorna. De har så mycket att prata om. Siri ska också komma med i kvinnogillet. De tycker båda två att det är en jättebra idé.

De väntar ju smått båda. Kommer få både glädje och hjälp av varandra. Siris två gossar Nils och Tore är tre och fem år, de tycker det är så roligt när Lovisa kommer. Hon lär dem att läsa på samma sätt som de lärde Helga, med lappar. Siri kan inte heller läsa så hon ser nyfiket på när pojkarna lägger lappar och ljudar ihop dem till ord.

Nu ligger fläsket uppradat på köpdisken, äggen ligger i två stora keramikfat.

Alva sitter på pallen vid trappan och Lovisa tar ett djupt andetag och så öppnar hon dörren. Hänger ut den nya skylten som Eskil har målat till henne.

Hon står kvar på gatan, tittar på sin butik, sin fina skylt och så kommer fru Rutberg ut och vinkar till henne. Och strax kommer Hedvig ut med en kanna mjölk och med den vill hon önska lycka till.

Lovisa går in och ställer sig vid disken och väntar. Undrar hur länge det dröjer innan de första kunderna kommer.

Om, de kommer.

Det dröjer nästan en timme innan den förste törs sig in.

Efter två timmar är fläsket slut.

Greta kan förstås inte hålla sig därifrån, måste bara dit och titta på folkmassan. Hon handlar lite av sin egen valnötskaka. Lovisa skrattar åt henne.

När hon stänger för kvällen glipar det på hyllorna. Hon sätter sig på nedersta trappsteget och lägger sitt huvud i farmors knä. De är trötta båda två. Hon måste börja plocka upp nya skålar tills i morgon. Hon behöver få hem mer ägg och fläsk. Hälla upp mer sylt i små skålar.

Ska hon gå upp till Siri och hämta mer ägg eller ska hon plocka upp skålar från verkstaden? Hon orkar egentligen inget av det. Men hon måste. De sitter där en stund när de hör någon knacka på dörren. De ser på varandra och Lovisa reser sig upp för att se efter vem det är.

Där står Nils och Tore med en lite äldre flicka.

"Men barn har ni gått hit alldeles ensamma?" frågar Lovisa när hon släpper in dem.

"Nej, jag är ju med. Fast jag är kort så är jag 11 år och heter Ellen. Vi har med dragkärran här med lite saker." Säger flickan och pekar på kärran som står utanför med en stor korg med ägg och en duk som är omlindad kring flera fläskbitar.

"Ni kommer som en skänk från himmelen." säger Lovisa. De plockar in alla varorna. Flickan har med sig hasselnötter och knippen med torkade örter och undrar om Lovisa vill köpa dem av henne. Det vill hon gärna göra och hon ber flickan att plocka fler hasselnötter tills i morgon.

Barnen hjälper med glädje till att plocka upp nya skålar på hyllorna. Och Ellen följer med Lovisa till verkstaden efter fler. Det dröjer inte lång stund förrän de är klara.

"Vi ses i morgon." säger Nils och ger sin Lovisa en kram innan de går igen.

Från och med nu kommer det en daglig leverans från gården utanför österport.

De tar sig lite att äta sedan går Lovisa ut och sätter sig i verkstaden. Hon gör små skålar för det var en strykande åtgång på dem. Hon sitter och drejar och funderar över dagen. Om det fortsätter vara så mycket kunder som idag måste hon ha hjälp i butiken. Hon kommer inte hinna göra keramik, koka marmelader, sylt samt göra pastejer om hon ska stå i butiken hela dagarna. Hon måste ha hjälp. Det borde inte vara så svårt att få någon. Hon ska prata med Greta om det. Hon känner alla.

Men sen undrar hon vart flickan Ellen hör hemma? Hon har inte sett henne hos Siri men hon borde väl vara en granne till dem. Kanske vill hon hjälpa henne i butiken?

Det sparkar till i magen på henne. Hon känner efter med handen och kladdar ner sig med leran. Men det gör inget, hon skrattar åt sig själv. Hon mår så bra nu när illamåendet har släppt och nu kan hon inte dölja längre att hon väntar. Magen börjar växa. Hon är så lycklig men oron för Jacob på havet finns med henne hela tiden. Drömmen hon hade följer henne. Han har varit borta tolv dagar nu och kommer troligtvis hem i övermorgon. Om det fina vädret håller i sig. Men det är en konstig höst tycker hon. Det är snart december och är lika varmt som i mitten på september. Men Alva säger att det brukar vara så här. Kan det vara sådan skillnad härifrån till Stockholm? Det kan hon väl ändå inte tro.

Hon ställer upp skålarna hon gjort på hyllan för att torka. Hon ska be Eskil komma och bränna åt henne. Han har tagit för vana att hjälpa henne med lite av varje. Det är mitt bidrag till din nya rörelse säger han och skrattar så gott. Han är snäll, han Eskil. Att de kallade honom för ett original har Lovisa svårt för att förstå. Lite egen är han väl men, vem är inte det?

Herr och fru Rutberg vinkar alltid så glatt men talar aldrig till henne. De kanske inte tror att hon förstår? Ernst i mjölkbutiken går inte ut på onsdagar. Varför? Ja, säg det. Visst är folk lite konstiga.

Hon går in och äter lite gröt sedan somnar hon nästan

innan hon lagt sig.

Lite lugnar det ner sig i butiken men vad de färdiga produkterna går bra. Marmeladen, sylten och pastejen har utökats med potatislåda, örtkryddade ostar. Hasselnötterna hamnar i kakor och bröd.
Nästa dag när Ellen kom frågade Lovisa henne om vill hjälpa henne i butiken. Och leta efter gladare unge. Hennes far hade dött i en olycka i stenbrottet så nu var det Ellen och hennes mor och tre yngre syskon till som skulle försörjas. Lovisa betalar henne mer än arbetet är värt, men hon har så hon klarar sig. Affären går strålande.

Lovisa jobbar på i köket. Kokar marmelad, bakar bröd. Hon har pastejer i ugnen också. Van att ha många rätter på gång samtidigt. Eskil har bränt och även hjälpt henne göra skålar i verkstaden och så odlar hon potatis. Hon och Eskil har grävt land bakom dasset och där växer potatisen sig stor och fin. Hon har redan fått en skörd och varit noga med att lägga undan potatisar så hon kan sätta till våren igen.

51

Det är dags för första mötet i deras nystartade kvinnogille.
Siri och Lovisa gör sällskap dit. De är åtta kvinnor
sammanlagt. Det är bara Siri som inte är gift med en
sjöman. Alla kvinnor har olika sysslor som de håller på med
när männen är borta.

Ethel, har får och lamm som hon tar vara på ullen av.
Kardar och spinner ullen och sålde garnet. Hon skulle nu
även börja färga en del garner. Hon väver också, men det
tar ganska mycket tid och hon säljer lika gärna garn som
det färdigvävda. Det låter väldigt spännande.

Inga är silversmed. Hon gör väldigt vackra smycken och
spännen. Inga har tvillingflickor som följer sin mamma
överallt. Hennes make åker på långresor till Italien och
Spanien.

Sara plockar frukter och bär som hon torkar och Fredrika
odlar kryddor och gör olika blandningar. Signe syr
klänningar till havande kvinnor som hon hyr ut.
Det låter väldigt konstigt men det fungerar väldigt bra.
Kjolarna syr hon med knappar och veck i överkant så de
går att göra större. Men liven får man byta varefter man

växer. Lovisa blir nyfiken och ska gå och titta på hennes klänningar någon dag.

Det lät som det skulle vara bra saker att sälja i samma butik. Lovisa höll gärna med sin butikslokal till att börja med men de trodde nog att den snart skulle bli för liten. De skulle nog senare få börja se sig om efter en annan. Men det behövde ju inte bli dyrt eftersom de var flera att dela på utgifterna.

De andra var lika glada över Ellen som Lovisa och de skulle naturligtvis dela på hennes lön. Det gläder Lovisa att det inte kommer gå någon mer nöd på flickan och hennes familj.

Efter mötet ska de äta och de går till matsalen och sätter sig i väntan på Stina-Klaras goda kök.

Hon har lagat potatislåda till dem och de åt med god aptit. De andra hade aldrig ätit potatis innan men tyckte att den var ganska trevlig. Och säkert är den väldigt användbar och mättande. De bestämmer att träffas här samma dag nästa månad igen.

Jacob har varit hemma några dagar men åkt igen. Det är svårt att vänja sig med att vara sjömanshustru. Hon är glad att hon har att göra. Det var detta som Greta visste, att man snart blir tokig om man bara går och väntar på att maken ska komma hem. Han åker ju igen. Några dagar iland och sen ut igen. Det hade blivit ett livslångt väntande om hon inte hade haft sitt att göra.

De hann diskutera lite hur de skulle göra med butiken när han var hemma. Om det inte är butik, ska de flytta ner köket eller ska de göra ett rum till farmor? Ska hon ta sina pengar och köpa ett större hus? Får de många barn kommer det bli trångt i bara ett rum. Hon är van vid stora ytor och tycker att det är trångt redan nu. De kommer inte till något beslut men hon kan ju höra sig för lite.

Lovisa nämner för Hedvig i mjölkbutiken att de letar efter ett större hus.

"Men har du inte hört att "Rosas" ska stänga? De ska väl inte ha kvar det stora huset om de ingen krog har, väl?" säger Hedvig.

Men det har inte Lovisa hört något om.

"Men går inte skänken bra? Det verkar ju vara gott om folk

där?" säger hon.

"Ja, inte vet jag. Men de ska stänga. Det är jag säker på. Gå du över med det samma och fråga honom. Han heter Edward och hon heter Rosa, du kan ju inte få annat än nej till svar. Då vet du ju." säger Hedvig.

Och Lovisa tänker att hon har ju inget att förlora på att fråga. Hon går ut på gatan och ser på det stora huset som ligger mitt emot deras lilla grå stenhus.

Det är tre våningar högt. Nedersta våningen är stensatt och de övre är i trä målat i brunt. Huset är fint och ser gediget ut. Det är en dörr på hörnet och det är den som går till krogen. Hon känner på den men den är stängd. Bredvid det här huset och nästa går en smal gång in till en gård. Hon går in där. Väl inne på gården möter hon Edward.

Hon niger och sträcker fram handen och talar om vem hon är.

"Jo, nog känner jag igen Jacobs fru allt. Trots att det inte blivit av att vi har hälsat så har jag allt sett henne. Men nu ska vi inte bli kvar här länge till så inte vet jag om vi kommer se mycket av varandra" säger han.

"Det var det jag hörde att skänkstugan ska stängas. Vad kommer det sig?" frågar hon.

265

"Vi börjar bli till åren både frugan och jag. Sonen har en krog i Kalmar så vi har allt tänkt oss att flytta dit vi med. Kan väl hjälpa till med något de åren vi har kvar" säger han.

Lovisa förstår och tycker att det var en bra tanke att kunna flytta till barnen och hjälpa till. Visst kommer Edward att orka med många år till.

Han skrattar till hennes komplimanger. Han undrar också om hennes ärende.

"Jo, jag undrade om huset ska säljas här?" frågar hon.

"Jo, är hon spekulant?" frågar han och ser illmarigt på henne.

Hon nickar och förklarar att butiken och boendet känns lite litet så de ser sig om efter ett större. Hon är van med större från Stockholm, säger hon för han verkar lite nedlåtande mot henne som kvinnfolk. Och nu när detta låg så nära till vore det kanske ett lämpligt hus för dem.

"Men kan en så ung och späd tösa göra såna affärer? Ska hon inte ha maken med sig?" frågar han.

Sabla mansgris tänker Lovisa tyst för sig själv. Hon biter sig i tungan.

"Ja, nu är ju maken inte hemma så ofta. Och det är nog jag

som kommer både sköta hushållet och butiken så det är viktigare att det passar mig än en make som mestadels är till sjöss. Säger hon och blänger på honom.

Han nickar men det är inte vanligt att göra affär med ett fruntimmer, det vidhåller han.

"Skulle hon vilja se sig om?" säger han.

Och det vill hon gärna göra.

"Här är ju gården" börjar han, och visar henne på uthuset med dassen och vedboden. Den är stenlagd hela gården med undantag för ena hörnet där det växer något som en gång verkar ha varit kryddträdgård.

In i huset från gården kommer man in i en hall som delar upp huset i tre delar. En gång fram till själva krogen som tar hela undervåningen. En halvtrappa upp till bostaden och sedan en annan hall med trappa som leder upp till förrådet som är på tredje våningen.

Skänkstugan är inte lik hennes barndoms, utan har en helt annan mer robust stil. Det är målade fönster och små runda bord. Men detta ska ju i så fall inte vara krog. Det ska bli en butik, och visst skulle den här lokalen räcka till gott och väl.

Sen går de trappan upp till bostaden. Där är ett förmak.

Sen är det fyra rum och en mindre sal. Köket är rymligt och

ljust. En trevlig bostad tycker Lovisa att det är.

Hon ser ut genom fönstret på Jacobs lilla grå stuga, den ser så liten ut här i från.

"Men nu ska vi upp på vinden." säger Edward och Lovisa följer med honom ner igen för att ta den andra trappan upp. Där uppe sitter Rosa och väver.

"Men får vi sådant fint främmat." säger hon och reser på sig.

"Ja, Jacob och hans Lovisa här, är intresserade av att köpa huset av oss." säger Edward.

"Är ni verkligen det?" frågar Rosa.

"Ja, det är vi. Det här skulle verkligen fylla våra behov." säger hon och ser sig om. Detta är bara ett enda stort rum. Högt i tak ända upp till nock. Och det är varmt här inne. Det står en kamin mitt på golvet där murstocken också går ända nerifrån.

Det brinner i den och det ligger en hög ved på golvet bredvid.

"Skönt att sitta här och väva. Du har det varmt och gott här." säger Lovisa.

"Ja, det har jag. Vi har inte mycket förråd kvar som du ser. Men vävstolen har jag alltid haft här uppe. Ärligt talat så går det inte att få ner den. Den är byggd här. Men jag var ju tvungen att väva klart innan vi flyttar, säger Rosa, men stolen den blir kvar här."

De pratar om Kalmar där deras ende son bor sedan 20 år. Det vore så roligt att få bo nära honom de sista åren de har kvar i livet så därför ska de nu sälja. Och de vore så tacksamma om Jacob Klintberg ville köpa deras hus. De har bott i det sen de gifte sig. Det blir ju som ens skötebarn. Liksom.

"Kan vi bara komma överens om pengarna så tror jag nog att jag köper huset av er." säger Lovisa.

"Hon? Ska hon, flickan köpa huset av oss?" säger Edward med en förskräckelse i rösten.

Det är hennes pengar. Det är hon som kommer bo i huset alla dagar på året. Jacob kommer nog att trivas med, även om han inte var hemma idag. Så är det att vara på sjön långa tider. Man kan inte vara med jämt när det händer saker och ting. Helst inte med Lovisa, som vet vad hon vill. Och som har egna pengar, vilket inte är vanligt bland kvinnorna.

"Har han något problem med det?" frågar hon.

"Nja, säger han, det kanske bara är ovanan. Men är hon god för så mycket pengar då?"

"Mer än vad Jacob är i vilket fall som helst." säger hon. Hon vill att Greta ska följa med henne och titta på huset och sedan måste hon tala med mannen på banken. Sen ska hon bestämma sig.

De går neråt tillsammans och Lovisa går åter in i skänkstugan och ser sig om. Det är ett mindre kök här än vad de hade i Stockholm men det här känns rymligare. Hon stryker med handen över spishällen, hon känner på den stora grytan som hänger där. Drar lite i spjället. Ser ut genom fönstret, här är det bakgården från köksfönstret. När hon är på väg ut ur köket vänder hon sig om en sista gång och ser sig om. Där sitter Skräcken vid borden och tittar ut, Helga står med händerna i sidan och ser på henne. Lovisa och Helga ser på varandra. Som alltid vet Lovisa vad Helga tänker. "Och varför skulle du ha en butik när vi redan har en så fin skänkstuga här, den måtte väl duga till dig."

52

Lovisa har med sig Helga hem. Våndorna sliter i kroppen på henne.

En väl inarbetad krog ska stänga. Ta över den och driv den vidare. Det är ju det du kan. Du är ju bra på det. Du kan ha både en liten butik och krog i samma lokal.

Stäng krogen, det är för mycket minnen. Lättare med en butik som man stänger klockan fem och går hem.

Du kan laga massor med olika potatisrätter, det kommer att bli en stor framgång här på ön. Brygga öl, sena nätter, gillen.

Om vi får flera barn ska de som jag växa upp på en krog?

Lite liv och rörelse är väl alltid roligt, inget fel i det. Du tog ingen skada av kroglivet. Din skada var din tokige far. Nej, ingen krog, ett café. Öppen dag-id med kakor, tårtor och valnötskaka som specialitet. Och som säljer hantverk. En hantverksbutik där man kan dricka kaffe. Där man kan sitta och jobba med sitt hantverk tillsammans med andra. Men folk kan väl inte dra dit sina drejskivor, sina ullhögar. Men man kan träffa kvinnogillet där. Andra kvinnor som vill känna gemenskapen med dem som håller på med samma saker. Man kan ta med sig ett nystan och sticka lite. Man kan ha med sig sitt broderi. Något åt det hållet. Det är en idé som kommer att växa fram så småningom tillsammans med de andra kvinnorna i gillet.

Greta följer gärna med och ser på huset och hon blir väldigt förtjust i det. De gör även sällskap till banken med, det kan bli problem med pengarna när inte Jacob är med. Och visst blir det.

En kvinna kan inte röra sig med sådana affären. Om de då inte, såsom Margareta Donner blivit änka och har egen hand med sina affärer.

"Men fru Lovisa är bara 17 år. Hon borde ha en förmyndare, och i detta fall vore det lämpligt med maken." säger han.

"Och om maken då inte är anträffbar på grund av sitt arbete, vem skulle ni då rekommendera?" frågar Greta.

"Ja, en nära släkting eller makens arbetsgivare." svarar han.

"Lovisas sista släkting var ju hennes far som detta arv nu gäller. Jacobs farmor är väl för gammal, hans syster ligger nyförlöst och hans arbetsgivare, det är jag." säger Greta.

De gör färdigt affären samma vecka och när Jacob
kommer hem två veckor senare håller de på att flytta.
Edward och Rosa var så glada när de packade ihop det sista
och lämnar Visby med postbåten för att åka till sin son i
Kalmar.

Siri har fått en pojke till. Så när flytten över gatan går är det
bara Erik och pojkarna här och hjälper till. Eskil är
naturligtvis med och det är han som möter Jacob i dörren.
"Jaså, han är hemma nu, säger Eskil, vore jag som du skulle
jag aldrig mer våga åka bort. Hon hittar på så mycket." Och
så skrattar han så alla på gatan vänder sig om.
Lovisa kommer nerspringandes så fort hon kan för sin
stora mage. Hon kastar sig om halsen på Jacob.
"Det gick så fort, de skulle ju flytta och ville iväg med det
samma. Och inte kunde jag låta det gå ur händerna när du
inte var hemma. Jag visste ju inte när du skulle komma.
Alva tycker det är så fint. Hon är redan där. Kom med nu
så ska jag visa dig."
De går runt och tittar på sitt nya hus, hand i hand. Och
Jacob har inget att invända.

Snarare tvärt om, han har bott granne med det här fina huset i hela sitt liv. Och har alltid tyckt att det är ett väldigt vackert hus. Han är mer förvånad över att Lovisa har köpt just detta hus som han tycker så mycket om. Det är som hon visste vad han tänker. Han ser på sin unga runda hustru med kärlek och stolthet i blicken. Han måste få hålla henne nära, de står ovanför trappan i sin nya bostad och bara håller om varandra. Han känner sitt barn sparka i hennes mage mot sin. Han ser på henne och de skrattar. "Vi är tre nu." säger de.

Utan Greta och farmors gillande hade hon inte vågat göra affären. Och inte hade hon väl fått heller, utan Greta. De bestämmer sig för att behålla det lilla grå stenhuset så länge, det kanske yppar sig någon lösning med det senare. Hon behöver ha verkstaden kvar där tills de kunnat inreda en här i nya huset.

Det känns konstigt att sova här första natten. De står och ser på det lilla grå stenhuset med den röda dörren genom fönstret. Det ser så litet ut, att det rymmer både butik och en bostad känns konstigt. När de nu går runt i alla sina rum här i det stora huset. Farmor har valt att bo i pigkammaren, den ligger alldeles vid köket och värmen från den stora spisen når dit in. Hon har det varmt och gott här.

Lovisa och Jacobs sovrum är ett hörnrum mellan köket och den lilla salen. Då kommer de senare att ha barnen i rummet mellan sig och farmor. Men till att börja med står den nya lilla vaggan som de fått av Eskil inne hos dem. Där kommer den vara så länge Lovisa kan amma den lille. De talar om barnet som en pojke. Han ska heta Hans. Det hette Jacobs farfar. Om det skulle råka bli en flicka ska hon heta Katarina. Men det är ingen som tror att det är en flicka.

De lämnar fönstret och det lilla grå huset och kryper ner i sin nya säng. Det är en bred väggfast bädd med vackra tyger som förhängen. Men Lovisa vill se morgonljuset när det kommer så de drar inte för dem. Hon ligger på Jacobs arm och känner livet inuti sin mage. Han rör sig mycket ikväll, det är väl för hon har jobbat lite för mycket idag. Men hon är så ivrig, kan inte sitta still och se de andra jobba. Hon vill ju vara med. Hon hör hur Jacob somnar, hör hans andning saktar ner och bli lugn och rytmisk. Det känns tryggt när han är hemma. Hon lyssnar på honom och känner livet i sin mage. Min familj tänker hon.

Och lyckan är total att Jacob kom hem just idag.

Hon somnar till men vaknar strax igen.

Något är på tok.

Hon vet först inte vad. Men sen känner hon att hela bädden är blöt. Vattnet har gått.

Hon märker det samtidigt som hela magen drar ihop sig i kramp. Hon väcker Jacob. Han vet inte var han är eller vad hon menar först.

"Väck farmor, hon måste hjälpa mig." säger hon.

Jacob är redan uppe och på väg in till Alva. Han känner inte igen sig, vet inte vilket håll han ska gå åt. Han har knappt somnat känns det som och han är yr i huvudet och rädd. Det är dags nu men det är för tidigt. Flera veckor för tidigt.

"Farmor, farmor, det är dags nu. Lovisa ska föda." Han väcker sin farmor och hoppas att hon ska hoppa upp ur sängen fort och skynda sig in till Lovisa. Men det kan hon inte längre. Hon är stel och rör sig inte alls lika fort längre som hon en gång gjorde.

Han tänker att det hade gått fortare om han lyft henne ur sängen och burit in henne till Lovisa. Han springer före in till henne. Hon har värkar, kraftiga sådana.

"Jag måste krysta nu." säger hon.

Och när deras dotter kommer till världen är det Jacob som tar emot henne. Farmor Alva har knappt hunnit in i rummet. Han lyfter upp flickebarnet och håller henne upp och ner tills hon ger i med ett skrik som rensar hennes lungor. Sen lägger han ner henne på Lovisa.

Han vet inte vad han ska göra, han drar upp lakanet och torkar av henne lite på ryggen och höljer över henne. Han står på knä bredvid sängen och ser på sina flickor. Lovisa är så vacker. Hon ser på Jacob och sedan på tösen.

"Men är det verkligen klart nu?" säger hon.

Alva har hunnit fram. Hon ser på dem och ojar sig.

"Men så fort, men så fort detta gick. Är barnet färdigt? Det är ju inte dags än."

Hon lyfter på täcket och tittar på flickan. Räknar tår och fingrar. Två öron och två ögon, jo, hon verkar vara färdig. Men liten är hon allt. Riktigt liten.

Alva ordnar med navelsträngen och ser till att efterbörden kommer.

Hon säger till Jacob att sätta på vatten så de kan tvätta av både tösen och Lovisa.

Det brinner fortfarande i spisen. Det är inte längesedan de

gick och la sig. Och nu har han redan blivit far. Han låter tårarna rinna. Han sätter på stora grytan med vatten och ställer sig vid fönstret. Tårarna rinner och det är fullmåne. Vilket gör att det är ljust ute. En katt stryker nere på gården. Den försvinner in bland buskarna. Jacob ser på månen. Han talar till den. Ber den för alltid vaka över de sina.

"Var jag än är, är du alltid med. Var Lovisa och Katarina än är, så är du alltid med. Se till dem åt mig när jag inte är här."

53

Lovisa mår inte bra. Förlossningen gick så fort att hon brustit. Hon har förlorat en del blod. Hon får lov att hålla sig i sängen ett bra tag nu. Hon får feber och troligtvis är det en infektion i underlivet. Läkaren kommer varje dag och tvättar henne med något som svir som eld. Hon försöker att amma men mår så dåligt så hon får inte tillräckligt med mjölk. Hon har snart sinat helt.

Men Siri har massor med mjölk. Hon tar med sig Katarina hem för att kunna amma henne. Det ska allt räcka till två barn.

Lovisa ligger i sängen och gråter. Hon är helt säker på att hon kommer att dö precis som hennes mor gjorde. Jacob får vara hemma den här resan. Han kan ju inte ge sig iväg och komma hem när hon är död. Säger Lovisa. Det är inte vad läkaren tror, han tror att hon kommer bli bra igen men det går inte att bevisa det så länge som Lovisa har feber.

Jacob går mellan Lovisas säng och Siris gård. Han tar med sig Katarina hem en stund så Lovisa får se henne och hålla henne. Då gråter Lovisa ännu mer. Att se det stackars flickebarnet som snart kommer att bli moderlöst. Det känns så orättvist.

Hedvig kommer med mjölk till Lovisa, det stärker henne säger hon. Tänk om jag kunde gå upp och koka Kajsas buljong, tänker hon Lovisa.

Då kommer Greta på besök och Lovisa berättar om Kajsas buljong. Greta skriver ner vad som ska vara i och tar med sig det hem till Stina-Klara.

Till kvällen får hon en stor gryta med Kajsas buljong. Hon dricker den själv och ser till att Jacob dricker den med. Han behöver krafter han med. Och för första gången känner hon hopp om att detta ska hon överleva.

Efter tre dagar börjar febern ge med sig. Hon kan gå upp och sitta på pottan. Det svider inte längre. Men hon är fortfarande trött. Det kommer att dröja länge innan hon kan gå ut till verkstaden och arbeta. Den tunga kalla leran är inget för en klen nyförlöst säger läkaren. Hon borde hitta sig en annan syssla tycker han.

54

Det är dags för Jacobs skepp att sjösättas. Lovisa orkar inte
vara med. Hon hade gärna varit med på festen som är när
ett nytt skepp döps. "Josefina" kommer i havet med en stor
fest som Greta ordnar med. Hon älskar fester. De har
dukat bord på kajen bredvid "Josefina". Jacob får slå
flaskan och döpa sin skuta. Han är rörd över sin vackra
skuta, men även lite sorgen över att han nu ska lämna
Lovisa och Katarina. Lovisa mår bättre men verkar trött
och är klen. Han undrar om han kommer sakna Katarina.
Den lilla tösen som är lik mor sin fast med hans svarta hår.

Innan festen är slut ger sig "Josefina" iväg med kapten
Klintberg och en helt ny besättning. Ingen Lovisa står på
kajen och vinkar farväl denna gång.
Men så fort de fått upp seglen och de känner vinden i
ansiktet är det sjömän som är på båten. Inga landkrabbor,
inga familjefäder, bara sjömän.
De lever två liv. Det går inte att vara borta och längta hem
och det går inte att vara hemma och längta bort. Då skulle
de snart bli tokiga. De måste lära sig att leva här och nu.

Den här resan går med kalksten till Stockholm. Han har lovat se till Sofia när han väl är där. De har inte hört något från Sofia på hela vintern. Postbåten har fått ligga i hamn då isen varit alltför tjock.

Men nästa resa ska de gå till Rügen, det ska bli spännande att se vad "Josefina" går för.

Greta kommer åter på besök, hon har med sig två av flickorna från deras gille. Sara, som samlar frukter och torkar. Hon har med sig en påse till Lovisa. Det är torkade vildäpplen och körsbär. Inga är flickan som är silversmed. Hon har med sig en liten påse som hon tar fram under tiden de sitter och pratar. Hon håller på att göra en ring och den ska nu göras mönster i. Hon visar Lovisa och de andra hur det går till. Det är en lite vass syl som hon gör mönster med. Mönstret har hon kommit på själv och det har hon i huvudet. Det ser lätt men pillrigt ut när Inga håller på. Lovisa blir nyfiken och vill gärna prova på. Hon ber Inga komma tillbaka nästa dag och då ta med sig några silverämnen som Lovisa kan få lära sig på. Hon ska naturligtvis betala henne. Detta kanske är något att pyssla med för henne istället för den kalla blöta leran som läkaren har påpekat för henne.

De sitter i köket och Alva sitter med, hon har blivit så mycket piggare.

De dricker kaffe och äter mandelskorpor som Greta hade med sig. De beundrar den lilla Katarina som har så tjockt svart hår att hon ser ut som ett litet troll. De diskuterar hur man gör den bästa mjölken när man ingen egen bröstmjölk har. Alva hade också haft dåligt med mat till Jacobs far när det begav sig. Då var de så tvungna att be en amma om hjälp men nu för tiden kan man visst ge barnen getmjölken. Den lär vara bättre för spädbarn än komjölken.

Nymodigheter tänker Alva.

Inga kommer som lovat nästa dag. Hon har med sig sina flickor. Två små lintottar, de är tvillingar och nyss fyllda fem år. De påminner Lovisa om Itta och Hally.   Maken arbetar på en båt som går på längre resor. Portugal, Spanien och Italien. De köper och säljer hantverk. Inga berättar om porslinet som kommer från Portugal och om den italienska marmorn. Han är borta långa sträckor i taget, hon är glad att ha barnen och sitt hantverk. Men det är svårt att få till det så det blir fler barn, säger hon och skrattar rodnande.

Lovisa skrattar med henne och säger att det var kanske därför det blev två på en gång.

Inga tar fram sin påse och plockar upp allt hon har däri. Det är flera silvertrådar. Hennes make köper dem åt henne i Spanien, de är mycket billigare där.

Och det är både sylar, filar och andra verktyg som Lovisa aldrig sett förut. Hon känner på dem och Inga berättar vad det är och vad hon använder dem till. Där är en liten hammare och ett städ. Hon visar hur man bankar ut tråden så den blir plattare, sen använder man en skrapa för att få den slät. Sen gör man mönster med sylen. Ibland får man värma silvertråden om man vill forma den till andra former än bara göra den plattare. Eftermiddagen går fort. De arbetar medan barnen leker med varandra och Alva.

Katarina sover. När Inga och barnen gått hem och Katarina fått sin mjölk går Lovisa upp på vinden.

Hon har talat med snickaren som ska hjälpa till att ordna här. Ett bord och flera hyllor behöver de ha.

Där står bara den stora vävstolen. Lovisa har aldrig vävt men visst måste det finnas någon som vill använda den här stora stolen. Man kan väva ovanligt breda tyger på den.

Det står en bänk bredvid och där blir Lovisa sittandes. Hon drömmer sig bort i den stora tomma salen. Hon hör hur det slår i vävstolen, regelbundna dunk-dunk-dunk-

Hon ser ett stort bord där det sitter flera kvinnor och jobbar med silversmycken. Hon själv sitter där. Hon håller på med ett hängsmycke, det är ett mönster på som går igen i alla smycken som görs här. En flicka gör ringar, en annan gör örhängen. Men med samma mönster. En fläta av blad, det ser ut som murgröna men det vill hon inte tro att det är. Kanske är det vinblad.

Det är en hylla vid murstocken, där ligger Saras frukter på tork. De torkar fort där i värmen. Där hänger även knippen med örter och kryddor på tork. De kommer att bli allt från te till salvor och kryddblandningar. Det är Fredrika som håller på med det. Hon och Sara gör sällskap ut på norra snäckstranden där det växer både vildäpplen, körsbär, hasselnötter och alla de örter som de samlar.

Ellen, flickan som plockade hasselnötter innan, hon arbetar bara i butiken nu. Nötplockningen har hon överlåtit till Sara och Fredrika.

De betalar en liten del var till Ellen och på så sätt sköter hon butiken själv. Ingen av de andra behöver stå där utan kan inrikta sig på sitt eget hantverk.

Men just nu sitter Lovisa här med Helga bredvid sig på bänken.

"Ser du nu då att det blir bra det här", säger hon till Helga. "Inte behöver jag slita med en skänkstuga som ska vara öppen till sena kvällen. Du om någon ska väl veta hur jobbigt det är att jobba i ett kök. Med röken, tunga grytor, att allt bärande med ved och vatten."

Och Helga håller med henne. Det kommer att bli bra det här. Det är fint här uppe. Och nya butiken håller på att bli fin den med. Helga är glad att de behåller mycket av det som var i skänkstugan även i butiken, det gör att hon lättare känner sig hemma här. Det är inte lätt att som död flytta från hemmet där hon levt hela livet.

Hon är tacksam att Lovisa gör vad hon kan för att göra det lättare för henne. Och Lovisa är tacksam för de här små stunderna när Helga kommer och vägleder henne.

Till nästa dag har hon gjort ritningar på vinden som hon ger snickarna som håller på att göra ordning i nya butiken.

Hon visar dem hur hon vill ha det stora bordet, det måste byggas på plats. Precis som vävstolen gjordes. De tittar på hennes ritningar och ser att det inte kommer att bli några problem alls för dem.

"Lugn bara lilla fröken, detta tar vi hand om." säger de.

Inga och flickorna kommer tillbaka varje dag. Det är roligt att ha sällskap. De arbetar med silversmyckena och sedan går de upp och tittar på vinden. Lovisa berättar hur hon tänkt sig och Inga tycker att låter väldigt bra.

"Väver gör ju Ethel, hon som har får och färgar ull. Men jag vet ju förstås inte om hon vill väva. Vi kan väl höra oss för lite. Klart att det finns någon som ska använda den här fina stolen. Det vore väl tokigt att bara ha den stå." säger Inga.

Nästa träff de har i sitt gille är de hos Lovisa. De träffas i butiken. Den är färdig att ta i bruk nu. Där är hyllor efter väggarna. Nymålade, med vackra kantlister.

Ellen har städat efter snickarna men alla hyllor gapar tomma. De hjälps åt att bära över allt som finns kvar från den gamla butiken. Och alla har de även med sig nya varor som plockas upp. Det är en mycket större butik de har nu. Den är luftig och de har behållit flera av krogens små runda bord. De ställer varor på några men ett par får vara tomma att sitta vid. Idén med servering är inte riktigt färdig, kanske att det blir för mycket och för rörigt. Det får tiden visa vad som hinns med.

Ellen har fått en riktig köpmannadisk som hon är mäkta stolt över. Hon står bakom den och smeker dess fint slipade yta.

"Vad får det lov att vara?" frågar hon de andra när de går förbi och så skrattar de allihop.

När de är nöjda i butiken går de upp till vinden. Där är det nästan klart. Det stora bordet är på plats men hyllorna vid murstocken är inte riktigt klara. Några dagar till bara så kommer allt att vara klart. Lovisa har dukat upp att äta på bordet. Men först måste de alla gå runt och beundra detta stora arbetsrum där de alla kommer att tillbringa många timmar tillsammans och dela många goda skratt och få minnen för livet med sig.

Det är flera av dem som kan väva och de kan väl turas om? De kan väva för eget behov också. Det går alltid åt nya klänningstyg, nya lakan och nya handdukar.

Fredrika hissar ner stången där hon kan binda
kryddknippen på. Den är som en brödstång. En väldigt
fiffig idé.

Ethel har burit upp sin spinnrock. Den ställer hon bredvid
kaminen.

Hon berättar att när hon klippt fåren om hösten tvättar hon
ullen först. Sedan har hon den på vinden där den ligger
torrt och skyddat. Hon tar ner lite undan för undan varefter
hon kardar det. Sen kommer hon hit och spinner. Det är
inte lite arbete med ullen innan man kan börja väva eller
sticka med den. Det låter spännande och nästa höst vill de
alla komma och titta när hon klipper fåren.

Sen sätter de sig vid bordet och tar för sig av steken som
Alva har öst hela dagen. De äter potatis till. Och Lovisa har
gjort Kajsas körsbärssås.

Av torkade körsbär som Sara plockat. Hon har även bryggt
öl och det är gott till köttet. Ellen, Alva och Lovisa har
hjälpt åt. De har skrattat åt sig själva när Lovisa inte orkar
och Alva som är så gammal. Då är de så glada för Ellen.
Och att Katarina är så snäll och nöjd trots att hon får klara
sig utan bröstet. Men det går bra med Siris mjölk och
getmjölken. Hon växer och börjar bli riktigt rund om

kinderna.

Hon har tappat lite av sitt tjocka hår men det som är kvar är lika svart. Och hon får bruna ögon. Hon blir mer och mer lik Jacob. Lovisa som är så ljus i sig ser ännu blekare ut med sin färggranna dotter på armen.

Nu börjar hon se förväntansfull ut för Jacob borde vara på väg hem. Både att få träffa honom och höra hur hans första resa på "Josefina" har varit. Och han kommer även ha träffat Sofia. Han kommer ha brev med sig från Sofia. Det ser hon fram emot.

Hon frågar Greta om de hört något från "Josefina" men de har inget hört sedan de mötte "Visby" vid Nyköping på uppvägen. Men som kaptenen på "Visby" sa så gick hon vackert och stadigt. Så de har säkert haft en bra resa och torde nog kunna komma redan i morgon.

I morgon tänker Lovisa och hennes hjärta skuttar till och släpper ut alla fjärilar hon alltid får i magen när hon tänker på Jacob och nätterna de får tillsammans, kanske redan i morgon.

55

Eskil har gjort en liten dragkärra till henne som hon lägger
Katarina i. Hon ska idag gå upp till Siri för första gången
sedan Katarina föddes. Det är varmt ute idag. Våren har
kommit. Hon går genom österporten och där blommar
körsbärsträden. Hon stannar och känner den ljuvliga
doften. Katarina ligger i kärran och jollrar. Hon sparkar
med benen och Lovisa kan inte hålla sig för skratt. Det är
vår, Jacob är på väg hem, Lovisa är lycklig.

"Visan, Visan kommer." Två små buspojkar kommer och
springer. Det är Nils och Tore som kommer och möter
henne. Hon sätter sig på huk och kramar om de båda. De
måste titta på den lilla Katarina med. Nils sticker pekfingret
i flickans mage så hon skrattar.
"Katjina, Katjina." säger han. Han kan inte prata rent än
och det blir förkortningar på allas namn.
De går tillsammans hem till Siri. Hon sitter och ammar sin
lille Karl. Han är rund som en boll. En riktig liten tjockis är
det. Men han kommer nog att springa av sig det när den
dagen kommer. Men det är inte lite mjölk Siri har i brösten

efter att ha ammat två barn först. Han somnar och hon lägger ner honom i korgen. De hjälps åt att plocka fram lite kaffe som de tar med sig ut på trappan där de sätter sig och njuter av solen. Pojkarna far iväg igen på nya äventyr.

Lovisa blundar och njuter av värmen i ansiktet medan Siri berättar om Karls förlossning. Den blev ganska dramatisk då han hade navelsträngen runt halsen. Tack och lov att Erik är en van förlösare, en och annan kulting har han varit med och hjälpt till världen. Hon skrattar och säger att Karl är som en tjock liten kulting, det är säkert därför. De har så lätt att skratta tillsammans, Siri och Lovisa. Siri berättar att de fått två kullar med kultingar nu med. Det är bra det, för då kan de slakta flera stycken spädgrisar. De ger bra betalt och det är fler fester nu på våren då de gärna steker en hel spädgris. Det vattnas i munnen på de båda när de börjar prata om olika sätt att tillreda dem på. Hur man kan ösa den med öl eller vin. Eller smör med massor med örtkryddor i. Siri får gå in och hämta varsin bit saltat fläsk. "Om ni inte hade era bökande grisar skulle vi odla potatis här." säger Lovisa när Siri satt sig igen.
Hon skulle vilja ha ett större land med potatis än bara det

hemma bakom dasset. Ja, nu är det inte ens hemma utan vid det lilla grå stenhusets dass.

Siri skrattar, ja att ha potatis här vore väl en fröjd för svinen.

"Men kan du inte få sätta potatis uppe hos Greta, där på gården?" säger Siri.

"I hennes trädgård?" undrar Lovisa.

"Nej, på gården. Hon har väl sina föräldrars gamla gård kvar? Men hon driver den väl inte själv. Den är nog utarrenderad förresten." säger Siri.

Lovisa letar i minnet, ja, kanske att hon hört talas om en gård men inget som de ofta talar om. Den är säkert utarrenderad, annars hade nog Greta talat om den.

"Jag kanske ska leta reda på något litet ställe där man kan odla potatisen. Jag tror att den kommer att bli en stor maträtt bara folk lär sig att tillaga den på rätt sätt." säger Lovisa.

Siri ska be Erik höra sig för bland bönderna om någon har plats med ett potatisland. Det är ju dags nu att få den i jorden.

Hon kramar om Siri och så tar hon dragkärran med den

sovande "Katjina" och så går hon ner mot söderporten.
Hon vill gå utanför muren ner och känna dofterna här. Det
luktar inte stad här ute, det luktar grönt och grisar. När hon
kommer in genom söderporten är det bara backen ner till
hamnen. Och hon ser den på långt håll. "Josefina" är på
väg in. Det bubblar av skratt och glädje i bröstet på henne.
Det är ingen idé att hon skyndar på stegen för det tar ett
bra tag innan Jacob kan komma ifrån men benen går av sig
själva. De har bråttom ner för att möta Jacob och
"Josefina".

Första tampen kastas in samtidigt som Lovisa kommer
fram, hon ser Jacob stå där och övervaka arbetet när de
lägger till. Men han ser inte henne. Han är full av
koncentration på det som händer. Hon sätter sig på en
packlår och väntar. Hon njuter av att bara få titta på sin
älskade make. Det är en annan sida av honom hon ser här.
Inte den han är med henne utan detta är Kapten Klintberg.
Där är sista tampen på plats och landgången läggs på plats.
Hon låter de första gå av innan hon lyfter upp Katarina och
de går ombord. Hon har inte varit ombord på "Josefina"

innan och hoppas på en liten rundvisning.

Jacob får syn på henne nästan med det samma.

Han kommer fram till henne och kysser först sin dotter och sedan sin hustru. Det lyser om honom, han förvandlas från Kapten Klintberg till hennes Jacob.

Han visar henne fram till styrhytten och säger till henne att vänta där. Men hon vill ju se sig omkring, inte sitta här.

Men styrhytten är inte så liten som på postbåten. Den är vackert utsmyckad i polerad mahogny. Hon står och ser sig om när Jacob kommer tillbaka.

"Jag skulle ju ha haft med mig brev till dig från Sofia men det fick jag inte." säger han. Ett sus av besvikelse går genom kroppen på Lovisa. Varför? Har det hänt något?

"Jag fick med mig den här." säger han och vänder sig om och i handen håller han…

Sofia.

56

Lovisa förstår ingenting. Hon tjuter och sen måste hon
känna på Sofia att hon är riktig. Tårarna rinner och de
kramar om varandra samtidigt som frågorna svämmar över.
Sofia är här! Hon är här på riktigt. Min Sofia är i Visby!
Hon måste säga det till sig själv gång på gång för att förstå.
Jacob visar ner dem i hans hytt, där får de prata ostörda tills
han är färdig. Sofia tar Katarina i famnen och vyssjar henne.
Hon ser på den lilla och kysser henne på panna.
"Hon heter Katarina." säger Lovisa.
"Jag förstår det." säger Sofia och ler mot Lovisa.
"Jag gifte mig med änkemannen som köpte skänkstugan."
Berättar hon.
"Han dog efter tre veckor. Jag vet inte om jag älskade
honom. Eller om jag saknar honom. Det var ett
förståndsäktenskap. Jag fick driva köket som jag ville om jag
gifte mig med honom. Och min sjöman kom aldrig hem.
Jag tyckte det kändes rätt då. Och kanske än mer rätt nu.
Jag gjorde som du, sålde alltihopa. Far hjälpte mig, han
hade ju viss vana vid att sälja skänkstugan och gårdshuset.
När jag höll på att göra ordning det sista och började

fundera vad jag skulle göra härnäst, jag har ju alltid varit i det där köket, ja, då kom Jacob. Han berättade att du fött en dotter och att du hade blivit sjuk efter. Då var det inte svårt att ta beslutet. Självklart att jag skulle åka hit. Till dig. Jag behövde ju inte sörja för resan, jag har blivit så väl omhändertagen!"

Tårarna rinner på Lovisa, "stackars min Sofia. Men jag är så lycklig över att du är här."
De kramar om varandra. Och så är det Lovisas tur att berätta om sin graviditet, om den otroliga förlossningen. Om det nya stora huset. Det känns som det helt plötsligt fanns en mening med allt som hänt. Det är tur att de har det stora huset nu när Sofia kommit. De hade naturligtvis trängt ihop sig i det lilla grå, men nu får Sofia sitt eget.
De pratar om gillet, om farmor Alva som var Lovisas första trygghet här. Om Greta Donner som blivit en kär vän samtidigt som hon är som en mor till Lovisa.
De pratar om Saga och Andreas som efter tre flickor fått en pojke. Andreas som arbetar som hovmusikant på slottet och tjänar så bra. Sagas mor har gått bort. De bor kvar i det lilla huset som är så rart.

"Carl Mikael? Vad gör han?"

"Han tog ett par rejäla krogsvängar innan far ilsknade till och skickade upp honom till Uppsala. Han har blivit lovad arbete hos Dahlins sedan när han är klar i Uppsala. Det är sista året han är där nu. Och han har förlovat sig." säger Sofia.

Det gör Lovisa så glad. Hoppas att han blir lika lycklig med sin fru som hon är med sin make. Hon önskar Caminen allt gott.

"Då så, flickor. Då går vi hem." Kapten Klintberg kallar.

Hon vill visa Sofia allting på en gång men det orkar hon inte. Och inte behövs det heller. Sofia kommer att bli kvar här. Hon berättar att deras mor gick bort i vintras, samtidigt uppdagades det att fadern hade en mätress sedan flera år. De ska gifta sig när sorgeåret är över. Abbe har flyttat till Göteborg. Där arbetar han på ostindiska Companiets huvudkontor. Han ordnar med provianten, hur mycket mat och förnödenheter som ska med när skeppen ger sig iväg. Besättningen måste ju ha mat under resan. Ganska mycket med för den delen.

Carl August kommer väl att öppna egen ateljé. Han är mycket efterfrågad i de fina borgarhemmen. Han är så duktig på att måla. Han målar tapeter och gör vägg och takmålningar.

Så det finns inget som håller Sofia kvar i Stockholm. Saga klarar sig så bra utan henne. Och skänkstugan den köpte en annan krögare i staden. Han ska nog driva båda två tror Sofia.

"Det bästa är att det behöver jag inte bry mig om, säger Sofia, nu ska jag bara ta hand om dig och Katarina. Så du blir stark igen."

De turas om att dra kärran med Katarina i, medan Jacob drar den stora dragkärran med Sofias packning på. Hon har en stor kista och två stora trunkar med sig.

"Jag har tömt hela garderoben nere i gårdshuset, säger hon, varför skulle jag lämna så fina klänningar?"

"Först måste du hälsa på farmor Alva, sedan ska vi gå husesyn. Jag tror att du ska få det rummet som är bredvid lilla salen, säger Lovisa, tror du inte det blir bra till Sofia?" frågar hon Jacob.

Och det tror Jacob visst att det blir, det är enda rummet som ligger lite för sig självt. Det kommer att passa Sofia bra.

Alva ligger och vilar när de kommer hem. Men hon vaknar och kommer ut till köket och blir lika snopen och överraskad som Lovisa blev när hon först fick se Sofia.

Alva måste sätta sig ner på kökssoffan.

"Menar hon att hon åkt ända hit för att Lovisa var sjuk? Det är fint gjort. Det gör bara riktiga vänner, såna som en kallar sig syster med. Ni är som systrar, ni." säger hon.

Och de skrattar och får tårar i ögonen alla tre. Ja, kanske Jacob med.

Jacob ber Ernst i mjölkbutiken om hjälp att bära upp Sofias packning och de ställer alltihop i förmaket. Hon kan packa upp där ifrån. Trunkarna och kistan ska sedan upp till vinden. De duger att förvara massa bra saker i.

Lovisa visar Sofia hennes rum. Det ligger med ett fönster ut mot gatan ovanför ingången till butiken. Det är ett lagom stort och ett trivsamt rum. Lovisa pekar ut och visar henne deras lilla grå stenhus på andra sidan gatan. Sofia tycker att det är ett så rart litet hus. Men nu ska de gå och se på hela deras bostad och sedan både butiken och vinden.

De vandrar genom alla rummen. Det är nästan lika stort som gårdshuset hemma i Stockholm fast detta bara är en våning. Och mycket trivsammare och mer ombonat än vad det var på Köpmansgatan.

Ellen tar emot dem i butiken, hon blir också så glad för Lovisas skull att Sofia kommit. Hon har ju hört så mycket om henne så det känns som de redan känner varandra. Sofia säger att här kan hon gärna hjälpa till om Ellen behöver lite hjälp. Och visst är det roligt med både hjälp och sällskapet säger Ellen.

"Vad fina saker ni har, har ni gjort allt själva?" undrar Sofia. Ellen och Lovisa berättar om deras gille. Om kvinnorna som träffas och stöttar varandra. Pratar, äter och har trevligt. Det är väl inte bara arbete, säger de och skrattar.

"Nu måste vi gå upp och se där vi arbetar." säger Lovisa och går före Sofia ut i andra hallen där trappan leder upp till vinden. Där uppe är Ethel som håller på att sätta en väv. "Jag gör klart det här så kan vi turas om att väva sedan." säger hon.

"Vilken vävstol, den är så stor och bred. Vilka tyger man kan väva på den här." säger Sofia och smeker över stolen.

"Kan du väva?" frågar Lovisa.

Sofia skrattar till, "Det är väl det enda jag kan förutan att laga mat. Det var detta jag gjorde på kvällarna när du gjorde hyss på skänkstugan."

"Det visste jag inte om." säger Lovisa.

"Det är väl också det enda du inte visste om mig i så fall."

"Konstigt att vi aldrig har talat om det. Det var bara skänkstugan hit och skänkstugan dit." säger Lovisa och Sofia nickar.

"Men då så, säger Ethel, välkommen till vårt gille. Då är det du som får ansvaret för stolen."

Sofia lyfter på kjolen och niger.

"Åh, tack så mycket för förtroendet. Det ska bli mig ett sant nöje att få tillgång till en sådan galant stol." säger hon.

Hon beundrar det stora arbetsrummet. Ser på alla sakerna som ligger på bordet, Lovisas silversmycken. En korg med torkade äpplen. Hyllan och brödstången som är full med torkade örter som sprider sin väldoft i hela rummet. I ena hörnet ligger en stor hög med kardad ull och väntar på att spinnas. Sofia föreslår att hon kan förvara all ullen i den stora kistan hon har med så behöver den inte ligga på golvet. Ethel blir glad över förslaget. Det blir gärna råttbon i ullen när den ligger så här. Så lagom roligt att få en hel råttfamilj i spinnrocken skrattar hon.

Sofia beundrar Lovisas silverarbete, men Lovisa tar fram ett av Ingas arbeten. De är vackrare och mer välgjorda. Lovisa håller bara på att lära sig än så länge. Sofia tycker att hennes mönster är vackert. Och bara hon får träna så visst kommer hon bli duktig. Det syns att hon har handlag för det.

57

Alva har värmt upp lite gröt och skärt upp bröd, ost och rökt fläsk. De sätter sig till bords och vad det smakar bra med mat idag. Jacob, Sofia, Lovisa och Alva sitter runt bordet och bara tittar på varandra. Katarina ligger i sin korg bredvid och sprattlar med sina ben. Hon är mätt och nöjd nu.

"Hela min familj." säger Lovisa.

"Ja, och tänk att jag skulle få uppleva en så stor familj igen." säger Alva.

"Men nu får ni sluta, annars kommer vi sitta och gråta här." säger Jacob och Sofia håller med.

"Vilket gott fläsk detta var." säger Sofia och biter en bit. Jacob berättar om sin syster och svinaherden som röker nästan allt sitt fläsk.

"Så detta är vardagsmat? säger Sofia, det kan jag nog vänja mig med."

Lovisa berättar om Siri och Erik. Deras tre små rara pojkar Nils, Tore och lille Karl.

"Lille Karl, säger Alva och skrattar. Han är så tjock så."

Lovisa måste gå och lägga sig efter maten. Detta var mer än hon orkade med för en dag. Det märks att hon inte är helt återställd än. Sofia följer henne och hjälper henne i säng. Sedan tar hon med sig Katarina in till sitt. Hon kan ha henne i natt så Lovisa får sova. Flickan har somnat i korgen och Sofia tänker packa upp lite innan hon kryper i säng. Hon säger god natt till Alva som också ämnar sig till sängs. Jacob tänker gå ner till Eskil en sväng innan läggdags. Han tar med sig pipan och så går han. Det blir tyst i huset. Bara elden som smäller ibland. Sofia går runt i Lovisa och Jacobs hem och känner att hon kommer att känna sig lika hemma här som hon känner sig välkommen. Lovisas min när hon fick se henne på båten idag har etsat sig in i hennes minne. Min kära lilla syster tänker hon. Hon känner nu hur mycket hon har saknat henne den här tiden som varit. Hur tomt det har varit utan Lovisas skratt i köket. Det kommer att bli bra här, det känner hon.

Jacob och Eskil röker varsin pipa och dricker konjak som Jacob har fått av en annan båtsman som reser på England. Det är fina saker det här, konstaterar de där de sitter på bänken utanför Eskils verkstad. Drar ett djupt bloss och släpper ut röken med vällustiga suckar. Det är en av de första ljumma kvällarna som går att sitta ute. Annars har kylan hållit i sig länge i år.

De pratar om livet på land, det som Jacob inte får ta del av när han är borta. Eskil finns alltid till hands om Lovisa skulle behöva en stark hand. Det är Jacob tacksam för. Men han känner också ett stråk av svartsjuka att Eskil finns nära henne när inte han finns här.

Eskil berättar om snickarna som varit och arbetat i butiken, om hur fina lister de fått till. Han berättar att de byggde bordet på vinden av ett gammalt golv från husen de rivit uppe på Klinten. Att den ene snickaren verkade lite betagen av Ellen, men det är ju bara ett flickebarn. Han får välan vänta ett par, tre år. Och så skrattar de, att de är omgivna av så mycket kvinnfolk men varför finns där ingen till Eskil? "Åh, fy fan, säger han, då får en ju inte göra som en vill längre. Nej, gamla gubbar ska inte börja jaga kjoltyger." Jacob dunkar honom i ryggen samtidigt som han reser sig upp, tackar för pratstunden sen går han hemåt.

Det är inte en människa ute. En katt hör han på håll.

Månen lyser, den är nästan full.

Han tackar månen som vakar över de sina, slår en drill i buskarna sen går han tyst uppför trappan. Det står ett talgljus i köket och brinner. Han blåser ut det och lägger på ett par vedträn till i spisen. Sen går han in till deras sovrum och klär av sig. Han sitter en stund och tittar på sin hustru hur fridfullt hon sover. Hur väl hon behöver det, en tacksam tanke till Sofia som tagit hand om Katarina i natt. Han kryper ner bakom Lovisa och håller om henne. Men i sömnen vänder hon sig om, håller om honom. Vaknar och kysser honom. Han har tänkt låta henne sova ifred men nu är det inte han, det är hon som drar upp särken och lägger sig tillrätta för honom. Han är redan styv och han glider in i henne och de exploderar samtidigt. Av veckors avhållsamhet utan varann.

Hon somnar åter med ett leende på sina läppar.

58

Det tar hela dagen att packa upp Sofias koffertar. Alva
sitter bara och njuter av alla de vackra klänningarna. Det är
verkligen storstadens kläder detta.

"Ni måste ha varit på fest på slottet med dessa." säger hon.

Lovisa förklarar att många av de här klänningarna är efter
hennes farmor och är inte använda på nästan 20 år. Att de
hållit sig lika fina och varken är råttätna eller malen gått i
dem är en gåta.

Jacob är uppe på vinden och sätter upp en stång i taket där
de kan förvara klänningarna hängandes. Det går inte an att
ha dem hopvikta i kistan.

Kistan som förresten redan är uppburen till vinden och
fylld med kardad ull.

De bär upp alla kläder varefter de provat dem. Jacob
skrattar åt dem när de kommer med en klänning i taget.

Vad ska de med alla dessa klänningar? Det är en hel
förmögenhet bara i tyg, säger han och skakar på huvudet.

Underst i den ena trunken ligger en liten låda som Sofia tar
upp och ger till Lovisa.

Hon tar emot den och sätter sig vid bordet med lådan

framför sig. Hon vet vad den innehåller. Det är hennes
barndoms hemligheter i den. Den här lådan har stått under
hennes säng både på köksloftet och sedan nere i
gårdshuset. Hon ser på Sofia och får nästan tårar i ögonen.
Hon lyfter på locket.
Överst ligger en hårlock av hennes egna hår. En lång
ljusröd fläta. Hon hade klippt bort den en dag när hon varit
arg på Helga, men ångrat sig och lagt den i lådan.
Där ligger hennes docka som Skräcken gjorde till henne.
Kläderna har Sofia sytt, de är slitna. Och dockans målade
ansikte är nästan helt borta. Hon lyfter upp den och ser på
henne. Tårarna kommer. Så mycket minnen det finns i den
här lilla tingesten. Under den ligger några brev. Det är
dikter som Carl Mikael har gett henne.
Hon vecklar upp pappret och läser.

Min kära

Min kära Lovisa

Du är för mig en lisa

En glädje för min själ

Som annars vore

Tom och död

Det är korta, lite komiska dikter. Hon förstod dem inte då. Men nu när hon åter läser dem förstår hon bättre vad han kände.

Bakom muren ska du sitta

På huk och bara fnittra

Jag passar dig

För utan mig

En plit dig skulle norpa

Då blir det ingen eftermiddagsskorpa

Hemma i Helgas varma kök

Du och jag mitt i middagsstök

Jag får hålla din hand

Det känns som mitt hjärta är av kvicksand

Krusbärsdricka och skorpa

Jag vill ditt hjärta norpa

Hon viker ihop pappret. Ska läsa de andra en annan gång. Det känns tungt nu att se det med klar blick det hon inte såg då.

Underst i lådan ligger det flera små saker som hon inte kan

minnas varför hon stoppat hit. Ett örhänge. Det måste hon väl ha hittat?

En kork, varför sparar man en sådan? En hårnål, den måste ha varit Helgas. Hon tar upp allt och ser och smeker sina gamla kära saker innan hon plockar ner dem igen.

Hon letar fram valnöten som hon tagit i Gretas trädgård och lägger den i asken. Det är här den hör hemma. Hon bär in lådan och ställer den under deras bädd. Där är dess plats.

Hon kryper upp i sängen och somnar med det samma. Drömmer sig tillbaka till Stockholm. Staden som aldrig sov. Där det aldrig var tyst. Där fyllon raglade i rännstenen tillsammans med svinen. Där de vaknade om morgonen av tuppen. De fina damerna kunde knappt gå på gatan för sina fina skor och alla skulor som bara vräktes ut genom fönster och dörr. Där herrarna höll möte i kammaren med alla sina hemligheter och dammande peruker. Hon känner doften i köket. Av kött som kokar, av kräftor, av kryddor. Av röken som alltid drog in. Hon ser Skräcken sitta och sova på sin vanliga plats. Dreglet hänger från mungipan på honom. Men hon går därifrån. Hon går ut på stortorget där det är massor med människor. Det ska bli en avrättning. Någon ska hängas. Hon blir rädd och ger sig därifrån. Mot slottet springer hon. Hon möter Tersen, han vinkar till henne. Men hon stannar inte. Hon springer slottsbacken ner till kajen, där ligger "Josefina" förtöjd. Men var är Jacob? Var är han? Hon letar men kan inte finna honom.

Hon ropar på honom.

"Jacob! Jacob! Lämna mig inte här… jag vill inte stanna här…ta mig med."

Hon vaknar av att Jacob sitter och klappar henne på kinden. Sofia står bakom och ser ängsligt på henne.

"Jag är här, kommer aldrig att lämna dig. Bara resa bort ibland men då är Sofia här hos dig. Det har hon lovat. Du kommer aldrig att vara ensam."

59

Det första Lovisa vill att Sofia ska se är snäckgärdet norr
om staden. De går hand i hand ner till Eskil först. Men han
är inte inne. Dörren står öppen så de går in och tittar i hans
verkstad. Det brinner i spisen, han är inte långt borta. De
fortsätter förbi St. Olofs ruin, Lovisa berättar för Sofia att
den heter så och förklarar även om murgrönan hon
planterat. De spottar båda två när de går där ifrån.

"Nu går vi genom norrporten och se här vilket annat ljus
det är här utanför." säger hon till Sofia.

Och Sofia ser det rosa och grå skimret som återspeglar sig i
klänningen som Lovisa bär.

"Ja, jag ser att det är samma färg. Han är en stor romantiker
din make." säger hon.

Tora har hjälpt Lovisa sy klänningen hon har på sig. Hon
som syr klänningar till havande kvinnor. Lovisa smeker sin
klänning, tyget som hon fick av Jacob i fästmögåva, hon
älskar det verkligen.

"Bad Jacob dig följa med hit?" frågar hon.

Sofia ser på Lovisa och ler mot henne, tar hennes händer.

"Ja, det gjorde han. Men inte förrän jag talade om att min

make hade avlidit. Då föreslog han det. Att det skulle vara välkommet för både dig och även för sig. Han tycker det är svårt att lämna dig och känner sig säkert tryggare nu när jag är hos dig. Alva börjar bli gammal. Hon kommer inte att finnas för evigt."

Lovisa nickar att visst vet hon att Alva är gammal, men hon har blivit piggare sista tiden. Det har hon.

"Jag är så glad att du kom. Att han bad dig, han känner mig så väl. Det är som vi tänker samma tanke." säger Lovisa och kramar Sofias händer.

De strosar vidare längs stranden. Där är fullt av krossade musselskal och runda vita stenar som blivit slipade av havet. Sofia tar upp några stycken.

De kan bli fina att lägga i kryddlandet, om de rensar upp det. Och Lovisa håller med, hon stoppar några i fickan. De står där och lyssnar på havet, känner vinden i håret och dofterna av saltvatten och tång. Måsarna skränar när de seglar på vinden. Det ser ut som de leker. De fäller ut vingarna och dyker mot vattnet och vänder på nästa vind och går uppåt igen.

Eskil har kommit hem när de tittar in på hemvägen. Han har varit och handlat lite ätbart. Han blir lite till sig när Lovisa har med sig Sofia.

En sådan fin dam från stora staden. Han spottar sig i handen och stryker över håret, reser sig upp och bugar. Lovisa känner knappt igen honom. Han stammar förläget. Lovisa fnittrar till och talar om att Sofia inte är farlig, hon är som Lovisas storasyster.

Jo, men dock ett fint kvinnfolk säger han och rodnar.

De bjuder honom att komma att äta till kvällen och han bugar och tackar.

Lovisa skrattar när de går hemåt i armkrok. Men Sofia förklarar att hon är ju faktiskt mycket äldre än Lovisa, hela 12 år och medan Lovisa är som en flickunge så är ju faktiskt Sofia en gammal ungmö.

"Jag har aldrig tänkt på att du är det. Äldre än mig menar jag." säger Lovisa och stannar till och tittar på Sofia. Hon är ju Sofia, hon har aldrig satt ålder på henne.

"Men Sofia, du är snart 30 år. Du är ingen ungmö, du är ju änka."

"Ja, tack för den, det känns ju bättre att vara änka än

ungmö. Det gör det." säger Sofia och skrattar.

"I vissa kretsar är det skillnad. Det vet du, det är accepterat att vara änka men inte ungmö vid 30 års ålder." säger Lovisa och visst vet Sofia det. Det var en av orsakerna till att hon gifte sig.

"Kom nu går vi upp till torget och handlar middagsmat. Vi måste ha lite fest idag." säger Lovisa och drar med Sofia i handen genom de små gränderna där hon första gången själv hade gått vilse.

De köper en fin bit lamm. Och lök, morötter och lita annat som de ska koka gryta på.   Det blir gryta i dag. Sen späder man lite mer så har man soppa en annan.

De stannar till hos Hedvig och köper lite grädde och en kanna mjölk. Samtidigt som Lovisa får presentera Sofia.

Ellen har butiken full med kunder när de kommer dit in. Lovisa plockar till sig av kryddorna de ska ha och ber Sofia ta med sig allt upp så kan hon börja med maten medan Lovisa stannar och hjälper till i butiken en stund.

Hon hjälper några kunder men kan också se att det börjar bli dags att både koka marmelader och sylt. Det börjar ta slut i förrådet. Det är givande för då har det sålts en hel del.

Hon tänker att det ska bli så roligt nu att styra i köket när Sofia och hon hjälps åt.

Det är bra att de har att göra för snart är det dags för Jacob att ge sig iväg igen.

Grytan står väldoftande på spisen när Eskil och Jacob kommer hem. De slår sig ner vid bordet där Alva redan sitter, och väntar på att bli serverade. Det doftar så snålvattnet rinner. Sofia har gjort plommonkompott som de ska äta efter med så det blir en riktig fest.

"Det passade bra det, för i morgon far "Josefina" mot Rügen." säger Jacob när han får tallriken framför sig.

"Redan?" säger Lovisa. Ska han iväg så fort, han har bara varit hemma ett par dagar.

"Ja, vi passar på nu när vindarna ser ut att hålla i sig. Då går det fort, ni ska veta att det inte tar så värst mycket längre tid till Rügen än till Stockholm. Med bättre vind och strömmarna i vattnet gör att man seglar fortare dit ner än uppåt."

Det låter knepigt att det nästan är närmare till utlandet än inom egna riket.

Eskil tycker det låter fantastiskt att få resa så, han har aldrig varit från ön här. Tänk att någon gång få segla bara över till Böda.

"Då tycker jag att du i afton tar och packar ihop den finaste keramiken du har hemma så följer du med mig i morgon. Jag ska visa dig en marknad av sällan skådat slag där du kommer att sälja dina krukor med en gång. De är som galna i utländskt hantverk. Det finns till och med uppköpare som säljer det vidare inåt landet. Rügen är ju bara en ö det med. Som hör till Tyskland med stort fastland precis som Gotland till Sverige." säger Jacob.

Det blir tyst kring bordet. Alla ser de på Jacob, menar han allvar? Sen ser de på Eskil. Förstår han vad Jacob sa?

"M…menar du att jag… ska följa med dig på "Josefina"?" säger han.

"Ja, inte har jag tänkt ha dig simmandes efter. Klart du ska med på "Josefina"! säger Jacob.

"Krävs där inga papper när man åker så?" frågar Sofia.

"Jo, men de skriver Greta i morgon bitti. Det är rederiägaren som står för vilka som är ombord. Och vi kan väl kalla dig för 'medföljande handelsresande' det låter väl riktigt?" säger han.

"Men Eskil se inte så rädd ut nu, det kommer att bli ditt livs äventyr. Drick nu inte för mycket av ölet nu bara så du försover dig i morgon bitti." säger Lovisa och så skrattar de.

Eskil tar tidig kväll, han har som sagt lite att styra med. Han tackar för den goda maten och det synnerligen trevliga sällskapet. Han bugar sig för Sofia innan han sig ger sig hemåt. Alva har redan lagt sig. Hon tycker det är så skönt att somna till rösterna från köket. Sofia drar sig in till sig hon tänker läsa lite innan hon släcker sitt talgljus för natten. Jacob och Lovisa sitter kvar i köket, Katarina ska ha en flaska mjölk innan de går och lägger sig. Jacob sitter och bara njuter av att se sin hustru styra i köket. Det är sällan de är helt för sig själva så här.
Lovisa frågar hur länge han blir borta den här gången. Hon säger att det är jobbigt att inte veta när han kommer. Det blir en sådan lång väntan med förhoppningar att han snart ska komma. Hon längtar ständigt efter honom. Även om det kommer bli lättare nu när Sofia är här. Och visst håller både Katarina, hushållet och silverarbetet henne sysselsatt

men det är ändå tomt när han är borta.

Det är väl visserligen bara att vänja sig om man nu är så tokig att man blir förälskad i en sådan sjöbuse som Jacob Klintberg. De skrattar och nojsar med varandra medan Katarina suger i sig hela flaskan och sedan somnar så gott vid sin mors barm. De sitter länge och bara ser på sin älskade dotter. Hur hon snusar och sover, viftar lite med armen i sömnen.

Lovisa lägger ner henne i vaggan och Jacob gungar den lite så hon inte vaknar av de ändrade rörelserna.

Sen fångar han in sin hustru. Kysser henne i nacken och knyter upp hennes snörliv. Tar bort hennes hårnålar och släpper ut hennes hår över ryggen. Han drar snörlivet över huvudet på henne, drar av henne kjorteln och särken tills hon står naken i månskenet framför honom. Han ser på henne. Hon är nästan mager, men så vacker. Hon har fräknar på kroppen, hennes röda långa hår döljer hennes bröst. Han drar håret bakåt. Sen klär han av sig själv medan hon står och ser på honom. Hans håriga bröst, med det svarta håret som går som en sträng ner över hans mage till hans kön som är styvt och står i en grann givakt.

Han är helt naken och de står så mot varandra i månens ljus

och bara ser på varandra.

"Den här bilden av dig har jag med mig när jag far." säger han.

Hon snurrar ett varv, så han ska se hela henne. Han kommer närmare och hon möter honom. Hon kysser hans bröst, smeker hans mage och hans kön. Hon sätter sig på knä och tar honom mot kinden, den varma lena men hårda lemmen. Han ryser och lyfter upp henne. Bär henne till bädden där de fullbordar den leken de just har börjat.

60

När hon vaknar är hon ensam i bädden, Jacob har redan gett sig i väg. Hon kurar ihop sig, känner värmen där han legat och hon minns natten. De ger behagliga känslor i magen, hon ler för sig själv och så somnar hon om.

Hon vaknar senare och känner att dagen är långt gången. Hon ser sig om i rummet. Det flödar av solljus, det är varmt och vaggan är tom.

Hon måste upp och se var Katarina är. Men även för att hennes blåsa är sprängfylld.

Hon tittar in i köket, där sitter Alva på soffkanten och ger Katarina flaskan.

"Men är det du som hämtat henne?" frågar hon och ser sig om efter Sofia.

Alva tittar upp på Lovisa och småskrattar.

"Sicken sömntuta. Men… hon fick väl inget sova i natt. Jag hörde när han gav sig iväg. Det var tidigt, det. Sofia gick ner till butiken för att se vad det var ni behövde fylla på med. Hon kommer väl strax."

Lovisa måste ut på dasset, hon tar chansen att hon ingen möter så hon springer ner i särken. Hon öppnar dörren och ser ut först, ingen där. Hon rusar in på dasset och sätter sig. Åh, vad skönt.

Men när hon kommer ut igen är det två fnittriga fruar som står vid kryddlandet och ser på henne. Det är Sara och Fredrika som håller på att rensa det.

"Men var ni här när jag kom ut?" Frågar Lovisa och skrattar hon med. Det är väl knappast någon idé att försöka skyla sig nu. De har redan sett att hon är ute i bara särken fast halva dagen har gått.

De bara nickar och fortsätter att skratta åt henne.

"Vi skulle rensa upp här lite bad Sofia oss. Det finns flera lite ovanliga sorter här så vi tänkte att det skulle få plats att föröka sig." får de fram mellan fnittret.

De har verkligen börjat få fint där. De vita runda stenarna som de plockat vid snäckgärdet ligger redan på plats. Och en hel hög med ogräs ligger bredvid. De har även rensat upp bland humlen så den får växa sig stor mot bodväggen. Det är den som ska ge grunden till det goda ölet.

"Vi skulle kunna sätta ett par humle till här." säger Lovisa och pekar på väggen. Det är bara två dörrar på bodväggen och bara en planta humle.

Sara nickar och säger att hon kan ta med ett par skott

hemifrån.

”Vad bra, säger Lovisa, nu ska jag nog gå in och klä på mig.”

De skrattar alla tre.

Hon möter Sofia i dörren och Sofia bara tittar på henne uppifrån och ner.

”Har du varit på dass?” säger hon.

”Nej, jag har varit på torget.” svarar Lovisa och springer trappan upp före Sofia.

Hon tar sig en kopp kaffe och en brödbit och sätter sig bredvid Alva och Katarina på soffan.

”Vad vi blir bortskämda du och jag.” säger hon till Katarina.

”Du får komma upp medan jag får sova halva dagen.”

Flickan skrattar som en solstråle mot mor sin och sprattlar med benen där hon ligger mellan Alva och Lovisa på sofflocket. Hon bubblar med saliven och jollrar.

Sofia tar sig en kopp med och sätter sig vid bordet.

”Har du fått sova ordentligt nu?” frågar hon.

”Ja, tack. Jag har sovit som en stock. Har varken hört när Jacob gick eller när du hämtade Katarina.” säger hon och kramar Sofias hand över bordet.

De ser på varandra och ler såsom systrar.

"Jag hörde när Jacob gick, det var tidigt det." säger Alva.

"Hoppas att de kommit iväg ordentligt. Och jag hoppas att inte Eskil blir sjösjuk." Lovisa berättar att hon blev så sjuk när de åkte från Böda.

Det hade inte Sofia blivit, hon hade mått väldigt bra hela resan.

Tänk, att Eskil som fick följa med. Vad stort för honom att få se en del av världen. Tänk om han säljer all sin keramik och de vill ha mer. Då får han resa ofta och sälja. Hem och arbeta och sedan iväg igen. Men då behöver han väl inte åka själv, då går det väl som fraktgods? Ja, det där kan vi fråga Greta om hur allt fungerar säger de till sist.

"Jaha, vad är det som fattas i butiken?" frågar Lovisa.

"Jag har varit och sett efter. Det finns inget av din keramik kvar. Jag tycker inte att du ska hålla på med det. Vi hade kunnat tala med Eskil innan han for om hans keramik. Ska han nu sälja på utlandet så kunde vi sälja hans här så behöver han inte stå på torget själv. Men nu är det som det är, lätt att vara efterklok." säger Sofia.

Lovisa tänker efter, Sofia har naturligtvis rätt men…

"Jag har Eskils nyckel. Jag tror inte att han skulle ta illa upp, tror ni?" säger hon och ser på Sofia och Alva.

De tänker en stund och kommer fram till att det skadar ju inte att gå och se efter om han något kvar hemma. Han kan ju inte bli arg om det ligger en summa pengar och väntar på honom när han kommer hem.

"Sen finns det dåligt med både sylter och marmelader. Och det är ju naturligt när du bara sålt det i dina egna krukor. Frågan är hur vi gör med det framledes. Ska det finnas eller inte? Ska det säljas i andra kärl? Det börjar bli tunt även med kryddorna men det är ju så här på försommaren. Det gamla ska ta slut innan man fyller på med nytt." fortsätter Sofia.

Lovisa går och ropar på Sara och Fredrika som håller på ute på gården, de kommer genast upp. Hon frågar dem hur de har det med sitt förråd, om de också börjar att sina men de har ganska gott kvar av både torkad frukt och kryddor kvar. Det var en bra höst som gav mycket skörd. Men de hoppas båda på att värmen ska stanna och sätta fart på grönskan så de får börja samla igen. De hade varit uppe vid galgbacken och tittat igår. Det är redan musöron på hasselbuskarna. Citronmeliss och körvel går nog redan att plocka av, om det här värmen håller i sig kommer det finnas mycket att plocka om någon vecka.

"Finns det frukt så vi kan koka marmelad?" frågar Sofia.

"Det gör det säkert." säger Sara.

"Och jag tänkte göra lite nya kryddblandningar med mina rester. Det som börjar bli för lite av varje sort. De ska jag blanda ihop till nya spännande saker. Det kan jag skynda på lite med. De fyller i alla fall hyllorna i butiken." säger Fredrika.

"Säg inte så, det finns knappt några av dina blandningar kvar. Jag tror att många tycker det är svårt att känna vilka kryddor som passar ihop. Därför går dina blandningar åt och är en av de saker som går bäst." säger Sofia.

Fredrika blir nästan röd av berömmet. Hon trodde knappt på idén själv att blanda kryddor. Trodde att alla människor kunde det. Men, det kanske är en talang att känna vilka som passar och vilka som inte passar ihop.

"Jag använder nästan bara dina blandningar, erkänner Lovisa, jag tycker att det är så smidigt."

Och Sara håller med. Fredrika rodnar än mer.

"Då så, om Sara tar med sig frukter i morgon. Så går Lovisa och jag upp till Siri idag och pratar med Erik om han kan slakta så vi får lite blod och lever. Då gör vi lite pastej och lite palt. Vi tar stora kärran med oss för vi behöver hämta socker och salt.

Kanske att Siris hönor har kommit igång att värpa nu med när de fått lite vårsol på sig. Då har vi nog så vi både kan sysselsätta oss och fylla några hyllor i butiken, säger Sofia och reser sig upp. "Men du får faktiskt klä på dig först." säger hon till Lovisa.

61

Sofia drar kärran och Lovisa skjuter på. De hinner knappt
utanför österport förrän det kommer två små pojkar och
vill åka med. Lovisa lyfter upp både Nils och Tore på
kärran.

"Var är Katrina då?" frågar de.

"Hon är hemma hos farmor." säger Lovisa och tycker att
förkortningen som Nils alltid använder är fin. Katrina. De
kanske ska kalla henne det?

"Men får vi storfrämmat, säger Siri när hon kommer ut på
trappan, jag hörde ju att Sofia hade varit med på båten."
Hon kommer ner för trappan och kommer fram till Sofia.
Tar henne i hand och håller om henne.

"Du ska vara så välkommen hit, och vi hoppas att du
kommer att känna dig som en i familjen här." säger hon.
Det är nästan så både Sofia och Lovisa får tårar i ögonen.

"Katrina är inte med. Nu kanske tjocke Karl blir ledsen."
säger Nils och tränger sig förbi dem och går in och måste
berätta för Karl att hans lekkamrat inte är med.

De skrattar åt hans allvar och följer med honom in. Han
står vid vaggan och ser på sin lillebror. Sen spänner han

ögonen i Lovisa och säger; "Nu hade du tur. Han sover."

"Oj, ja det hade jag verkligen, säger Lovisa lika allvarligt som han, då får vi hoppas att han inte vaknat förrän vi gått härifrån."

Nils nickar allvarligt och sätter pekfingret framför munnen. Lovisa gör samma sak.

"Jag kan passa honom." viskar han och Lovisa klappar honom på kinden och säger att han är en så duktig pojke. Han sätter sig bredvid Karl och ser på den sovande pojken.

Lovisa går iväg för att se vad Sofia och Siri kommer överens om. Hon finner dem bland hönsen. De har ett par ställen där de oftast värper sina ägg. Där finns en hel del. De börjar allt att komma igång med värpningen. Det har varit ganska dåligt med ägg när det var som kallast. De plockar korgen full och sedan ska de se vart de har Erik. Han håller på att laga ett staket. Han har försökt sätta staket om det skulle gå att hägna i ett potatisland men grisarna vill inte samma sak som Erik. Han måste gräva djupare.

Det vore fantastiskt om, om det gick att odla potatis här, trots grisarna! Det är mycket mer lättillgängligt än ute på Gretas gård, de har ju inte ens frågat om möjligheten till det.

"Har han tänkt sig att slakta endera dan?" frågar Lovisa.

"Skulle hon vilja det så då gör jag visst det." säger han.

Och de kommer överens om att han slaktar i morgon och
låter köttet hänga tills i övermorgon då han kör ner det till
dem. De vill inte bara ha två halvor utan vore tacksamma
om han styckar det ganska rejält.

"Det ska absolut bli såsom damerna önskar." säger han och
bugar sig.

De hjälps åt att fylla kärran med det fläsket som är
färdigrökt som ska till butiken. Och Siri skickar med dem
ett par bitar till dem själva. Sofia slickar sig om munnen och
skrattar. Det var bland det godaste fläsk hon har ätit. Det är
för att dessa grisar lever på landet och inte i staden säger
Siri och så skrattar de igen.

Sådär, de kramar om Siri och Lovisa måste bara in och
vinka 'hej då' till Nils som fortfarande sitter vakt. Vilken
tur, han har inte vaknat än.

Tore sitter på trappan och väntar på att Nils ska komma ut
så de kan fortsätta att leka. Han ser nöjd ut när de går iväg

med den stora kärran och Nils kommer ut på trappan och sätter sig med. De vinkar till dem.

"Vi hämtar salt och socker nu när vi ändå är på väg." säger Sofia.

"Jaja, säger Lovisa, det blir en omväg med det här lasset men det gör inget. Han rullar på ganska bra."

De går in genom österport sedan svänger de vänster i stället för höger som leder hemåt. De tar första tvärgatan neråt hamnen och kommer ner till den största handelsboden i staden. Donners.

De går in båda två och ser sig om. Det kommer en yngling och frågar dem vad de söker.

"Socker, salt och mjöl." säger Sofia.

Han bugar sig och försvinner in på lagret.

"Herregud, så mycket saker det finns här." säger de i mun på varandra. Tittar på varandra och skrattar. Här finns allt från fina tvålar från Frankrike till vanlig såpa!

De står och småpratar och luktar på de små fina tvålarna.

"Jag tyckte väl att jag kände igen rösten. Vadan detta besök nu? Vi har inte setts på flera veckor nu." säger Greta när hon kommer ut från lagret. Hon kramar om Lovisa och så ser hon på Sofia.

"Är du den jag tror att du är?" säger hon och tar Sofia i hand.

Sofia ler och niger.

"Ja, om frun tror att jag är Sofia från Lovisas skänkstuga så tror hon rätt."

"Men berätta för mig. När kom du? Vad har fört dig hit?" säger Greta.

Lovisa får berätta hur snopen hon blivit när hon varit och mött Jacob vid hamnen och Sofia varit med. Hur Sofia gift sig och blivit änka så hastigt fast att det blev så lägligt att Jacob just infann sig hos henne och bad henne komma med hit. Vilken lycka och vilken glädje det var att Sofia nu kommit för att stanna.

"Det låter som en saga, säger Greta, jag tycker detta är värt att fira med en riktig fest. Får jag ordna med en liten bjudning till fredagen?"

Lovisa vet hur roligt Greta tycker det är att ordna med fester, och att bli bjuden hem till Greta på fest. Det säger man inte nej till.

"Åh, vad roligt det ska bli." säger de samtidigt.

62

De baxar in den stora kärran på gården och så får de hjälpas åt att bära upp en säck i taget. Salt, socker, mjöl och en låda ister. Ellen kommer ut och hämtar äggen och fläsket som ska till butiken. De måste titta till Katarina lite innan de ska gå ner och se hur det ser ut hos Eskil.

Alva och Katarina ligger båda två och sover på kökssoffan, flaskan står tom bredvid så de smyger sig ner och iväg utan att väcka dem.

Det känns konstigt att gå in hos Eskil med nyckeln. Annars låser han aldrig dörren. Då är det bara att kliva på men nu känns det som de är ute i orätt syfte.

Nyckeln går lätt och dörren glider upp med ett knirrande. De ser på varandra innan Lovisa går före in. Hon stannar innanför dörren och ser att Sofia kommer efter. De drar igen dörren lite efter sig.

De ser sig omkring. Det ser ut precis som vanligt, som om Eskil vore hemma men bara ute. Tallriken står bredvid spisen, kniven ligger på bordet. Stolen är halvt utdragen som han bara rest sig. Sängen är obäddad som vanligt.

Lovisa går bort till andra änden på rummet där han sitter och arbetar. Där har han allt städat av lite. Det finns ingen lera kvar i spannen. Verktygen ligger fint uppradade, och drejskivan är avtorkad. Hon vänder sig om mot hyllan där han har alla färdiga saker innan bränning men den är tom.

"Vi får gå ut i brännboden och se om han har något där." säger hon.

De låser efter sig när de går ut och går över gården förbi vedhögen till dasset. Nyckeln till brännboden ligger där inne på dasset, Lovisa hämtar den och så låser hon upp. Hon går före Sofia in och värmen slår emot dem!

De ser sig om och Sofia säger, "Men här inne är det ju varmt. Varför har han eldat?"

Lovisa känner också att det är konstigt. Hon känner på ugnen och den är varm. Han kan inte ha gått hem och lagt sig, utan han gick hem och brände.

Hon tar trasan och öppnar den varma ugnsluckan, hon böjer sig ner och tittar in. Den är full! Ugnen är full av nybränd keramik.

"Han måste ha bränt detta i natt, han måste ha förstått att vi skulle gå hit och titta och hitta detta. Ugnen är full och det ser ut att vara små skålar. Eskil, Eskil du är för god."

säger Lovisa.

Sofia ser in i ugnen.

"Är det färdigt det som är här inne?" frågar hon.

"Ja, bara det svalnar så kan vi plocka ut det." säger Lovisa.

"Men han kan ju inte ha sovit något. Han gick hem och plockade in och eldade på. Plockade ihop det han skulle ha med och sedan gick han. Det var därför som Jacob gick så tidigt. Eskil kom förbi och väckte honom säkert. En sten mot fönstret skulle väcka Jacob men inte mig." säger Lovisa.

"Ja, och det här har han gjort till dig. Han visste att du skulle förstå att det fanns keramik kvar här." säger Sofia och Lovisa bara nickar.

De går hem, det kommer inte att vara tillräckligt svalt förrän i morgon. Så det finns inget mer de kan göra här. Bättre att gå hem och laga lite ordentligt med mat som de kan ha de närmaste dagarna som kommer att bli bråda dagar.

Det finns lammgryta kvar sen i går. De delar upp den i två skålar. Den ena får förbli gryta den andra skålen ska bli köttsoppa.

Sofia skär lite fläsk och vispar ihop några ägg med mjöl. Hon häller alltihop i stekpannan. Och ställer in den i bakugnen. Det blir dagens middag för köttsoppan och grytan håller sig bra i svalen.

Lovisa har gett Katarina torrt i rumpan och tagit med henne in till sig, de ligger på bädden och pratar. Katarina jollrar och viftar med armar och ben och Lovisa förstår precis vad hon menar. Hon saknar också pappa Jacob och är så glad att de har varandra, Katarina och Lovisa. "Katrina" säger hon till henne. Jo, det är ett fint namn och kanske ett eget i stället för att få ärva din mormors. Men man kan ha Katrina som smeknamn för visst ska du heta Katarina efter din mormor. Och det håller naturligtvis Katarina med om.

63

Nästa morgon väcker Sofia Lovisa.

"Man kan inta sova till middan varje dag. Idag har vi att göra." säger hon.

Lovisa sträcker på sig. Hon är så trött. Skulle gärna vilja sova länge till.

Men hon kommer upp tar sig en kopp kaffe för att sedan gå ner till Eskil och tömma ugnen. Medan de sitter där kommer Sara med flera korgar med frukt. Det är både äpplen, plommon och körsbär. Det blir på Sofias lott att koka marmelad.

"Och gärna lite körsbärssylt." säger Lovisa det är så gott på gröten.

"Men det ska du väl ha salmbären till?" säger Sara och tar fram en påse från korgen.

Lovisa och Sofia har aldrig sett eller hört talas om salmbär. Det är ett bär som Alva tror bara finns här på ön. Hon har hört flera fastlänningar bli snopna över det.

"När han, Linneus var hit och forskade vad de inte visste att vi hade, då vet jag de talade om de märkvärdiga salmbären." säger Alva.

Och Lovisa kommer ihåg Helgas posttidning där de fått läsa om Linneus resa till Gotland många gånger. Men några salmbär kommer hon inte ihåg. Men alla kryddor som växte vilt här, och om Helgas valnötter hade han skrivit.

Sofia får koka sylt på salmbären och marmelad på det andra. Lovisa klär på sig och tar med sig Katrina på lilla dragkärran och går ner till Eskil.
Det är nog ännu varmare ute idag. Solen värmer och fåglarna kvittrar. Lovisa får lust att skratta och springa men det skulle väl se för tokigt ut. Hon vinkar glatt åt de hon möter i stället. Hon kör in kärran ända fram till brännboden. Katrina har somnat. Hon låter henne ligga kvar på kärran, går efter nyckeln och går in. Där är inte lika varmt idag. Hon behöver ingen trasa att öppna luckan med idag. Hon sätter sig på huk och börjar plocka ut. Det är massor med små skålar. Precis sådana hon själv gjort för ändamålet med sylten och marmeladen. De är i tre olika storlekar. Eskil har gjort Lovisas skålar. Han har gjort dem till henne för att han vet att hon inte skulle orka eller hinna med. Hon sänder honom en hälsning i sin tanke så varm och kär att den måste han känna var han än är.

Hon tömmer hela ugnen och fyller en korg med skålarna.
Hon får inte med sig alla nu, men tillräckligt många för det
som Sofia kokar idag.

Hon låser efter sig och lägger nyckeln där den ska vara och
så ställer hon korgen bredvid Katrina och går hem.

De håller till i köket som är kvar efter Rosas skänkstuga.
Det är större eldhärd här. Och det finns en jättegryta att
hänga över elden. En stor arbetsbänk där två kan stå och
arbeta samtidigt.

Det kokas sylt, det kokas marmelad. Erik kommer med
blod och inälvorna. De kokar palt och gör pastejer. Lovisa
hackar lök så tårarna rinner. Sofia hämtar mer vatten. Alva
sitter vid bänken och skär inälvor. Njurar, lever och hjärtat.
Allt tas om hand. Ellen kommer och rör i grytan och en
och annan kund till butiken måste titta in vad det är som
luktar så gott.

"Det var ett tag sen det luktade mat här." säger de.

De måste bli klara med så mycket som möjligt idag för i
morgon kommer resten av grisen. Då ska det bli korv,

syltor och rullar. En del ska saltas in, inget på den här grisen ska rökas. Det kommer att bli fullt i källarförrådet som är under köket. Ett likadant som fanns i Helgas kök i Stockholm. Det är till och med lite större här. Med flera hyllor och plats för två stora silltunnor. Det luktar barndomsminnen tycker Lovisa när de öppnar golvluckan.

Fredrika kommer och hjälper till. Hon tänkte att de kunde prova att göra några korvar och rullader med nya kryddblandningar. Det tycker de alla att de ska göra, det är alltid roligt att experimentera lite.
Hon gör olika blandningar som ska få stå och dra sig tills i morgon. De behöver 'gifta sig' med varandra, kryddorna.

Lovisa måste tvätta av sig all löken, hon gnor sig med såpörten och blaskar sig i ögonen med kallt vatten. Hon torkar sig med handduken som hänger över stolsryggen där Alva satt. Men…
Nu är det inte Alva som sitter där. Det är Helga. Hon vänder sig om och ser på Lovisa. Hon ler mot henne.
"Visst är det här roligt. Visst är det roligt med mycket folk i

köket och alla hjälps åt att laga mat. Visst är det?" säger hon.

Just då kommer Ernst från mjölkbutiken in med två stora kannor.

"Tänkte ni skulle behöva lite mjölk, de får ni om jag får minnas den gamla goda tiden när 'Rosas' var här och en gick hit och åt." säger han.

Och visst ska han få en tallrik med saffranspannkaka som Fredrika just tagit ur ugnen. Och han får en sked nykokt salmbär på.

"Detta är himmelen." säger han. Och Helga nickar.

Lovisa suckar, skakar på huvudet.

Saknar ni skänkstugan här?" frågar hon Ernst.

"Ja, det gör vi verkligen. Det var här man träffades om kvällarna. Tog en sup och en smörgås. Nu finns det bara den där tyska krogen uppe vid stortorget på den här sidan av stan i alla fall. Man vill inte dra ända bort till Donners eller ner till hamnen. Det känns så hemma här." säger han och stoppar en bit pannkaka i munnen. Man ser att han försvinner bort i tankarna till tiden som varit.

Och Lovisa tänker efter, att ja, där borta hos Greta finns

det flera krogar, både skänkhus, kaffehus och rena
supestugor.

Men inte häråt. Är det verkligen så att det skulle vara lättare
att driva krog än butik?

Hon måste diskutera detta ordentligt med Sofia. Hon klarar
det inte själv utan henne. Hon ser sig om efter Helga men
hon är inte kvar, hon har väckt de tankar hon ville.

"Smakade det bra?" säger Sofia och sätter sig bredvid
Ernst.

"Detta är så gott, det smakade nästan som den mor min
gjorde." svarar han och det är inget dåligt betyg. Han torkar
sig om munnen med baksidan av handen.

"Jag tror nog att du kan komma fler gånger hit och äta
pannkaka, säger Sofia, jag tror nog att vi kan övertala
Lovisa här att ha öppet lite för matgäster här på kvällarna."
Hon tittar lite pillemariskt på Lovisa.

"Jag satt just och funderade, säger hon, men jag tycker vi
ska prata om det ikväll."

"Ni har hört min önskan, nu ska jag ge mig hem till Hedvig
igen. Tack än en gång." säger han när han reser på sig,
bugar och går.

Men Sofia och Lovisa kan inte vänta till kvällen, de sitter kvar och väger för och emot. Sofia reser sig och rör lite i grytan, sätter sig igen och fortsätter resonera.

Lovisa berättar om Helga, att hon är här och pockar på att det ska bli skänkstuga.

"Hon till och med pratar med mig nu för tiden!" säger Lovisa

Sofia har inte sett henne men hon förstår nu att det är Helga som gett henne de här tankarna. Hon har tänkt på det ända sedan hon kom att det inte skulle vara en butik här, det skulle vara en krog.

"Men vi kan ju inte bara slänga ut de andra som jobbar så hårt för gillet och butiken." säger Lovisa.

"Det går väl att ha både butiken och skänk här. Det är stort tillräckligt. Och det lilla grå huset finns ju kvar, säger Sofia, kanske butik därnere och lager där uppe. Det är lätt att sitta här på vinden och arbeta och sedan bära över det."

De blir tysta en lång stund. Sofia tar grytan från elden. Nu ska det svalna innan det hälls upp på formar. Lovisa tar reda på det som ska diskas. Och samtidigt ljummar hon på Katrinas mjölk. Alva sitter med flickan i knäet och lyssnar på deras samtal. Hon säger inget, det är inte hennes sak att avgöra. Men visst saknar hon skänkstugan, det var tider det när Hans levde och de gick hit om kvällarna. Träffade folk och pratade. Skrattade och tog en sup.

Hon skulle inte ha något emot det, inte alls, tvärtom.

Hon får flaskan av Lovisa och Katrina greppar den girigt. Hon äter ordentligt flickan, växer gör hon. Det är bra det, hon som varit så liten när hon föddes. Och om inte Alva misstar sig, så kommer hon snart få ett syskon. Det är något som hon aldrig har missat. Alva har sett vem som väntar innan de ens sett det själva. Förunderligt.

64

De lägger sig tidigt för de har en lång dag i morgon. Erik
ska komma tidigt. Lovisa sover oroligt och har svårt att
vakna. När hon kommer ut i köket har Erik redan varit där
med allt kött. Lukten gör att det vänder sig i magen på
henne och hon spyr i slaskhinken.

"Jaha, det var som jag trodde, säger Alva, före jul har vi fått
en unge till i huset."

Lovisa ligger på knä framför hinken och tittar på farmor,
det tar en sekund innan hon fattar vad hon menar.

"Men Gud, jag är med barn." säger hon och kräks en gång
till.

Hon vet inte om hon ska skratta eller gråta men just nu
spyr hon så tårarna rinner.

Där ligger hon när Sara, Fredrika och Ethel kommer. De
har lovat att komma och hjälpa till idag. Tack och lov.
Lovisa blir förpassad till sängen med en brödskalk. De
andra tar tag i den stora köttlådan.

"Hon kommer när det gått över." säger de. Och visst gör
det, efter en stund knaprandes på brödet ger illamåendet
med sig.

Men hon känner sig så förundrad över att åter ha ett litet liv i sin mage. Redan. Katarina är inte halvåret än. Jacob, var ju bara hemma några dagar. Illamåendet kommer så fort, hon kan ju bara vara några dagar gången. Med Katarina hade det nog gått någon vecka när det började. Måtte hon kunna gå tiden ut nu. Förra gången kom det över en månad för tidigt. Det var med nöd och näppe de hade klarat sig. Både hon och Katarina hade det kämpigt. Hade det inte varit för Siri hade väl flickan inte överlevt.

Hon har svårt att koncentrera sig idag.
Sofia får ta kommandot i köket och se till att allt blir gjort. Kött ska saltas in. Det ska malas och hackas till korv och sylta. Renset de skär bort från de stora stekarna ska kokas med massor med kryddor till fläskrullader.

Lovisa får ta hand om butiken för hon klarar inte åsynen av allt blod. Ellen kommer och tar hennes sysslor i köket. Lovisa går i butiken och känner sig värdelös. Hon har Katarina sovandes i korgen. Och Helga sitter vid ett bord. Hon följer Lovisa med blicken när hon vandrar runt i den för övrigt folktomma butiken.

Men de säger ingenting, de behöver som vanligt inte tala utan vet vad den andre vill utan ord.

Lovisa känner Helgas oro över hennes nya graviditet. Att det ska gå som för Katarina när Lovisa föddes. Hon är ju troligt lite klen eftersom hon inte gick tiden ut sist.

Hon ser på Helga och ler. Jag ska vara så försiktig om mig och den här lille. Tänker hon och stryker sig över magen. Är det nu månntro Jacobs lille sjökapten denna gången?

Till eftermiddagen börjar det bli andra dofter i köket. Det luktar kryddor och korv. Palten ligger under dukar. Korvar som ska hängas nere i källartaket. Luckan står öppen i golvet och Fredrika klättrar upp och ner med allt som de lastar fram som ska dit ner. Sofia sitter vid bordet och har fått sig en skål med soppa.

"Ojojoj, säger hon, nu börjar man se slutet på den här dagen. Men nu finns det mat för hela sommaren. Hoppas bara att det håller sig kallt där nere i källaren."

"Jo, nog gör det." säger Alva som med Katarina på armen följer arbetet.

Lovisa fyller den stora grytan med vatten. Hon ska skura av

alla bänkar och golvet. Hon har känt sig så onyttig idag så hon måste få göra någonting. Och de andra börjar bli trötta i köksvärmen så de är glada att hon mår bättre.

Hedvig och Edvard från mjölkbutiken kommer och ser hur det går för dem. Edvard stryker över duken med palt. De ser hur han ser sugen ut. Men palten måste ligga till sig. Den blir bättre så. Han får vänta, som alla andra.

Men en kopp kaffe kan det allt bli.

De sitter vid det stora bordet i skänkköket och småpratar medan Lovisa skurar bänkar med rotborste och såpa. Bloddoften försvinner och det blir en doft av såprot i köket istället. Och kaffe.

"Med all den här maten ni lagat idag skulle ni visst kunna ha skänken öppen," vågar sig Edvard på säga. Han ser lite finurligt på Sofia. Han vet att han har lättare att övertala henne än Lovisa.

Alla ögon vänder sig mot Lovisa vid spisen. Hon låtsas att hon inte hörde, utan avvaktar vad Sofia ska svara.

Sofia skrattar till. "Ja, det kanske vi skulle. Men vi har inte bestämt oss än, eller har vi det Lovisa?"

Då kan inte Lovisa låtsas att hon inte hör längre, hon rätar på ryggen och ser på dem alla. Hon ser deras förväntningar i ansiktena. Hon ser hoppet i deras ansikten. Att hon ska säga, "men det är väl klart att vi ska ha skänken öppen"!

Ska vi ha horor på loftet med? Har hon lust att fråga...

Hon drar ett djupt andetag och får i samma stund syn på Helga, hon ser vad hon tycker med en gång.

"Jo, vi ska se om vi kan öppna skänkstugan!"

"Jag vet inte hur eller när, men den kanske kan öppnas. Får jag bara tänka lite först så...jaja, vi öppnar."

Och det utbryter ett jubel i köket så de väcker Katarina som lägger i med ett vrål som överröstar dem alla. De skrattar och Sofia tar flickan från Alvas knä och vyssar henne. Hon lugnar sig strax.

"Vi öppnar så fort vi kan!" säger Sofia och ser på Lovisa. Och Lovisa bara nickar. Hon känner sig besegrad.

65

”Men hur har du tänkt dig detta? Jag tänker inte ha mina barn där halva nätterna som jag fick vara!” utbrister Lovisa när de kommit hem för kvällen.

”Men jag kan ta skänken på kvällarna och du på dagarna.” säger Sofia sakligt.

”Jaha, så vi väntar oss inte mer gäster då än att man klarar av det själv?” säger Lovisa.

Sofia ser på henne.

”Du har rätt. Man kan inte vara själv där. Och Alva orkar inte ha Katarina och ett barn till hela dagarna. Och jag kan inte vara själv om kvällarna. Hur gör vi då?” säger Sofia.

”Men det var väl det jag sa! Hur skulle vi klara av detta utan en Mäster som hälsade folk välkomna och vi var då tre som serverade. Och hade ändå Saga i disken. Nu tycker du att vi ska klara allt på två!? Jag begriper inte hur du tänker?”

Lovisa märker inte själv hur hon höjer rösten.

Sofia får hyssja henne.

”Vi sover på saken. Vi är båda trötta efter den här dagen.” säger Sofia, reser sig från bordet. Klappar Lovisa på kinden och säger god natt.

Lovisa somnar innan hon når kudden.

Hon drömmer om små grisar som vill ha mat men hon hinner inte servera dem för de vill äta på det fina blå porslinet. Hon måste ju hinna diska det!

" Försiktigt, Lovisa. Diska försiktigt!" säger Helga som står med händerna fulla med grisfötter.

Men inte kan man servera grisar grisfötter…?

Hon vaknar och är genomsvett. Måste upp på pottan. Det är mitt i natten och så tyst. Så här tyst var det aldrig i Stockholm. Hon sitter på pottan och lyssnar på tystnaden en stund innan hon kryper i säng igen och somnar och sover nu drömlöst resten av natten.

När hon vaknar har hon lösningen. Hon får ju självklart anställa någon. Eller flera stycken.

De kan inte belasta Ellen med mera än butiken. Alva ska inte behöva ha hand om barnen. De kan inte vara själva i skänken. Lovisa är gravid igen och hon vet hur hon mådde efter Katarina. De måste helt enkelt anställa någon. Kanske de kan få någon lärling också.

Skulle det varit så svårt att förstå det här? Det borde de väl kunnat begripa men de var nog ganska trötta igår.

Jaja, hon går upp och får rusa ut till slaskhinken. Hon kräks.

Alva sitter på soffan och småskrattar åt henne.

Hon skakar på huvudet när Lovisa reser sig upp och tar med sig hinken ut till dasset.

Det får bli en brödskalk och sängen en stund till idag med.

Och inte bara den här dagen utan i flera månader mår hon illa och kräks flera gånger om dagen.

Jacob kommer hem och finner sin hustru kräkandes igen.

Han nästan skäms att ha ställt till det så snart efter Katarina. Och tänk om det blir som sist, för tidigt? Orkar Lovisa med det så snart?

66

Eskil är stolt som en tupp när han kommer hem. Han har sålt alltihop och fått flera beställningar redan. Han har mycket att göra framöver.

Det är mycket de har att diskutera vid middagen i skänkstugans matsal den kvällen när de samlas åter för en liten välkomstfest. Resan till Rügen var bara början. Det kommer att bli fler resor dit. Men i höst och över vintern ska de gå med kalksten till Stockholm och så blir det en ny resa söderut till våren.

De pratar om skänkstugans nya öppnande. Att de måste anställa flera, både till disken och till serveringen. Om keramiken, om Lovisa kan börja med den igen nu när hon väntar smått igen. Eller är det för tungt? Var det därför hon inte gick tiden ut sist? Silverarbetet är mycket lättare. Men hon vet inte vilket som är roligast, keramiken växer fram fortare och silvret är så pillrigt. Men roligt och lättare för hon kan vara inne hos Katarina.

Eskil får jobba på med de små skålarna och det som ska till Tyskland.

De kan inte tacka Eskil nog för alla skålarna som stod i ugnen. Och Eskil rodnar av allt berömmet. Han är glad att de gick och tittade efter annars hade det ju varit ogjort arbete att elda på då på natten.

"Ska butiken tillbaka till det lilla grå huset nu då?" frågar Jacob.

"Jo, det får nog bli så. Vi tänkte ha allt på ett ställe, men det blir nog både trångt och rörigt." säger Lovisa.

Sofia nickar.

Alva är glad att deras lilla hus kommer till användning, det är inte roligt att se det tomt. De bestämmer att det blir hantverksbutik där nere och lager däruppe även då de kommer att arbeta här uppe på vinden. Försäljningen av den färdiga maten kanske de kan ha ihop med skänkstugan. Då kan de nyttja källarförrådet och de slipper bära det så långt.

De ska höra sig för efter bra folk att kunna anställa till skänken. De borde ha tre stycken men till att börja med får det räcka med två till. Greta brukar hålla reda på vem som behöver arbete. Lovisa ska prata med henne.

Eskil säger god natt samtidigt som Alva drar sig tillbaka. Sofia tar med sig Katarina och en bok och går in till sig.

Lovisa och Jacob kryper upp i sin säng och ligger och småpratar. Han smeker hennes mage, ser på hennes ansikte i månskenet. De talar om Rügen, den stora ön med så många människor från hela världen. Där var båtar från Kina, Spanien, Italien, ända från Afrika. Det var svarta människor på de båtarna. Lovisa har aldrig sett en svart människa. Jacob försöker förklara men hon ser bara en människa med sot i ansiktet. Det går inte att föreställa sig. Hon tror att hon skulle bli svart på handen om hon klappade en sådan. Som sot.

Jacob skrattar åt henne. De pratar om barnet som ska komma. En liten pojke. Den lille sjökaptenen som ska heta Simon.

"Inte Hans efter din farfar?" Jacob skakar på huvudet. Simon Klintberg, sjökapten. Lovisa somnar med ett leende på läpparna.

67

Kvinnogillet möts åter på arbetsvinden och de både arbetar och pratar om butiken som ska tillbaka igen. En del tycker det är synd, några att det ska bli roligt med den nya skänkstugan.

"Men det är så fint i den nya stora butiken. Nu ska vi tränga ihop oss igen. Det är inte så stort på andra sidan gatan." säger Siri.

"Men vi behöver inte ha allt framme, utan bara en del och resten uppe i köket där." säger Ellen.

"Ja, huvudsaken är ju att det fungerar för dig, Ellen." säger Fredrika.

Och det håller de med om. Det kommer säkert att bli jättebra, det var bra innan och kommer att bli bra igen. För Toras del har det ingen betydelse, hon har inte sina klänningar i butiken. De försökte med det först men det fungerar inte när kvinnorna vill prova och behöver ha hjälp med att släppa ut sömmarna. Hon har en visningsklänning där bara och sedan har hon sitt hemma hos sig. Hon kommer med mest för den sociala biten, det blir ensamt att jobba hemifrån när maken är borta långa sträckor i taget.

Men det var ju också en av tankarna med nätverket från början.

Det blir mycket att bestyra nu. Butiken ska tillbaka. Några av de fina hyllorna ska med. Borden ska fram i skänken.

Och de funderar på om de ska ha en fast meny eller laga för dagen. Så som Helga gjorde. Då serverades det hon hade lust att laga för dagen.

Men de kommer fram till att man kan ha både och. Flera fasta maträtter och så några olika varje dag.

Jacob måste iväg igen. De ska till Stockholm och han frågar om flickorna vill med.

"Nej, tack! Vi har att göra här. Men jag ska be dig om en sak där uppe." säger Lovisa.

Hon berättar för Jacob och Sofia om Gretas planer på ett handelshus även i Stockholm och att hon sökte kontakter.

De kontakterna har Lovisa och Sofia i Sofias pappa.

"Ehrensvärd, lever han?" frågar Lovisa och Sofia tror nog att han gör det.

Sofia ska skriva ett brev som Jacob får ta med till hennes far så ska han nog få fram både kontakter och kanske passande lokaler till det stora handelshuset. Eller åtminstone en tomt att kunna bygga det på.

När Jacob har åkt och den lilla butiken är på plats är det som om luften går ur Lovisa.

Hon är helt slut känns det som. Hon drömmer mardrömmar om nätterna och kräks om dagarna. Hon försöker ta sig ner och hjälpa till i skänkköket men ligger mest över slaskhinken. Sofia förpassar henne till sängs med Cajsas buljong och några stärkande droppar som läkaren skrivit ut till henne.

"Är det så här varje gång jag väntar smått då ska det inte få bli fler." säger hon och kräks igen.

"Haha, sådana frögurkor som ni verkar vara kommer du nog ligga här ofta." skrattar Sofia när hon går ifrån henne.

De har anställt tre flickor till skänkstugan. Två av dem kommer från Gretas kök och den tredje är en flicka från södra ön. Lovisa har även funderat på att få hjälp med barnen av någon annan än Alva. Hon tänker redan "barnen" fast inte den lille är kommen än. Hon försöker ligga steget före och planera allt hon kan. Men just nu känns det ganska tröstlöst med planering när hon ligger här. Hon har väl inte tid med det här tänker hon och försöker häva sig ur sängen vilket resulterar i ännu en kräkning. Ligg still säger hon till sig själv.

Hon funderar på Jacob om han träffat Sofias pappa och kanske Ehrensvärd med. Om de har något förslag om Gretas handelshus. Hon känner sig så nöjd med sig själv att kanske kunna hjälpa Greta med det här. Hon är verkligen tacksam för allt Greta gjort för henne sedan hon kom hit. Hon tänker på sin förmögenhet som ligger i Visby Stads Bank. I tryggt förvar och hon undrar varför hon sliter så när hon egentligen inte behöver slita för brödfödan. Det är väl en vana att göra rätt för sig. Att laga mat och betjäna andra. Något annat kan hon ju inte. Fast, Greta sköter sin bokhållning enbart och har fullt upp med det.

Ska man göra det måste man kunna planera och delegera. Hålla kontrollen men ändå lita på att folk uträttar det de ska. Utöka. Man kan inte bara ha ett gille och en skänkstuga man måste ha mer. Handelsflotta, stenbrott och handelshus är vad Greta har. Flottan är hennes makes livsverk och stenbrottet och handelshusen är efter henne egen far. Så

Greta har bara tagit över rodret. Lovisa måste bygga upp sitt eget om hon ska ha det.

Matematiken och sifferkunnandet har hon så den biten av det hela ska väl inte vara några bekymmer. Rosa och Edwards son hade krog i Kalmar, kan man ha fler krogar på fler ställen? Kanske skulle ha arrenderat ut "Mäster på Hörnet"? Men då hade hon ju inte haft den här förmögenheten som hon har nu.

Tankarna snurrar i huvudet på henne tills hon somnar.

Jacob ligger i vattnet och håller i en bräda som slitits loss från aktern. Hela båten ligger i bitar som kaffeved utspritt över hela havet så långt de kan se.

Dimman ligger tjock över ett spegelblankt hav. Hon ser Jacob försvinna under ytan. Han kommer upp igen men försvinner åter igen. Och han är borta.

Hon vaknar av sitt eget skrik. Sängen är genomblöt av svett. Ännu en dröm har väckt henne. Hon måste upp på pottan. Katarina sover så gott i sin korg. Lovisa ställer sig vid fönstret. Det är tidigt än men hon känner att hon behöver ut. Känns som hon inte får någon luft. Hon drar på sig kjorteln ovanpå särken och sveper en sjal om sig och smyger ut från huset.

Flera nätter har hon vaknat av mardrömmar och känner ångesten i hela kroppen. Hon får ingen luft och det driver henne ut ur huset om nätterna. Vägen ner förbi Eskils hus och ut på strandängarna. Hon skriker och springer sig slut. Hon tror själv att hon håller på att bli galen.

Tar sig efter muren ner till havet och sätter sig på en sten och följer solens första strålar över horisonten innan hon går hemåt igen.

Men den här morgonen möter hon inte solen. Hon känner sig fånig som skriker om nätterna. Hon ser till att ta sig hemåt i mörkret igen. Tänk om det finns människor som ser henne. Eller har hört henne. Hon kan nästan skratta åt sig själv. Men känner ändå att det var en mara hon måste igenom. En ångest så oerhörd har drivit henne nästan till vansinne, hon har inte alls känt igen sig själv sista tiden. Den här graviditeten tar verkligen på krafterna.

När hon kommer vägen fram mot Eskils hus ser hon att
där står några män och samtalar.

I denna tidiga timme? … tänker hon. Hon går in mot
husväggen, vill inte bli sedd. Eskil kommer ju att undra vad
hon gör ute så här dags. Det har knappt börjat ljusna än.
Hon ser inte vilka männen är. Hon kan bara skönja deras
konturer i mörkret. Det är tre män. Hon känner igen Eskil,
han är lite krumryggad. Alltså är det två andra. Varför är de
här nu? Vad är det de döljer i mörkret? Göra affärer, gör
man inte så här dags om de är ärliga. Hon hör att de talar
till varandra men kan inte urskilja orden.

Det verkar som de är klara, den ena mannen skrattar till
och dunkar Eskil i ryggen så Lovisa hoppar nästan högt.
Eskil slänger upp någon slags säck på ryggen och de andra
två tar en dragkärra och går iväg. De går uppåt, samma håll
som Lovisa ska så hon står kvar en stund. Hon hör hur
ljudet från den gnissliga kärran försvinner bort.

Och hon hör Eskils dörr slå igen. Hon smyger sig fram och
ser in på hans gård. Det lyser i brännverkstaden. Hon
smyger sig en bit fram och ställer sig i mörkret och försöker
se in. Hon ser bara att hans skugga röra sig därinne. Hon
törs inte gå närmare. Men något hålls de med som inte tål

dagsljus det är hon säker på när hon smyger sig därifrån igen.

Men vilka var de andra två?

På något vis borde hon veta vem det var. Två män med dragkärra mitt i natten som lämnar en säck med något i hos Eskil?

Det måste hon luska i. Hon kommer att göra sig ärende ner till Eskil igen under dagen. Se vad hon kan finna ut.

Hon stoppar in ett par vedträn i spisen då hon kommer hem och kryper upp på soffan och kurar ihop sig. Hon drar farmors sjal om sig och funderar på Eskil och hans vänner.

Vad var det hon såg egentligen? Kan det ha varit lera i säcken?

Varför kommer de med den mitt i natten? Nej, något annat är det, men vad?

Hon somnar.

Vaknar inte förrän Katrina och Sofia väcker henne.

"Men ligger du här?" frågar Sofia och sätter Katrina bredvid henne på soffan.

Sofia lyfter upp kaffepettern på spiskroken. Och lägger in

ännu ett par vedträn.

Så sätter hon sig på stolen mitt emot Lovisa och ser på henne.

"Jag har varit ute i natt" säger hon.

"Jag vet att du är ute om nätterna" säger Sofia.

"Jag var ute på norra strandängen och skrek."

"Skrek"? Sofia ser både förfärad och förundrad ut.

"Jag skrek tills jag inte kunde mer. Sen när jag gick hem såg jag två män hos Eskil. Vad tror du de gjorde ute så dags?"

"Du var ute på norra strandängen? Var porten öppen?" frågar Sofia.

"Ja, det var den väl? Det tänkte jag inte ens på att den var? Varför var den det?" undrar Lovisa och kan inte fatta att hon inte tänkte på det förut. Den ska vara stängd från midnatt till klockan 6 på morgonen. Men den har varit öppen varje natt, och porten måste ha stått helt öppen annars skulle hon ha uppmärksammat det om hon hade varit tvungen att putta upp den. Den är säkert jättetung. Det fanns ingen vakt heller, för den hade ju stannat henne i så fall. Flera nätter har hon varit ute men den här tanken har aldrig slagit henne förut?

"Kan det ha med männen som var hos Eskil att göra?" säger hon mer åt sig själv än åt Sofia.

Sofia tar fram varsin mugg och häller upp kaffe och lite mjölk åt dem alla tre.

Varsin brödbit som ligger invirad i ett tyg på bänken skär hon upp med. Katrina tar sin bit själv i handen och gnager på den. Sofia sätter sig igen.

"Vad gjorde männen hos Eskil?" frågar hon och Lovisa får berätta allt hon såg och att hon bara vågade smyga in en bit på Eskils gård. Efter att de andra två hade gått sin väg.

"Tro att de kom utifrån då? Men varför gick de iväg uppåt här, de borde väl ha återvänt samma väg?" tänker Sofia högt och Lovisa nickar.

"De kanske skulle lämna något någon mer stans?"

"Sofia, så måste det ju ha varit! De har lämnat saker på fler ställen." säger Lovisa.

"Ja, eller hämtat." säger Sofia eftertänksamt.

Lovisa ser på Sofia. Hon nickar igen, ja, hämtat. Så kan det ju ha varit.

"Men de lämnade hos Eskil, det är jag säker på. Han tog säcken över axeln och gick in i brännverkstaden med den".

"Du såg inte om de hade mer på kärran?" frågar Sofia men

det såg inte Lovisa i mörkret.

"Den rullade lätt, de hördes på knirret från hjulen." säger Lovisa.

De blir sittandes ända tills Katrina börjar trilska att det är tråkigt att bara sitta här och titta. Brödbiten är slut och kaffet likaså. Lovisa tar av henne om rumpan och lyfter ner flickan på golvet där hon genast kryper iväg på egna äventyr.

68

Det blir ingen tid, eller ork heller för den delen, förrän på eftermiddagen som Lovisa kan ta sig ner till Eskil.

Hon kikar in i köket men han är inte där. Då är han säkert i brännverkstaden. Hon går över gården, ser att det ryker ur skorstenen. Hon knackar på och öppnar dörren precis som vanligt.

"Hej du" säger hon när hon kliver in i det varma rummet.

Eskil far upp från bordet där han sitter och hon ser hur han lägger undan något men hon gör ingen notis om det.

"Men, hej, säger han, kommer du?"

"Ja, jag har inte sett dig på ett tag så jag var tvungen att gå och se hur det är med dig. Du mår väl bra?" frågar hon.

"Jajamän, det gör jag. Och själv då, Lovisa. Hur mår du nu?"

"Jo då. Det går väl över. Tack vare Sofia och Alva. Jag kräks nästan varje dag fortfarande. Och det är ju bara någon månad kvar nu." Säger hon och sätter sig ner vid hans bord.

Han bara nickar och sätter sig själv mitt emot.

"Men vad är det du bränner? Det är så varmt här." säger hon.

"Ja, säger han och skrattar, röda krukor kan man tro. De behöver ju mer värme. Men ja, jag provar ett nytt sätt bara. Inte säkert att det fungerar. Bränner varmare men kortare tid. Ett litet experiment bara. Inget viktigt alls."

"Hur går det i skänken nu då? Ni har ju anställt flera stycken. Går det verkligen ihop sig, eller?"

Lovisa ser på Eskil. Han pratade bort bränningen allt för fort. Ekonomi är inget som Eskil i vanliga fall skulle tala om. Det är inte lera han bränner. Det luktar inte lera. Den doften kan hon. Hon blir arg, att han tror att han kan lura henne så lätt.

"Jag har visst kommit oläligt" säger hon och så går hon sin väg.

När hon slår igen dörren hör hon Eskil ropa efter henne men hon stannar inte. Tårarna bränner i hennes ögon och hon går åter igen mot norrport och ut. Hon går inte ut på ängarna utan håller sig efter muren ner mot havet. Där sätter hon sig på en sten och ser dagens skimmer över vågorna.

Jacob, min älskade Jacob. Hur kan du lämna mig här på

denna ö? Vad har jag här att göra? Jag är inte hemma här.
Jag har inget hem i Stockholm heller. Jag har ju inget hem
någonstans, tänker hon och tårarna rinner utför hennes
kinder.

När hon sansar sig kommer tankarna om Eskil åter.
Vad brände han? Hon tycker hon känner igen den stickande
doften? Men, kan inte placera den. Bränna röda skålar?
Haha, jo, jag tackar jag. Visst krävs mer värme för att få den
röda färgen bra men inte på långa vägar som han hade nu
inte. Nä, det var det inte. Och det sa han ju inte direkt
heller att det var. Det var inte lera över huvud taget. Det vet
hon med bestämdhet.
Hon måste titta på norrporten med när hon går hem.
Känna på den.
Och visst är det som hon trodde, hon kan inte rubba den.
Den är stor, tjock och jättetung. Vakten ser underligt på
henne när hon hålls med den.
"Är den här låst om nätterna?" frågar hon och javisst,
svarar vakten, visst är den det, frun kan sova lugnt om
nätterna!"
Hon bara nickar åt honom, hon kan inte säga att hon varit

utanför flera nätter, vad skulle han säga då. Det kanske inte ens är tillåtet, tänker hon.

Hon blir rädd. Det kanske var han som var ute i natt. Måste höra mig för vilka som har tillgång till nycklar till portarna tänker hon när hon skyndar sig därifrån med sjalen hårt svept om sig.

På kvällen sitter de uppe på vinden och arbetar. Ethel spinner och Sara rensar bär som hon plockat under eftermiddagen. Inga och Lovisa knåpar båda med sina silversmycken. Lovisa slipar på en ring som är slät men ska gravera in ett mönster sedan. Inga gör ett spänne till håret. Hon plockar fram sina silvertrådar och reser sig upp och tar med dem till kaminen. Hon lägger en bit silvertråd i en keramikskål och ställer in den i kaminen. Den ska värmas så den går lättare att slå ut sedan till ett plattare ämne. Hon vill även ha små droppliknade på kanten till spännet. Då får man doppa en liten mejsel i den smälta silvermassan och droppa på kanten, hålla alldeles stilla tills det stelnar. Det är väldigt tidskrävande arbete.

Nu så, nu är hon nöjd. Tar med sig den varma skålen tillbaka till bordet och sätter sig igen. Lovisa makar ihop sin klänning så Inga kommer ner bredvid henne. De ser på varandra och skrattar till. Men Lovisas leende fryser. Hon känner doften från det smälta silvret. Hon ser på det och sedan på Inga igen.

"Luktar det alltid så här om smält silver?" frågar hon.

"Ja, visst gör det, säger Inga, det är lite stickande doft men man vänjer sig."

"Det blir väl någon reaktion i det när det värms och smälter att det luktar. Kallt silver luktar ju ingenting," fortsätter hon.

"Jag har blivit så van så jag tänker bara på den när du påpekar det nu då." säger Inga och skrattar. Hon tar sin mejsel och börjar med dropparna på spännet.

Lovisa får springa ut och kräks. Det är inte bara lukten som får det att vända sig i magen utan vetskapen vad det är Eskil gör.

 Det är det hon har känt hos Eskil idag. Lukten av smält silver. Och att hon kände igen doften men inte kunde placera den beror bara på att hon själv aldrig smält silvret utan bara känt det när Inga gjort det. Vilket bara har hänt en eller två gånger tidigare.

Lovisa möter Sofia vid trappan och tar brödet samtidigt som hon viskar till henne.

"Känn doften från det smälta silvret. Det var det som luktade hos Eskil idag."

De andra börjar plocka undan sina arbeten utom Inga, hon måste göra slut på det hon har gjort i ordning innan hon kan ta bort det men vad gör det? Bordet är stort, de får plats. Det är ju det som är så skönt med att arbeta tillsammans. Någon arbetar mycket en kväll, någon gör bara lite grann en tredje vill bara prata bort en stund.

De ställer fram bröd och ost på bordet. Och de tar för sig allesammans som vill ha. Småpratet fortsätter men arbetet tas inte upp igen. Skönt att bara sitta ner lite. Men Lovisas tankar är någon annan stans ikväll. Hon smälter silver i Eskils brännugn.

69

"Vad det än är han håller på med, så är det inte för
dagsljus." säger Lovisa när de sitter vid frukosten.
"Nä, sannerligen inte. Men har det hörts några rykten om
tjuvar. Man kan ju nästan tro att det skulle vara kyrksilver."
"Kyrksilver? Menar du att han skulle stjäla i kyrkan?" Säger
Lovisa helt förskräckt.
"Inte Eskil! Han är nog bara en bulvan som sköter
smältningen. Jag tror inte han gör själva inbrottet." Sofia
lägger pannan i djupa veck och funderar så det nästan hörs.

"Jag undrar om vi inte ska ut och fiska lite, säger hon, vi ska
nog först höra oss för om lite byskvaller av Ellen. Hon får
höra en del nere i butiken. Sen ska vi ta en sväng ner till
Eskil under dagen och se hur han har det. Kanske vi ska
bjuda honom på kvällsmat."
"Ja, då ska vi pumpa han ordentligt."
"Tror du att man bara kan säga till honom att vi vet vad du
gör?"
"Ja, kanske det, han såg ju hur illa jag tog åt mig när han sa
att han brände rött. Jag sa att jag kom visst oläğligt och sen

gick jag därifrån." Säger Lovisa

"Men då kanske han själv känner att han har saker att förklara om vi går dit idag igen."

"Ja, om vi bara går dit och sätter oss och tittar på honom måste han ju förstå att vi väntar på en förklaring."

Sagt och gjort! De tar dragkärran med Katarina och går ner till Eskil. Knackar på dörren, kliver in och slår sig ner vid bordet där han sitter och äter. Han håller kniven och fläskbiten han karvar på helt still och liksom fastnar i rörelsen.

Ingen säger något.

Han suckar strax och lägger ner både kniv och fläskbit på tallriken.

"Jajaja, säger han, jag vet vad ni vill. Men det är inget olagligt i det jag gör fast ni tror det. Det är bara det att det skulle bli sådant jäkla liv om folk fick veta det."

"Jaha, säger Sofia, vi väntar ändå på en förklaring."

Eskil ler mot dem en i taget.

"Är ni rädda om ert rykte att umgås med en brottsling?"

"Verkligen inte! Säger Lovisa, men jag är rädd om en god vän. Jag vill inte se dig hamna i något kuckel med brottslingar."

"Nej, nej det är inget sånt alls det här. Det är helt enkelt så att en god vän till mig har fått ont om penningar. Ja, han har hamnat i en riktig knipa, säger han och skakar på huvudet.

Och det är mer penningar i silver som inte är ljusstakar. Så vi smälter ner hans stakar och silverfat och lite annat och sen kan han sälja det som rent silver och klara sig ur knipan. Rent silver kan man sälja till staten så kan de göra riksdaler av det. Men ett par gamla ljusstakar har man ingen glädje av när en har ont om penninger."

Lovisa och Sofia är snopna så de bara gapar. Här hade de lekt detektiver och målat upp riktiga rövarhistorier som kunde ge Eskil tid på tukthuset och sen är det bara en sådan vanlig företeelse att någon har slut på pengar. Det känns nästan lite snopet att det bara var så.

De förstår ju så väl att det skulle sticka i ögonen på folk om de visste att de smälte ner fina silverstakar som säkert är värda massor. Dock ännu mer som bara silverämne för staten idag. De känner nästan sig som lite lurade när de går hem med kärran igen. Men till kvällen hemma vid köksbordet skrattar de gott åt sig själva och sin egen påhittighet. Det var i alla fall ett bra spännande litet äventyr de fick vara med om.

Kanske äventyret även är en bra bot mot Lovisas ångest om nätterna. Inga mer snäckgärdepromenader om nätterna förmanar nu Sofia och Lovisa lovar.

Hon drömmer så otäcka och verkliga mardrömmar om Jacob när han är borta och det är så jobbigt. Det skapar sådan ångest hela tiden. Det hjälper inte hur alla lovar att "Josefina" är säker så drömmer hon ändå.

När Jacob kommer hem denna gång står Ellen på kajen och ber han skynda sig hem.

Han tar landgången i två kliv och springer hem och hinner precis innanför dörren när han hör sin sons första skrik. Simon Klintberg är en stor pojke redan när han föds. Hans mor har gått tiden ut och mått ganska bra sista månaden. Jacob går som en tupp hemma i salen. Han har fått en son och dottern är vacker som sin mor! Kan en man vara lyckligare.

Den här vintern får Jacob stanna hemma vare sig han vill eller inte. Vintern har slagit till som den värsta i mannaminne. Östersjön är helt istäckt. Och det är så kallt att det är bara i skänkköket de har det varmt ordentligt. Sofia sover hos Alva i kökssoffan för att hålla värmen och Jacob och Lovisa har båda barnen i bädden och alla turas om att stoppa ved i spisen.

Lovisa är inte utanför dörren på två månader. De har en hink för på dass kan ingen människa sitta. Och en kvinna som ammar är det rent farligt att sitta där i kylan. Den här gången har hon mjölk så det räcker och hon njuter för fullo av stunderna hon får lägga pojken till bröstet. Han äter och växer och när våren äntligen kommer är Simon så stor och rund att han sitter lull redan. Han har sin fars svarta hår och bruna ögon även han. Och Lovisa tycker livet är underbart när Jacob har varit hemma i flera månader. Men nu börjar det märkas att Kapten Klintberg börjar bli rastlös och vill ut på havet igen. Så i mitten på mars ligger skutan på plats och seglen hissas åter.

Hela familjen står på kajen och vinkar av. Resan går till Rügen och de väntas inte hem förrän om en månad. Lovisa tycker ändå allt känns lättare nu när de fått denna vinter tillsammans. Det har svetsat dem samman ännu mer. De har pratat till sena kvällar när kylan har hållit dem vakna för att passa spisen. De har varit tillsammans nästan hela tiden. De har planerat för framtiden. För dem själva men också tillsammans med Greta och Sofia.

Jacob hade med sig kontakter hem från Stockholm som kommer att kunna utöka Donners handelshus även där. Sofias far hade skaffat fram tomtmark där det skulle byggas och efter resan till Rügen kommer de resten av året bara köra sten till deras eget bygge i Stockholm.

Det största handelshuset de skådat kommer att byggas där. Detta har Sofia och Lovisa gått in i som delägare. Det känns jättestort att äga ett handelshus tillsammans med Greta Donner. Och fantastiskt att Greta litar på sina väninnor att hon gör den här affären med dem. Men Greta tycker bara det är roligt att göra saker tillsammans och varför inte då detta med? Det känns bara bra.

Sofias far är numera anställd av Greta för att sköta bygget och också sedan sköta handelshuset där. Han har mycket kontakter som hon kommer att kunna dra nytta av framöver.

Lovisa har anställt ytterligare en flicka till köket. Lovisa skriver menyer till köket och flickorna lagar så bra mat att hon inte behöver oroa sig alls. Sofia har ansvar för skänken och Ellen sköter butiken så bra. Så nu sköter hon, som Greta, bara sina räkenskaper och sina barn.

Så dagarna denna vår rullar på så fort att Jacob strax är hemma igen. Och snart åker igen. Till Stockholm och Greta och Sofia är med dit den här gången. Greta vill se bygget framskrida och träffa sin nya chef i Stockholm och Sofia vill träffa sin far.

Ibland vet Lovisa inte riktigt vad hon ska förströ sig med. Då plockar hon fram sitt silver och jobbar en stund. Men hon är inte nöjd med det. Det blir inte lika fint som Ingas och när hon inte får sitta så långa stunder så tappar hon snart lusten med det. Barnen tar sin tid och istället tar hon hellre kärran och går upp och pratar bort en stund med Siri medan Katarina nu tultar omkring med Karl. Karl är fortfarande rund medan Katarina är lång och smal. Det är roligt att se dem börja leka med varandra.

Försommaren är härlig och de sitter ofta på Siris trappa medan barnen leker och pratar sig samman om det mesta. Barn, grisar och gillen.

70

Hon får dock en annan utmaning en dag när postbåten kommer med brev från Kalmar till henne.

Det är gamla "Rosa´s" ägare som skriver och erbjuder henne köpa krogen då sonen kört den bankrutt. De har hört hur gott hennes nya butik och skänkstuga går och undrar om hon vill äga deras krog där i Kalmar medan de sköter den.

Hon beslutar sig på stående fot att åka över och titta på den.

Nästa postbåt går tillbaka till Böda senare i veckan, hon ska åka med den. Sen går det droska över Öland och båtar mellan Öland till Kalmar är inga bekymmer. Det är den vägen alla tar när de ska till fastlandet. Hon hinner ordna med allt innan det är dags att fara.

Sara kommer och tar hand om barnen medan Lovisa ger sig iväg. Det är konstigt att vara utan barnen men ändå när hon står uppe på däck och känner den kalla vinden så mår hon fantastiskt bra och kan förstå den friheten som Jacob måste känna när han är på sjön. Resan går bra och hon är i Kalmar redan efter två dagar. Hon tar en droska till den adressen hon har fått. Hon ser Kalmar slott från där hon sitter i vagnen. Det är stort och mäktigt men inte speciellt vacker, det ser verkligen misskött ut. Hon vet inte vem som rumsterar där. Men inte värre än hon kan fråga Rosa och Edward om den saken.

Droskan stannar vid ett stort hus byggt i vinkel. Krogen ligger i markplanet och sedan är det en våning till. Hon antar att de bor däruppe. Men huset är så stort att det måste rymma mer än bara en krog?

Edward kommer ut på gatan och möter henne. Tar hennes bagage och så går de in till Rosa som väntar med maten färdig. Det doftar så gott och Lovisa känner vad hungrig hon är.

Hon går dock ut i köket och tvättar av sig lite resdamm innan de sätter sig till bords.

Rosa har stekt en fasan. Och till den serveras det en ljuvligt väldoftande kålrotslåda. Det är så gott. Lovisa förstår att de har haft mycket gäster på skänkstugan i Visby med denna kokkonst som Rosa visar prov på här.

Efter maten sitter de kvar och pratar. De berättar öppet och ärligt hur sonen supit bort alltihopa. Hur han sedan försökte stjäla både det ena och det andra så nu satt han på tukthus på Kalmar slott. Slottet används enbart som statligt fängelse då tjuveriet har ökat markant de sista åren. Det sägs att hela slottet är fullt av tjuvar och mördare.

Lovisa har svårt att tro det för det är ett stort slott. Hu, så hemskt att bli inlåst som ett kreatur.

Edward har ingen aning om ifall sonen lever eller är död. Rosa gråter och snyter sig högljutt. Hon vore så tacksam om Lovisa ville köpa krogen för den är egentligen så väl inarbetad och går med bra vinst. Och huset är ju stort. Det är ju hela fastigheten det gäller. De gamla har inte ork att ta hand om det men lovar stanna tills Lovisa har skaffat personal som kan driva det åt henne. Lovisa förstår läget och sedan går de och ser sig om. Krogen är lik "Rosa´s", trevligt inrett i rustik stil. Köket är stort och trivsamt. Det ser lättarbetat ut. Där har Rosa hjälp av två kvinnor till. De håller på och bakar bröd å det är varmt så det förslår i köket. De hälsar och pratar några ord. Lovisa frågar om de är intresserade att stanna kvar även om hon skulle köpa krogen och det bedyrar de, att det skulle se som en ynnest. Baksidan av själva krogdelen av huset är ett stort tomt rum. Lovisa frågar vad detta står så här för. Edward berättar att det är tänkt att hyras ut till butik eller något sådant men har liksom aldrig blivit av.

Lovisa kan se att detta kunde bli en perfekt butik. Och idéerna börjar röra sig i hennes huvud. Ovanvåningen är bostad för Edward och Rosa och även ett förråd till butikslokalen finns där. De sätter sig i rummet och Rosa ordnar med kaffe och lite fint portvin. De pratar affärer. De pratar pengar. Och till kvällen när Lovisa kryper i säng är hon ägare till ett hus i Kalmar.

71

När Lovisa, Jacob och Sofia åter träffas hemma har de
mycket att prata om. Lovisa visar brevet hon fått och
berättar om sin resa till Kalmar. Jacob fattar ingenting till
att börja med. Bara det att Lovisa gett sig ut att åka båten
själv så som hon mådde sist var bara det en bedrift tycker
de.

Sen att hon köpt en fastighet med både krog och butik är ju
helt otroligt. Nu har hon ju blivit affärskvinna på riktigt
säger de och skrattar. Detta måste väl ändå firas!

Sofia berättar om bygget som växer fram ganska snabbt.
Hon har ritningar med sig som Lovisa nu får ta del av.
Handelshuset blir enormt stort och kommer att rymma en
hel marknad. Det ligger bra till nära hamnen så de kommer
ha lätt att forsla varor och även nå de utländska båtarna.
Sofias pappa har redan anställt folk som ska arbete där när
det står klart.

Jacob har haft fullt upp med att se till av avlastningen av all
kalksten gått smidigt. "Josefina" är byggt för detta ändamål
så det har blivit ett mycket smidigare arbete att lasta tunga

stenar på båten än tidigare skutor. De lastar från sidan istället för ovanifrån som de alltid gjort innan. "Josefina" är verkligen en skuta för framtiden. Jacob är mäkta stolt över henne.

Alva och barnen har för längesedan somnat och det börjar bli dags att ta kväll för dem med. De dröjer sig ändå kvar lite och bestämmer att det blir gille på lördag i skänken för att fira allt som hänt nu.

De känner sig som rikemansfolk nu. Affärerna går runt och pengarna på banken växer. Huset i Kalmar kostade bara en liten del av vad hon fått för huset i Stockholm.

Det kommer drivas vidare i samma anda som Rosa och Edward har det. Och till hösten kommer butiken att öppnas. Sofia ska följa med Lovisa dit och se över hur det ska bli. Det är bra att det inte är längre än vad det är till Kalmar. På en vecka kan man hinna både resa och få lite gjort där.

Hela lördagen lagar Lovisa och Sofia mat så det står härliga till. De har även ordnat med gycklare och musik som ska komma och roa gästerna. Jacob och Eskil vevar de helstekta spädgrisarna på gården och dofterna sprider sig i hela kvarteret.

Ernst kommer förbi med pavan och de sitter på bänken utanför dass och ljuger gamla skrönor.

Gästerna strömmar till och festen är igång. Med massor med god mat, gott att dricka och massa skratt. En eldslukare visar sina konster och dvärgar spelar spratt till allas förtjusning. Musiken ekar mellan husen långt in på natten. När gryningen kommer har gästerna börjat trappa av. Lovisa har redan somnat ihop med sina små i sängen. Sofia och Jacob plockar ihop lite grann innan de också tar sig i säng. Jacob får snällt sova på kökssoffan för i sängen är det fullt. Inte blir det många timmar sömn för honom heller för Katarina kommer snart och är hungrig. Men hon sitter hos sin pappa och småpratar med honom medan han drönar sig halvvaken någon timme till.

Den här dagen händer inte mer än att det ska städas undan. Alla är trötta och dävna efter för mycket mat och alldeles för mycket brännvin. Men vad gör väl det efter en sådan hejdundrande fest!

72

Sen blir det åter vardag igen. Skeppet är lastat och de stävar mot Stockholm igen. Lovisa har haft kontakt med Rosa och Edward att krogen i Kalmar rullar på. De har anställt en flicka till så de själva kan börja trappa ner. De vill inte heller bo kvar i huset och ser sig om efter ett mindre där de kan sluta sina dagar i lugn och ro. Lovisa blir ledsen när de tänker så men visst, det är livets gång. De är gamla och har gjort sitt här så visst är det förunnat för dem att få ha det skönt nu.

Lovisa och Sofia ska åka över om några veckor är det tänkt och starta upp butiken. De kommer både ha hantverk från kvinnogillet där samt andra varor av många olika slag.

Lovisa sitter vid köksbordet och gör räkenskaper medan Sofia kokar sylt och marmelader. Det doftar ljuvligt men plötsligt svär Lovisa till.

"Jäklar" så reser hon sig upp och så kräks hon i skulhinken. Hon sätter sig på golvet med hinken i knäet. Och tittar uppgivet på Sofia. Tårarna och snoret rinner. Hon torkar sig med baksidan av handen.

"Jaha, mannen var hemma en sväng igen, ja!" Säger Sofia

och fortsätter röra i sina grytor

"Ska du må så där varje gång får ni börja leva i celibat snart." hon skrattar och förstår att det inte kommer bli alls så.

Lovisa kräks igen innan hon bestämmer sig för att lägga sig en stund. Barnen sover så det är lugnt här nu. Sofia stökar i köket medan Lovisa ligger på sängen och är åter igen förundrad över det nya lilla livet i hennes mage.

Att hon ska ha så lätt för att bli gravid är ju både på gott och på ont.

Råd med många barn har de men hur många har hon ork för? Tack och lov för att Sofia kom hit. Det måste ha varit Guds försyn, om man nu tror på honom. Eller finns det ett öde som redan är bestämt? Står det skrivet i stjärnorna vad som hända skall?

Hon har varit här i flera år nu, hon känner sig verkligen hemma här. Inte ofta tankarna går tillbaka till Stockholm och skänkstugan. Helga har hon ju med sig så det finns inget kvar där att sakna. Saga förstås. Det vore roligt att träffa henne och hennes familj nu. Fyra barn har de, Andreas och Saga. Tre flickor fick de och en pojke.

Hon skulle sjunga om Lovisa som kräks i skulhinken tänker

hon och skrattar för sig själv.

Adolf Fredrik har dött och hans son Gustaf har blivit Gustaf den III. Han ska visst vara en mer styrande konung än vad Adolf Fredrik var. Så det kanske blir lite mer ordningar nu. Nya lagar och sådant som Lovisa inte alls bryr sig i här ute på ön så som det gjordes i Stockholm. Där talades det alltid om hovet och hur det regerades.

Undrar hur allt hade varit om hon varit kvar där? Tankarna far i huvudet. Till sist somnar hon och sover oroligt som vanligt när Jacob är borta och hon är gravid.

Tredje Delen

Lovisa

73

Lovisa står inne i det lilla grå stenhuset och pratar med
Ellen som håller på att plocka upp små lerkärl på hyllorna.
Det hänger torkade kryddor i långa rader i taket och sprider
sin väldoft. Stora krukor står på golvet. Mindre krukor på
hyllorna som de båda snickarna som gjorde dem burit över
och satt på plats här.

Det har blivit gemytligt här med de nya hyllorna. Det är fint
här med butik. Det hade ju faktiskt varit ganska tokigt att
haft det här lilla rara huset bara stå att förfalla.

"Känns det bra här nu?" frågar hon Ellen.

Hon ler och nickar.

"Ja, det är så rart här, säger hon, det känns så hemma här."
Och Lovisa nickar med.

Jo, det finns en slags hemtrevnad här. Ombonat är det.
Trångt men hjärtligt. Sofia kommer in från gatan.

"Jag tror att det är Greta som kommer i vagnen" säger hon.

"Jaså, skulle hon komma idag?" frågar Lovisa.

Det var inget så bestämt, men med Greta så vet man inte
alltid. Lovisa ser ut genom dörren som står på glänt och ser
körkarlen hjälpa Greta ner från vagnen. Hon samlar ihop

sin klänning och kliver över gatan med snabba steg.

"Åh, Lovisa! Lovisa!" ropar hon.

Lovisa, Sofia och Ellen stannar upp i sina sysslor och ser på Greta när hon stormar in och fyller hela butiken med klänning och vida rörelser.

Lovisa känner hur det isar om ryggen. Hon vet vad Greta ska berätta. Hon stelnar. Hennes ansikte vrider sig och skräcken sprids i hennes mage och reser sig ur hennes strupe i ett bottenlöst skri.

Hon svimmar.

Greta har luktsalt med och Sofia ger henne det. Ellen har kallt vatten på en trasa och torkar hennes ansikte. De sitter som en hög allihop på golvet.

"Båten har gått under!?" säger Lovisa och Greta bara nickar.

Hon vet inte hur hon kommit i säng. Men när hon vaknar
sitter Sofia där i stolen och sover bredvid. Hon ligger en
stund och ser på henne. Bara ett talgljus brinner bredvid
henne, annars är det mörkt. Det är mitt i natten. Hon
försöker vända sig i sängen men hon orkar inte. Varje led i
kroppen känns som de har stelnat. Hon tänker efter vad
som hänt. Hon hör sitt eget skrik långt borta. Hon vet vad
som hänt men kan inte ta in det. Kan inte förstå vad det
innebär? Båten har gått under. Kan de bygga en ny? Man
kanske inte kan döpa den till samma namn, vad hette den
nu igen?

"Josefina" eller "Jacobina... hon minns inte.

Jacobs skepp är borta. Men var är Jacob? Varför kom inte
Jacob hem och berättade själv för? Varför skickade han
Greta? Hon förstår ingenting.

Troligtvis somnar hon igen för när hon öppnar ögonen
nästa gång sitter Sofia på sängkanten.

Sofia ler mot henne. Hon har en trasa med varmt vatten
och hon tvättar Lovisa i ansiktet. Lovisa förstår inte varför?
Hon borde väl gå upp? Ska de inte fortsätta i butiken? Det

kan väl inte vara klart än? Hon borde ju inte ligga här om Jacob kommer hem. Hon har ju massor att göra. Sofia och hon ska ju skriva meny till skänkstugan…

Hon försöker säga något men hon kan inte. Det stockar sig i halsen och hon hostar.

"Seså, min lilla. Vila dig nu. säger Sofia."

Och hon stryker Lovisa på kinden. Hon ger henne att dricka från en sked. Små, små sväljar av något beskt. Hon ser på Sofia men kan inte säga mot att hon inte vill ha. Hon somnar åter.

Det är röster i rummet. Sofia. Men vem mer? Siri? Kanske. En man är det. Vem? Hon orkar inte ens öppna ögonen för att se efter. Hon hör hur de talar tyst med varandra. Hon vill att de ska tala högre så hon hör. Men hon orkar inte anstränga sig för att lyssna. Är det Jacob? Nej, det är det inte. En annan man. Hon hör bara fragment.

Chock. Förlorat barnet. Blöder.

Vem är det som blöder? Är det Jacob, gjorde han sig illa när skeppet sjönk? Mitt barn har jag kvar tänker hon. Han heter Simon Klintberg och är sjökapten. Som far sin.

Så försvinner hon bort igen.

Helga sitter bredvid henne och håller hennes hand. De ser på varandra och ler. De behöver inte tala, de förstår ändå så bra. Helga är orolig, det kan Lovisa känna. Men varför då? Varför är hon så orolig? Allt är ju så bra. Det är varmt och skönt i sängen. Lovisa sover så gott. Hon stryker Lovisa på pannan som hon ofta gjorde när Lovisa var barn och skulle sova. Det känns precis som då. När Helga och Lovisa kröp ner i sängen tillsammans och skulle somna. Precis så känns det. Tryggt. Det är så tryggt att Helga är här nu. Hon somnar igen.

Hon drömmer om Carl Mikael. Han sjunger för henne bakom kyrkomuren. Hon skrattar så att hon kissar på sig. Det svider och hon måste gå hem med benen isär. Helga blir arg när hon kommer hem sådan igen. Hon måste ju avbryta allt i köket och ta hand om henne. Koka vatten och tvaga henne. Varför då? Det räcker väl bara att torka av mig? Säger hon till Helga men hon verkar inte lyssna. Hon skrubbar Lovisa i stjärten tills det svider än värre. Hon gråter och skriker.

"Låt mig vara! Låt bli mig! "

Men då är det hennes far som är där och tvagar hennes

underliv. Han ler sådär äckligt lismande mellan hennes lår.
Och hon skriker igen. Hon försöker sparka bort honom.
Hon vet ju vad han vill. Hon vet ja vad han tänker göra.
Hon vill inte, hon kan inte. Inte en gång till!

"Lovisa. Lovisa. Såja, lilla vännen. Du drömmer. Det är
bara en dröm." Sofia skakar henne i axlarna och klappar
henne på kinden. Hon är svettig så det kladdar i nacken på
henne.
Hon ser upp på Sofia och ser hennes oro. Åh, min älskade
Sofia som alltid får ta hand om mig, tänker hon.
"Vi vänder kudden och så har jag kokat buljong till dig.
Kajsas buljong. Kommer du ihåg den? Från Stockholm?"
säger Sofia.
Lovisa ser på Sofia. Stockholm? Nej, inte Stockholm.
Aldrig mera Stockholm. Hon känner sig rädd. Vill inte vara
vaken. Vill bara sova. Sträcker på sig en aning, men det är
som kroppen inte vill. Siri kommer fram och hjälper Sofia
vända på kudden och stoppa om lite så Lovisa kommer upp
lite mer sittandes i sängen. Sofia sätter sig på sängkanten
och matar i henne av buljongen. Lovisa bara gapar och
sväljer. Hon känner inte vad det smakar eller förstår inte

ens varför hon ska bli matad?

Hon vet bara att just nu är det bäst att göra som Sofia säger. Hon orkar inte ens tänka själv.

Hon hör sig själv fråga vad det är för dag. Hon blir själv snopen att höra sin röst. Det känns som hon skulle vara stum, som Helga.

Sofia ser på henne. Ger henne en sked till innan hon svarar att det är lördag.

Jaha. Lördag tänker Lovisa. Lördag? Nej, det kan det väl inte vara? Det borde väl vara tisdag?

Hon frågar Sofia det. Men Sofia svarar henne inte. Hon bara matar i henne mer buljong. När hon har ätit klart klappar Sofia henne på kinden.

"Du har varit sjuk ett tag. Dagarna går." Sen reser hon sig upp och går ut ur rummet.

Hon ligger och ser i taket. Känslan av att något hemskt har hänt finns hos henne men kan inte riktigt få fatt vad det skulle vara? Stockholm? Men det är ju längesen nu? Det är ju inte därför hon ligger här nu? Hon for ju med båten, träffade Jacob och sedan Alva. Hon bor ju med Alva? Jo, det gör hon. Jacobs farmor. Och så har de köpt Rosas och Ernst hus. Jo, så är det. Det vet hon säkert att så är det.

Jacob skulle till Stockholm med kalksten. En stor frakt var det. Och så kom Greta och sa att båten sjönk? Ja. Skeppet sjönk. Men, varför ligger jag här? Varför, är jag sjuk?

Hon känner sig så rysligt ensam.

"Sofia!" ropar hon. "Var är Katarina? Var är Simon?"

Sofia kommer in i rummet och har Simon på armen och Katarina vid handen.

Hon sätter sig på sängkanten så Lovisa kan känna sin pojke och titta på sin flicka. Katarina kinkar lite. Hon tycker det är otäckt när mor är sådär.

"Något har hänt?" säger Lovisa när hon håller Simon i handen. Hon ser Sofia i ögonen. Sofias rödkantade ögon, fulla av sorg.

Hon ser på Lovisa och så rinner tårarna över. Hon låter dem rinna ner i den lillas hår.

"Skeppet sjönk" säger hon.

"Ja, men var är Jacob?" säger Lovisa.

Hon ser på Sofia. Hon känner att Sofias blick försöker förmedla till henne vad hon borde förstå…

Det är något hon borde förstå?

Skeppet är borta.

Att Jacob är borta så som skeppet?

Att Jacob följde sitt skepp till botten?

Att Jacob följde sitt skepp till botten.

Att Jacob är död?

Att Jacob har drunknat.

Hon ser inget för tårarna som väller upp i hennes ögon förblindar henne.

Hon försöker ta in det. Jacob är borta. Han kommer inte hem mer. Han är död.

Sofia kramar om henne så hårt att Simon gnäller emellan dem. De måste släppa taget om varandra för pojkens skull.

Lovisa håller Sofia i handen och kippar efter luft.

"Mitt barn?" säger hon och känner sig på magen.

Sofia skakar på huvudet.

"Det är också borta" frågar Lovisa och Sofia nickar.

Tårarna rinner och hon vet att hon aldrig kommer att kunna sluta.

Sofia kommer åter med de beska dropparna.

Lovisa försvinner in i en orolig sömn.

Hon vänder sig och ropar. Hon svettas och drömmer. Det

är som hon hade feber. Sofia och Siri turas om att sitta hos henne. Eskil kommer på besök men får gå hem igen. Greta är även hon där. Men Lovisa märker ingenting.

Helga sitter ofta hos henne. Det märker hon. Stryker henne över pannan. Carl Mikael kommer och kittlar henne så hon kissar på sig. Då vaknar hon till när Sofia byter i sängen hos henne. Hon ber Sofia om förlåt, försöker tala om att det inte är hennes fel. Utan det är Caminen som bråkar så. Hon skrattar och hon gråter.

Sofia matar henne med buljong. Hon hör den där mansrösten igen som hon känner igen men inte kan veta vems? Det är inte Jacob. Nej, för Jacob är död. Jacob är borta. Han kommer inte mer igen. Nej. Då skrattar hon. Sen gråter hon.

76

Då ser hon Jacob komma in till henne. Han sätter sig på
stolen bredvid sängen. Han ser på henne med pannan i
veck. Han skakar på huvudet.
"Förlåt mig min älskade" säger han.
Hon ser på honom, försöker nå hans hand men han
försvinner innan hon får fatt på honom.
"Jacob! Jacob" skriker hon. "Kom tillbaka. Lämna mig
inte…" Så faller hon i sömn med gråten igen. Gråten som
sliter henne i stycken, som drar henne ner på brunnens
botten. Låt mig drunkna här nere i mörkret. Låt mig
förenas med min älskade här.

Men så blir det ju inte. Sofia väcker henne igen och matar i
henne mer av Kajsas buljong. Samtidigt som hon talar om
att nu får hon inte mer av de beska dropparna. De är slut.
Och inte är de nyttiga att ta för länge heller. Man vänjer
liksom kroppen med dem. Vad hon kan få är en sup.
I morgon måste hon gå upp en stund. Det har doktorn
sagt. Han har varit här varje dag, berättar Sofia medan hon
matar Lovisa med buljongen.

"Vi kan värma ordentligt med vatten så vi kan vaska dig bättre" säger Sofia och ler.

"Så får du ta på rena kläder. Då känns det lite bättre. Du blöder inte så från underlivet längre." Säger hon och ser oroligt på Lovisa.

Lovisa bara nickar.

77

"Jag kan ju för helvete inte ens begrava honom!" Skriker Lovisa så det ekar i huset. Han är ju borta! Jag kan inte ens säga farväl…gråten skakar henne. Sofia håller henne men finner inga ord till tröst. Det är ju så det är. Jacob är borta. Kroppen är bortspolad. Det har inte återfunnits något av skeppet. Den tunga kalkstenen tog med sig allt ner till havets botten. Antagligen har förlisningen gått väldigt fort. Det var storm med kastbyar och den tunga lasten kunde inte stå emot. Skeppet måtte ha kantrat och sjunkit med det samma.

Det är så Greta och de andra skepparna har enats efter många samtal och spekulationer. En minneshögtid kommer att hållas men Lovisa kan inte förstå vad den ska tjäna till. När man inte kan få begrava de omkomna ens. Alla män på skutan omkom. Det är inte bara Lovisa som blivit av med sin make... Men det känns ju så!

 Ingen annan kan ha älskat sin man så mycket som Lovisa gör. Ingen kan sakna sin man så mycket som hon gör. Hon som även förlorade sitt ofödda barn.

Hon har kommit upp ur sängen och sitter i ett kar på köksgolvet som Sofia och Siri kokat vatten och fyllt. Alva ligger på soffan men ser henne inte. Alva håller på att försvinna. Hon har inte ätit sedan detta med Jacob och skeppet hände. Hon har tappat livslusten. Vill inte vara med längre. Hon är så gammal, så nu får det vara bra. Hon har förlorat sin make, sin son och sonhustru och även nu sonsonen. De väntar på henne nu där på andra sidan.

Lovisa gråter då hon ser på Alva. Hon vet att hon kommer dö. Hon är liten och ser ut som en liten fågelunge där hon ligger och har bara näsan och de håliga ögonen över lakanskanten.

Alva kan inte gråta mer, inte heller prata mer. Hon blinkar emellanåt. Inget mer. Andningen är rosslig och ansträngd. Hon blundar. Låter tankarna flyta bort till forna tider i deras glansdagar. Då maken arbetade för fullt i verkstaden och hans keramik fyllde hyllorna i butiken. När Jacob kom hem och kramade om henne full av liv. Hon ser honom skratta. Hon hör hans skratt. Hon ser sin man komma gående. Rak i ryggen. Han sträcker ut händerna mot henne. Han är så stilig, bara antydan till silver vid tinningarna. Han ler och den unga vackra Alva ler tillbaka. De tar varandra i hand. Håller så en stund och låter varandras ögon mötas i djupet. Han tar och leder henne mot ljuset. Hon vänder sig aldrig om.

78

"Tack gode Gud för Greta" utbrister Sofia en morgon när de båda sitter i köket med varsin skvätt kaffe.
Och Lovisa kan inget annat än att hålla med.

När Alva lämnade jordelivet där på kökssoffan hade de skickat bud efter Greta om undsättning. Vare sig Siri eller Sofia visste hur det gick till när någon dog så där, inte här i Visby. Siri hade inte varit med när deras föräldrar gått bort. Lovisa hade fått lämna badet och köket och fått på sig en nattsärk och de hade bäddat ner henne. De kunde inte ta hand om allt på en gång. Greta kom med det samma och hon hade med sig prästen. Hon tog kommandot i köket att göra ordning Alva, ordna med kista och begravning.
I efterhand nu tyckte både Lovisa och Sofia att det var så skönt att i alla fall haft Alva att begrava. Det låter så hemskt att tycka så, men det var så mycket lättare att bearbeta sorgen och samtidigt kunna känna att det var även Jacob som begravdes där tillsammans med Alva. Det var ett led i sorgearbetet att få ha en begravning. Fel begravning var det men Alva var gammal och skröplig, hon hade fått flera fina

år extra sen Lovisa kom. Hade det inte varit för Lovisa och hennes omsorger med mat och sällskap hade Alva inte levt så här länge ens. Så nu var det som om de var kvitt. Lovisa hade gett Alva några år till i livet och Alva hade hjälpt Lovisa över den värsta krisen efter Jacob. Även då inte sorgeåret var över än på länge så hade det ändå lagt sig ett lugn över huset och hemmet där nu bara Lovisa, Sofia, Katarina och lille Simon bodde.

Simon som kryper omkring på köksgolvet och börjar utforska allt som kommer i hans väg. Katarina sitter på soffkanten och tittar på honom. "Mamma, han yper!" säger hon.

"Hon är dig upp i dagen, när jag såg dig första gången" säger Sofia. Flickan skrattar likadant som Lovisa gjorde. Sofia tar hennes hand, kysser hennes fingrar och så sätter hon flickan i knäet och håller om henne.

Lovisa sitter på soffan och ser på dem. Hela hennes familj. Sofia, Katarina och Simon.

Saknaden efter Jacob gör ont i hela kroppen. Flickan som var lika svarthårig som Jacob då hon föddes har blivit ljus, nästan lika ljus som mor sin.

Det kommer inte att finnas något kvar i flickan efter far sin
när hon blir större. Medan Simon kommer att bli så lik sin
far så det kommer göra ont att se honom.

Simon Klintberg. Sjökapten.

Nej, Lovisa kommer aldrig släppa ut honom på havet!

Lovisa har ännu inte varit nere i skänkstugan. Hon vill inte
ta med barnen ner dit och hon vill inte heller lämna köket.

Hon vill inte möta folks blickar. Folk som stirrar på henne.

Hur hon kom hit från fastlandet, gifte sig och blev änka.

Allt på så kort tid.

Att folk skulle tycka att hon utnyttjar situationen för
affärerna. Eller att folk skulle tycka synd om henne.

Hon har fått kondoleansbrev från människor hon inte ens
vet vilka det är. Från andra rederier. Chapmans. Ostindiska
kompaniet. Från Stockholm. Från nye ägaren av
skänkstugan i Stockholm. Hon kommer inte ihåg vad han
hette, det spelar ingen roll för henne. Och naturligtvis från
Saga och Andreas och Rosa och Edward. Hon kommer inte
att svara på några brev.

Men det visar ändå vilken framstående människa han var,

Kapten Klintberg.

Att så många visar honom och henne sina omsorger. Men det får hon ju inte honom tillbaka för. Hon tror själv att hon håller på att bli tokig. Hon går mellan fönstren och ser ut. Blir rädd om hon tror att någon såg henne. Lägger sig på sängen. Men maran driver henne upp igen att se ut genom fönstret. Det kommer en man gåendes på gatan...vem är han?

Det är inte Jacob. Hoppet i hennes hjärta dör åter. Hon lägger sig åter igen på sängen. Några minuter och sedan till fönstret igen. Hon väntar på någon. Hon vet inte själv vem?

Jacob? Men hon vet att han inte kommer! Hon håller på att bli tokig! Det kan inte vara på något annat vis! Man beter sig inte så här annars!

Nästa morgon vaknar hon tidigare än vanligt. Staden sover. Det är fortfarande mörkt. Hon lämnar bädden. Klär sig i en hast. Tittar till barnen, de sover båda två. Så tassar hon ner för trappan och ut. Hon måste ut!

Hon måste känna luften mot sitt ansikte. Hon skyndar sig gränden bort mot norra porten. Hon skyndar sig genom porten och halvspringer ut på de norra strandängarna. Hon springer tills hon inte kan mer. Hon skriker allt vad hon orkar.

Hon snurrar runt, skrikandes ut all sin sorg, all sin smärta. Hon förbannar Jacob som lämnade henne, hon förbannar Gud som lät honom dö. Hon förbannar vädrets makter som utsätter människan för sådant otjänligt väder. Hon skriker tills hon inte kan mer, tills hon inte orkar mer. Hon sjunker ihop på marken och hon gråter så hon skakar. Hon gråter tills sömnen kommer som ett läkande täcke.

Hon vaknar med ett ryck när solens första strålar når hennes ögon över horisonten.

Hon sätter sig upp och stryker bort håret i ansiktet. Kisar mot den skarpa morgonsolen som glittrar i havet. Men hon reser sig inte upp. Hon har ingen brådska. Hon sitter kvar och känner lugnet som lagt sig i hennes kropp efter hennes utbrott. Känner solen komma fram och tala till henne. Med löfte om ljusare dagar. Med löfte om ett lättare hjärta. Känner solen värma hennes ansikte. Känner att hon kan tycka att det är skönt, att det känns bra. Hon slätar ut sin kjortel där hon sitter och reser sig mödosamt upp. Hon har blivit stel men hon fryser inte. Hon sträcker på sig och går mot havet. Går ända ner till stranden där hon sätter sig på en sten.

Det är så vackert. Havet är grönt och sträcker sig så långt hon kan se. Hon undrar om hon någonsin kommer resa över det. Hon vet inte. Hon vet inte om hon vill resa på vattnet som är hennes älskandes grav.

Detta är Jacobs grav. Det är där han älskade att vara då han levde, det är här han vill vara som död. Det är så rätt. Det är så rätt att hans sista viloplats blev i havet. Han hade inte velat något annat.

Men för tidigt. Alldeles, alldeles för tidigt. Vi kunde ha fått många år tillsammans. Men nu fick vi inte det.

Men jag är tacksam för de vi fick, tänker Lovisa när hon reser sig upp och börjar gå hemåt.

Hem till Katarina och Simon.

Slut